中国当代
原创文学

切莫声张

难以言喻的情愫
意想不到的事故

王掩 著

GUANGXI NORMAL UNIVERSITY PRESS
广西师范大学出版社
·桂林·

图书在版编目（CIP）数据

切莫声张 / 王掩著．—桂林：广西师范大学出版社，2017.6（2017.11 重印）
（中国当代原创文学）
ISBN 978-7-5495-9468-9

Ⅰ．①切… Ⅱ．①王… Ⅲ．①中篇小说—小说集—中国—当代 Ⅳ．①I247.5

中国版本图书馆 CIP 数据核字（2017）第 019904 号

广西师范大学出版社出版发行
（广西桂林市五里店路 9 号　邮政编码：541004
网址：http://www.bbtpress.com）
出版人：张艺兵
全国新华书店经销
桂林广大印务有限责任公司印刷
（桂林市临桂县秧塘工业园西城大道北侧广西师范大学出版社集团有限公司创意产业园　邮政编码：541100）
开本：880 mm ×1 240 mm　1/32
印张：9.375　　字数：250 千字
2017 年 6 月第 1 版　　2017 年 11 月第 2 次印刷
定价：32.00 元

目 录

房东太太

一

两年以后，命运跟我开了个玩笑，让我遇到了房东太太唯一的孩子富水。当时我已成家立业，过上了安稳的生活。谁知，这个突然出现的男人，再一次将我的回忆硬生生拉回两年前。

我和富水是怎样相识的呢？这一点说来凑巧。然而要想了解富水，就必须先讲讲我妻子的情况。我的妻子叫叶丽，南方人，比我小两岁，两年前大学毕业，来我们单位实习，被我一眼相中了。经过单位老同志的轮番撮合，叶丽终于答应和我交往。半年后，我们领了结婚证，于次年一月份举行了婚礼。婚后不久，我俩在济沧市买了一所精装修的房子。一直住到今天。期间，叶丽怀上了我的孩子。叶丽的父母都是经商的，就她一个女儿，想必叶丽从小就娇生惯养。如今肚子里的孩子已经七个月大了，她的父母更加心疼女儿，便打算让她回南方养胎。为了迁就叶丽，我只好把现在的工作辞了，随她去南方待一阵子。

去她家之前，叶丽提议把房子租出去，我便在小区周围粘贴了房屋出租的信息。恰巧，富水打算来济沧市上班，正为房子的事发愁。有一日，他给我打了电话，说要看房子。我便约他下班之后带他去看房子。

富水一米七左右的个头，皮肤黝黑，眼睛眯成一条缝，他穿一身牛仔服，十分老旧那种，有点像20世纪90年代的青年。他的头发柔顺地贴在额头上，两只耳朵精神地支棱在两边。他嘴角和下巴上的胡须浓密而且粗犷，兴许昨天才刮过，如今倒算干净。

刚一进家门，富水就相中了这个房子，口中不断夸赞着。只是一谈到房租价格时，他就有些心灰意冷了。我问他叫什么名字，他说叫“魏富水”。我又让他出示了身份证，地址上清清楚楚地写着“济沧市济沧县魏家村”。

我拿着身份证，仔细打量他，说：“冒昧问一句，你的父亲是不是在你小的时候出车祸去世了？”

“是啊，你怎么知道？”他答。

“你在这儿住吧，房租我只收你一半。”我说。

“你认识我家里人？” 富水将信将疑地问我。

“我认识你的母亲，曾经在她那里租过房子。”我将事实和盘托出。

这时，叶丽从卧室出来，瞠目结舌地看着我，说：“能有这么巧吗？！”

“是啊，无巧不成书。”我感叹道，“想不想听我讲讲你母亲的事情。”

“你讲你讲。”富水毫不客气地坐在客厅的沙发上，从上衣兜里掏出一盒烟，抽出一支，犹豫起来。

“抽吧，没关系。”我把垃圾篓放到他跟前，与他并排坐下，慢条斯理地说起两年前的事情来。

那时，我在济沧日报社工作两年余，为了节省开销，于一年前搬到城西的一个村子里租住。济沧市本不大，又有公交车搭乘，出行还算方便。我租下的平房是个规规矩矩的民用房。一开始，主人并未露面，是个姓方的大爷和我谈的价钱。我当时只想找个僻静的住所落脚，并没有计较太多，便爽快地租了下来。房子内的家具十分考究，方大爷走之前再三叮嘱：无论如何不能毁了这些家具，不然他要挨说的。我完全可以理解，他不用多说我也晓得保护这些家具的重要性——保住了它们就等于保住了我的押金。等他走后，我立刻对房子的主人好奇起来。屋子里的书桌和橱柜都已经上了结结实实的锁，只有屋门上贴的一副对联，对联上的字迹经过长时间的风吹日晒，已然模糊不清，就连那衬底的纸张也像秋日的花瓣一样褪了色。但是文字的轮廓一目了然，或许是源于写字的人遒劲有力的笔法。对联上写道：

人寿年丰福满，

花香柳绿春浓。

从字迹上看来，主人是个颇有文化之人。可能是应了对联的验，福满了，所以举家搬去繁华的地方住，空房子拜托那位方大爷帮忙照看。庭院打理得还算整洁，其中想必有主人一多半功劳。院子里种了几棵石榴树，现在正值初秋，红彤彤的石榴像灯笼一样满满当当挂了一树。庭院西侧种了几排竹子，竹叶郁郁葱葱，一直蔓延到屋顶。爬山虎把南墙占领了，整面墙壁被粉刷成绿色，茂盛的枝叶你追我赶地涌向院外。

整栋房由四间屋子组成，最西侧是储物间，放一些家用工具和农收谷物，再往东依次是主卧、客厅和次卧。当然，农村对于主次卧的区分没有城市那么严格。一般来说，长辈住的屋子即是主卧。主卧的优势在于烧火的灶膛经过炕下，一进冬天，炕是暖的。电视机一定也是摆在主卧里。屋内的陈设十分讲究，摆放的物件相得益彰。这些东西我是不敢乱动的，平时拿来用可以，但是每次用完总要归回原位。生怕自己鲁莽的行为玷污了主人的一番心思。

等方大爷交代完一些无足轻重的事情后，我便在此安顿了下来。

半年的时光，我独自享受着意外捕获的恬静。这段时间给了我许多灵感。慢慢的，孤独成了我的邻居，它时不时来敲打我的屋门，问我需不需要朋友，恰巧我也能欣然接受，于是沉溺于独处的快乐之中。谁料想，好景不长，春天到了，春风捎来了一位真正的邻居——房东太太。

一天下午，我正在院子里埋头观察那些植物的根茎是否发了新芽，厚重的铁门突然开了。方大爷迎面走来，奇怪地问："小伙子，你蹲在那里干吗？"我打趣道："找点新鲜的草吃，可惜没发芽。"方大爷被逗得开怀大笑，笑完又紧着脸说："你起来，我跟你说件事。"我起身走过去。方大爷从上衣兜里掏出一盒软包装的中南海递给我，我推手拒绝，面带微笑地说："我不会抽烟。"方大爷颇为吃惊，仿佛我这个年纪的人不会抽烟是件极为稀奇的事。或许在抽烟的人眼中，世界上的所有男人都应该多少会点儿似的。他自己随手掐出一根烟来，倒头在烟盒上磕了两下，掏出打火机点上。方大爷客气地问道："在这里住着还习惯吗？"他的表情略显难为情。我急忙回答："习惯，这么好的院子。"边说心里边犯嘀咕，难道要涨房租了吗？

房租自然不会涨，不但不会涨，还要降。降的原因倒不是租民房的人越来越少，而是我从主卧搬到了次卧，而整栋房子，也不再归我一人所用。当时方大爷几近哀求地跟我说："你觉得这里好就住着。不过呢，人家老太太也要搬回来，实在没辙，你要觉得方便，咱们就跟她商量商量，降降房租，住到次卧去。"他用的这个"咱们"让人十分捉摸不透。从一开始我就以为我和他并不是一头的，他代表的是雇主，而我的身份是租户，现如今他却用"我们"两个字来讨我的认同，叫我不得不提防起来。

无论如何，方大爷交代得已经够清楚了，而留给我的选择无非只有两个：一是留下来但不像以前那么自由，二是找个理由搬出去。我是一个讨厌搬家的人，倒不是因为搬家的辛苦，而是每换一个地方，总要花费很长时间去熟悉环境。至于怎么答应方大爷的要求，就成了一个棘手的问题。为了明确自己的立场，我只有将以后所要面临的所有困境一一交代清楚。首先，次卧没有暖炉，到了冬天要受冻；其次，次卧的空间小了、家具少了；最后，房子是我整租下来的，现在却要和上了岁数的房东太太共用，那么我的多半权利都要被剥夺掉，行为也会受到限制。综上三条足以把房租砍下一半来，但是我并没有主动要求降多少，事实胜于雄辩。令我吃惊的是，方大爷把房租降了足足六成。这下可好，又轮到我不好意思起来。我极力回绝道："我挺感激您的，这么宅心仁厚，但是您这么做我只能搬出去住啦。我要真给你这么少，那我就太不会做人了。"

方大爷心有不悦地冲我说："听你这话，怎么感觉我也不会做人呢？没关系，你就踏踏实实在这住着吧。这家老太太人不错，毛病不多，就是睡觉轻，如果太晚了就注意着点儿。"我连连称是，并且满心欢喜地将自己的行李搬到次卧去。

第二天，房东太太回来了。

房东太太的个子不高，身形消瘦，鹤发鸡皮，头上束一个老式的带齿发卡。她的背佝偻着，像一支拐杖，着装是青灰色调，大概是上世纪的衣服。房东太太是个古怪的人，她的话不多，偶尔对我寒暄几句就算是施了恩惠，叫人兴奋得忘乎所以。想凑上前多聊几句时，她却又转身回了屋。平时我与她并不多见，三言两语、支零破碎的交谈都少有，倒不是怕谁误了谁的事，也并非作为邻居或者晚辈故意怠慢，只是彼此互不熟悉，又有着年龄上的差异，无从谈起。

我们俩唯一相同的嗜好就是各自在屋子里消磨时光。我有时闷了，就听听她在干什么，察觉不到动静，就独自在院子里走来走去，围着那些花草树木发呆。她的屋子我是不进的，在客厅遇到，躲不开了，就喊一声“奶奶好”。房东太太生活极其简朴，我有好几次在厨房看见一个大碗里盛着一半熬菜，不知吃了多少顿，碗边已经微微泛出黄油的干碴儿。我禁不住疑惑起来，她的生活似乎太过清贫，这和我之前的预想有着天壤之别，而且在这期间，也并未见过一儿半女前来看望，这更加使我惊讶不已。

因为之前已经和方大爷沟通好了，所以我每月都会把房租直接交给房东太太。收到房租的时候，她总要有礼貌地对我说一句“谢谢”，仿佛这钱并不是她应得的。而我则回敬一句“谢谢您”。

有几日，我回家探亲，房东太太依然把门留到很晚（农村的门在里面反锁，在外面是打不开的），实在等不到了才将门锁好，进屋睡觉。我猜那几天她肯定心神不宁，觉也没睡好过。等我回来，从方大爷那里得知这一情况，我赶紧跟房东太太道歉。她却毫无责怪我的意思。后来我从附近的市场上买了一大堆水果给房东太太送去，她是个执拗的人，再三推让，说一把年纪了，还吃这些东西干吗。我拗不过她，最后只好取了折中的办法，把水果放到厨房里，想吃就随便拿。虽然我清楚地知道她不会去动那些水果，但我相信，这是一个好的开始。

我平时是不做饭的，但是为了能让房东太太吃上一些新鲜的蔬菜，我便经常往厨房里钻，等到感觉自己的厨艺拿得出手，就隔三差五地把炒的菜分一些给她端去。起先她是不愿意要的，时间久了，大概是怕我失望，便客气地收下。从那时起，她开始请我去她的屋子里做客，有好吃的点心也会拿出来叫我品尝，相互说的不再只是客套话，拉起家常来彼此也能感同身受。毕竟她是过来人，她的经历就是她的智慧，这是一个年轻人没法赶超的。但是对于过去她似乎不大愿意透露太多，仿佛那个时代给她留下的印象不堪回首。

而这正是我的好奇所在。还有关于她家先生的故事，她也从来只字不提。

二

有一天晚上，我听到房东太太的屋子里有哭声，声音断断续续，细微而且谨慎，像猫的脚步，又像初学二胡的人不敢发出声来，怕别人听了笑话，所以顿顿挫挫，十分小心。我打开门悄悄凑过去，侧耳倾听，似乎只有她一人。她为什么要哭呢？我轻轻敲了一下房门，门开了，房东太太手掌还在脸上抹着泪水，她平息一下情绪，说道：“怎么了？这么晚还不睡觉，明天不是要上班吗？”

我说：“我睡不着，上您这来坐一会儿。您怎么还不睡？”

房东太太将房门全部打开，把我让到里头坐下。她连鞋子都没脱就双腿盘坐在炕上，她的脊背依然弓着，双手自然地搭在膝盖上。在灯光的照耀下，房东太太显得格外安详，只是她脸上闪烁的泪痕教人心疼。兴许是想起了伤心的事情，所以禁不住哭了起来。

我是不好直接询问缘由的，那样不但会使房东太太更加伤心，而且会使原本尚存的勇气退缩回去。

在房东太太还没搬回来住之前，我对她的事情是有所耳闻的，但那些都是通过方大爷传达出的信息了解到的。虽然方大爷拿我当自己人看待，可是我对他的话总要细细琢磨一番，掺了假或者言过其实肯定不能全信。然而有一件事情我是可以确定的，那就是房东太太一共有过三次婚姻，而且每一次都刻骨铭心。

一开始，我们只说些舒畅的话，房东太太的脸上渐露笑容，她的笑容很容易就能分辨出真假。因为她不会掩饰，或者说不会勉强。我能看出，房东太太已经把刚才使她难过的事情抛在脑后了。没过几分钟，她突然皱着眉头，问："你多大了？"我如实回答："二十七岁。"房东太太深深地叹了口气，刚才还贴在脸上的笑容这会儿又被撕了下来，她惆怅地盯着地上严丝合缝的砖块，游离的眼神飘忽不定地从一块砖头移到另一块砖头上。我细声细语地问道："怎么了？您是不是有心事？"我自然看不到房东太太内心的伤疤，但我能察觉到，她方才肯定在为自己的孩子痛哭流涕。

房东太太缓缓地抬起头来，表情变得平和，脸上的泪痕也已经消失不见。她慢条斯理地对我说："我的儿子应该比你大不了几岁，只可惜啊，我是没有福气再见到他了。"

我眉头紧锁，毕恭毕敬地问道："怎么，他不经常在您身边吗？"

"倒也不是，他要是不常在也算好的，可他从来就没在过。自打他八岁那年就已经不是我的儿子了。他只有爷爷和奶奶，就是没有爹和娘。"

我稍稍正了正身子，眼睛直直地钉在房东太太的身上。看样子她是想说点什么。我继续问道："发生什么事了吗？您给我讲讲吧，我不大明白您的意思。”

在她开口之前，她的一生就像一幅晦涩难懂的印象派画作，我眼前摆着的只是一堆色彩，然而她已经决定将这些色彩背后的隐义向我解释清楚。她大概从我懵懂而充满期待的眼神中看出了一些端倪，于是正襟危坐，准备将自己不平凡的大半生遭遇和盘托出，并且毫无保留地倾诉给一个偶然闯进她家院子的人。

房东太太生于1950年——新中国成立的第二年。那一年发生了很多事情，中国人民解放军展开剿匪战争、世界气象组织成立、中缅建交以及抗美援朝。每一个事件都让人印象深刻，然而农村的境况已经尘埃落定，人们从战争的恐慌中慢慢安定下来。唯一值得大家茶余饭后谈论的不过是些家长里短，虽算不上关乎生计的大事，但也能聊得不亦乐乎，并从中得到与众不同的兴致与乐趣。房东太太的出生在当时就成为轰动一时的新闻，邻居甚至纷纷前来一探究竟。

那天，窗外下着瓢泼大雨，房东太太刚刚落生。她的父亲一把将她从医生的怀里抢过来，他仔细地端详着自己的闺女，用他粗糙而坚硬的手掌在她稚嫩的脸上抚来抚去。幼小的生命在他强有力的胳膊上托着。一切都是崭新的，她舞动着手脚，像是要和这个世界来一个大大的拥抱。后来她的父亲又去摸她细嫩的小手，摸着摸着就感觉不对劲了，定睛一看，她的右手竟然多了一根小拇指，就像参天大树拦腰长了根树杈，极不协调。大家一片惊慌，问大夫这是怎么回事。大夫忙解释道：“跟我没关系，问我有什么用。”

当时，房东太太被十多个人疑神疑鬼地盯着，她觉得有趣，就兴奋地举起小手，她的家人脑门上顿时冒出了冷汗。既然没有好的解决方法，那么只有让它这样长着，等她岁数再大一点儿，叫医生做手术把第六根手指拿掉。

听到这里，我禁不住向房东太太的右手看去，明明是五根手指。她见我偷瞄了一眼，便笑着说："手指头是没了，可惜没有做手术，是被人掰断的。"我惊愕地张着大嘴，头皮一阵发麻，仿佛那种钻心的疼痛忽然从我的手指上生出来，然后直冲我的大脑皮层。

这件可怕的事情发生在房东太太的第一次婚姻里。

1970年，房东太太嫁给了邻村姓赵的一户人家。赵家原本是名门望族，后来由于其地主成分，土地改革时期，房屋田地被没收了。起初，人们对他们家恨之入骨，时间久了，赵老爷慢慢地重新获得了大家的尊重。他带着妻儿老小下地干活，每天挣的工分总是最多的。再后来，他家也分到了一些土地，生活这才稍稍好转起来。房东太太嫁到赵家是她父亲的意思，她没有丝毫反抗的权利，只是她的丈夫赵一——赵老爷的儿子，天生是个懒惰的人，就像拉磨的驴子，必须有个人牵着或是拿鞭子在一旁时不时抽两下，否则就会趁机偷闲躲静。赵一打小过惯了好日子，那段经历是他变懒的根源。他不像赵老爷，一点都不识时务，只念着过去的快活日子，却不晓得过去无法再回来。

房东太太嫁过去以后，家里的境况便大有改善。她是个勤快的人，从操持家务到下地干活，样样出色。只可惜，三年过去了，她也没能给赵家添上一儿半女。赵一讽刺她说："多根手指头，活儿比老爷们都能干，就是生孩子的时候用不上。"或许是碍于面子，房东太太很少出门，闲了就在家纳鞋底。炕头的老橱柜里存了满满当当一柜子。刚嫁过去的头两年，赵一闹得最凶，不顺心了就把火发到房东太太的身上，顺心了也要找她的麻烦。

赵一一直对自己没有儿女耿耿于怀，而这些一定是要归咎于房东太太的。他对她正颜厉色，在外人面前也毫不避讳。他说房东太太是扫把星，娶了她是自己倒了八辈子的霉。面对赵一的辱骂，房东太太往往毫无辩解之力，只要说话就会挨一顿毒打。

日子渐渐溜走，人们似乎忘记了房东太太不能生育这件事。她自己也早已习以为常，说便说，打便打。赵一终归是个懒人，后来他连房东太太都懒得打了，他对房东太太说："打你我都嫌自己手疼。"但是每次想起这事，他总要语带讥讽地哭丧着脸嚷嚷："我那可怜的儿啊，你在哪里呢？"

"文革"期间发生了两件事，一件事是赵老爷死掉了；另一件事是房东太太的父亲被斗了。赵老爷的死是自然现象，他早年享尽荣华富贵，而后受尽清贫疾苦，晚景虽差强人意，但也算是善终了。赵老爷闭眼之前，把赵一叫到身边，他告诫赵一："以后不可以再吊儿郎当的了，如果再这样下去，非但受旁人鄙夷，就连自己的老婆都要瞧不起了。"赵一听不懂他爹的话，因为他并没有觉得自己是个无所事事的浪荡公子，况且现在都是穷人，谁也不比谁强多少。虽心里这样想，可他嘴上还是恭恭敬敬的，毕竟眼前寿终正寝的人是他自己的父亲。

房东太太痛心地向我形容道："你别看他假模假式的，其实他就是想尽快把老爷子送走，自己主自己的事儿，没人再管他了。"

至于房东太太的父亲为何会被斗，她自己也不是十分清楚。她只记得，父亲胸前挂着木牌子，上面写着几个潦草的大字，然后就被带去游街了。然而到了这会儿，赵一的眼睛里又容不得沙子了。于是，他硬要房东太太证明自己没有问题，并且朝她就是一顿毒打。房东太太被这莫名的罪过惊出一身冷汗，她捂着脸，号啕着冲他的胸口撞了过去。赵一被顶翻在地，他捂着屁股骂她"疯婆子"。房东太太也不甘示弱，回了句，"赵一你混蛋。"

"我怎么混蛋了？"赵一火冒三丈地说。

"那你证明你自己不是混蛋我瞧瞧。"

三

赵一是个赌徒。牌九、麻将、老牌和扑克，没有一样是他不会的，而且什么局他都凑。有一天，他从外面打麻将回来，见家里有一帮老太太正在斗老牌，他硬是接替了母亲的位置继续耍起来。赵一说起话来，舌头滑溜溜的，像泥鳅。男人们都羡慕他，因为他天生有一副上好的口舌，能够勾住别人的心。虽然他说的并非是大道理（甚至称不上道理，而是些为了增添乐趣的插科打诨），但就是有人愿意听，不止听，还要学，学会了回家在自己的老婆孩子身上用，逗他们笑，让他们佩服。

活在世上，千万听不得好话，因为好话听多了就容易信以为真。赵一就是这样的人，虽然村里人没有明着夸过他，但是看他们的眼神就已经一目了然了。他把别人逗开心了，自己从中获得满足感，这本来就是双赢的事情。

赵一每次赌博嗓门儿都扯得高高的，他是焦点嘛，就是输了钱嗓门儿也要高，只有这样气氛才会好，气氛好了，输点钱也就不算什么。有一天傍晚，村东头的李铁球早早地吃完饭，骑着自行车飞奔到赵一家，提前把他约了。李铁球说，请赵一比请神还难。赵一听了心里美滋滋的，随便填两口吃的就随李铁球出了门。

这天晚上，赵一的手气一直不顺，把把输，偶尔胡一把，赢的钱还不够填账眼儿的。越输，赵一心里越搓火，嗓门儿也越高。放在平时，大家也就当个乐呵儿，可今天偏偏有村长在，村长可受不了他的嗓门儿，说跟母驴叫唤似的，烦死了。赵一起初没当回事，开玩笑嘛，麻将桌上常有的。后来村长实在受不了了，叫他出去喊，赵一刚刚在庄上输了钱，被村长的话一激，心里的怒火立马着了。他起身拍了下桌子，怒气冲冲地对村长骂道："你他妈就是一个村长，管天管地管不着我拉屎放屁，我喊怎么了。"村长自然不能退缩，他冲赵一骂道："你别在这穷嚷嚷，手气不好你赖谁，给谁甩脸子看。说你两句你急什么，急就能生出儿子来吗？"

赵一一听，气不打一处来，他把桌子掀了，朝村长身上扑过去，旁边几个人费尽九牛二虎之力，才将二人拉开。赵一的嘴里依然喋喋不休地骂着，村长则嘴唇紧闭，不屑一顾地斜眼瞅着他。村长平日里看不上赵一是人尽皆知的事，至于原因，大家也都心知肚明，是因为赵一游手好闲、不务正业吗？不单单是。要说游手好闲，不止他一人这样，为什么村长偏偏瞧不上他呢？这又要扯到陈年旧账上去。当时赵一才十多岁，暑假刚刚来临，他带着一群孩子到地里撒野，糟蹋了村长家的稻谷，村长牵着大狼狗去吓唬他们，他又用砖头把村长家的大狼狗拍傻了，于是两人暗地里结了梁子。

为了化解二人的怨恨，李铁球吩咐自己的老婆，去炒两盘菜。他把藏在衣柜里的老白干掏出来，将赵一和村长拽上桌，和事佬一般地说道："本来也没什么，往日无仇近日无怨的，打着打着麻将就打起架来，这要传出去多不好听。"村长纠正他说："我看谁敢传出去啊。"李铁球连忙认错，并且跟自己的老婆反复交代："不可以把今天的事说出去，否则就收拾你。"李铁球的老婆气呼呼地冲他直翻白眼。

赵一见村长态度有所好转，他便借坡下驴，首先承认错误。碍于李铁球在场，村长不好意思再和赵一计较。酒到微醉，几个人已经前言不搭后语，赵一重新接着方才村长语带讥讽的话自嘲道："我真是上辈子作了孽，娶了个没有能耐的媳妇，想要孩子都要不上。"

"生不了孩子咋啦？抱养一个不得了。"李铁球好心开导。

“知道这叫啥不？太监……我都快成太监了。”赵一悻悻地说。

村长听到这话灵机一动，好言劝道：“不能怪你。说实在的，你的家事别人没法管，也管不着。但是我今天有两句话，说了不知道你爱不爱听。”

“你尽管说，不爱听我就忘了呗。”赵一和村长碰了下酒杯。

村长将身子凑到赵一跟前悄悄私语：“你说你机灵吧？机灵，没的说。论耍钱，你更是十赌九赢。我看着你从小长到大，各方面都好，没得挑。所以……会不会是你老婆多的那根手指头有问题。首先是生不了孩子；其次是你爸那么硬朗的体格，没病没灾的，就这么走了；最后，你瞅瞅今天你这手气。”李铁球在一旁添油加醋道：“运气都攒到她那根手指头上了。哈哈，开玩笑啊，别当真。”村长也陪着笑了笑，酒杯拜了几次天地，时针打了几个喷嚏，不知不觉间就到了凌晨，李铁球的媳妇催他们散场，说不要打扰孩子睡觉。几人这才作罢。

赵一一路跌跌撞撞，摸着黑，总算回了家。屋里的灯一直亮着，房东太太已经睡熟。赵一站在她身旁，脑子里一片空白。他直勾勾地盯着房东太太，眼中泛着一丝冰冷的光。他的眼神如同刀子一般锋利，如同寒夜一样无情。夜已经深了，窗外藏着阴谋者的浅笑。兴许是吹了凉风的缘故，赵一头痛欲裂，但是他的目光未曾从房东太太的身上移开过。他怒目切齿的样子像个穷凶极恶的杀人犯，面前躺着的俨然成了他的仇人，而那些仇恨在她嫁给他之后从未终止过。赵一的脑门上冒出了汗水，他的脸颊发烫，像刚从火炉里抽出来的烙铁。他用袖口擦了擦脸上的汗珠，然后一下子蹿到房东太太的身上，他从被子里拽出房东太太的右手，看准那根偷走他所有运气的手指，毫不犹豫地把它掰断了。清脆的响声带出的歇斯底里的哀号使赵一彻底清醒过来，可那时房东太太早已大叫一声晕厥过去。赵一见状赶紧敲开邻居的房门，两人套上马车将他的老婆送往镇上。

等房东太太从剧痛中清醒过来，她已经躺在医院的病房里了。病床周围站着几名医生和护士，他们个个衣着白色大褂。房东太太感觉右边整条胳膊麻麻的，像是刚刚被强大的电流击打过，她强忍着疼痛举起自己的手臂，右手缠满了纱布。护士上前阻止道："现在还不能动，不要着急。"房东太太环顾四周，气息微弱地问："我家男人呢？"

护士回答："去买早饭了。"

"那我这手？"房东太太轻微撩了撩被子。

护士稍稍犹豫了一下，然后捅了捅旁边医生的胳膊，医生心领神会地对房东太太说："你现在别想那么多了，好好休息吧。"医生和护士刚要走，房东太太声嘶力竭地哭了起来，她几近哀求地请他们告诉她实情。无可奈何，医生只好说："你先不要激动。你听我说，虽然你那根手指没有了，但是你的手还和以前一样，对生活一点妨碍没有。"房东太太的眼泪夺眶而出，她将头扭到另一侧，呜咽着说："谢谢你们，让我自己待会儿吧。"

疼痛是人类醒悟的开始。然而有些人是迟钝的，单单一场教训远远不够，因为愚昧才是生长在他们心中的毒瘤。

房东太太病好得差不多了，她便向赵一提出了离婚的要求。赵一死活不答应，他说这样传出去不光彩。房东太太警告他，如果不答应就去县里告他。赵一本打算把房东太太关在家里不让她出门，可惜他的老丈人三番两次地跑来做工作。无奈之下，赵一只好默许了房东太太的离婚请求，前提是房东太太一分钱都不能带走。房东太太有慈悲心肠，她才不会计较这些身外之物，而且她也不会去和赵一争这些东西。即使赵一那样对待她，她依然不记恨他，临走前，房东太太仍然嘱咐赵一，千万不可以听信别人的话，不能把家败了。赵一诚恳地听取了她的劝告，他明知房东太太不会再回到这个家，但依然心有不甘地欺骗自己说："如果哪天日子过好了，我就去把你接回来。"眼睁睁地看着自己的老婆离开，就好像这个家同时坍塌了一样，赵一的心随之变得空落落的。

"我和他之间再也没有牵挂。"当房东太太和我说这句话的时候，她的眼里泛着泪花，那种激动并非来自夫妻分别的感慨，而是源于对生命的惋叹和自己身上背负的责难。

离婚后的第二年，赵一死了。据房东太太说，他从镇上的玻璃厂领到了第一份薪水，高兴至极，于是买了一瓶好酒庆祝，回到家却发现屋子里冷冷清清的，便招呼李铁球过来作陪。没多久，赵一喝高了，他说他得去院子里撒尿，出去后就再也没有回来。当李铁球再次看到赵一时，他已经在河里泡了将近一个小时。村民用放炮仗的长竹竿将他打捞上来，探了探鼻息，确定已经没有生命迹象了，便把他摆在炕上晾着。

房东太太是个心地善良的女人，赵一出殡那天，她过来帮着婆婆忙东忙西。流言即是从此时开始的，人们臆断祸害的根源在她，说她是不祥之人，克夫。

四

流言毕竟只是流言。房东太太一向是个率真的人，她自始至终都不把那些闲言碎语当成生活的一部分，她也是这样对自己父母说的，可惜她的父母上了年纪，听不懂她在讲什么。他们只知道，人活一世，脸面最重要。房东太太说，脸面是自己挣的，不是别人嘴上封的。人要是靠着别人的想法活着，不就成鬼了么？为什么呢？

因为鬼才知道他们到底在讲些什么。

房东太太的第二次婚姻，是在她三十岁的时候。期间，她在家待了好几年，屡屡有上门说亲的，但都被她以各种理由一一回绝了。兴许是第一段婚姻令人太过失望，所以她并不忙着再次把自己许出去。过了几年，风声渐渐松了，她的父母拿她也没辙，说媒的人忙着给年轻的黄花大闺女牵线搭桥。房东太太发觉自己慢慢地失去了竞争力，于是重新将改嫁的事宜提上日程。

在一个没有任何意义的日子里，房东太太嫁给了一个毫无故事的男人。这个男人叫魏东，名字没什么讲究，模样平凡得仿佛记一辈子都记不清似的。魏东在公路旁边开了一家规模很小的汽车维修店，他的父亲在闲暇时候会过来帮着打下手。魏东有个名叫魏西的双胞胎妹妹，在百货商场上班。魏西几年前嫁到了城里，闲了就回娘家住两天。魏西说，他们两兄妹有心灵感应，旁人对这事将信将疑。虽然没法证明它的可靠性，但是魏西笃定，他的哥哥给了她第六感知的能力。

结婚当天，风和日丽，万里无云，天空像个硕大的青瓷碗一样扣在头顶上。吹弹的戏子们扯开了嗓门，明快的调子悠扬婉转，送亲的车辆踩着鞭炮一路颠颠荡荡。虽说房东太太是二婚，不该大操大办，可魏东是头婚，三十来岁了才娶上媳妇，说什么也要热闹。房东太太向我形容："当时看到魏东手足无措的样子，着实可笑。"房东太太是过来人，她说婚礼就是走一个过场，不办婚礼就住到一起那是要流氓。要我说，办了也是要流氓，只不过办完之后要起流氓来不会遭人闲话。她在一旁悄没声地指导并且安慰着魏东，魏东则紧张兮兮地跟着她的脚步，眼神碰到亲戚朋友时，便砌上一脸尴尬的笑容。

略显忙碌的一天过去了，安静恬适的日子终于降临到房东太太的头上。她和魏东一同打理着汽车维修店，毕竟是自己家的生意，所以没有固定的工作时间。这倒也好。房东太太是个勤快人，七零八碎的事情她都干得来，有时候赶上加班，她就在一旁守着魏东。她说她喜欢闻机油的味道，不只喜欢闻，还要弄得满手都是。魏东自然不会明白她的这一特殊爱好，不光他不懂，我也不懂。我说，温和的人都不喜欢碰这些东西。房东太太则不以为然，她知道我天天与文字和白纸打交道，她说，当你手里握着饶有分量的金属零件时，内心无比踏实。她说，只有当人们碰触到真正的钢铁，意志才会变得坚强。我半信半疑。她又说，每次用肥皂将那些藏在指缝里的油污洗掉时，就好像重新活过一次。

房东太太得到了魏家人的认可，尤其魏东的父亲，他就像对待自己的亲生女儿一样对待她。这无疑给了房东太太莫大的勇气。她义正词严地对我形容：只有当别人爱你的时候，你才会理解生活的真正意义，你才会义无反顾地付出自己的一切。

半年后,房东太太怀上了魏东的孩子。这件事使得先前的谣言不攻自破，原本谈虎色变的家庭也变得活跃起来。听到这里我才明白，原来房东太太日夜挂念的即是这个孩子。但是内心的疑虑随之油然而生，记得房东太太说过，她的孩子在八岁的时候便离开了她。那又是为何呢？

在结婚后的第二年，房东太太就生下了她唯一的儿子。魏东兴奋不已地找来一本老旧的字典，他和房东太太一人翻一个字，最终确定了孩子的名字——富水。

出院以后，房东太太成了重点保护对象。魏东的母亲说，她生魏东和魏西那会儿还要辛苦，感觉像是死过一回，幸亏两个孩子打小知道孝顺。房东太太对她的话感同身受，因为她充分见识过赵一的叛逆，那种心碎的感觉全部写在了赵老爷的脸上。房东太太看着自己巴掌大的孩子，她说："你以后一定要记得我的辛苦。"魏东在一旁插嘴："那是当然，忘了谁也不能忘了自己的亲娘呀。"

坐月子是件辛苦的事，尤其像房东太太这种早就在一个地方待烦了的人。到第七天的时候，房东太太央求魏东扶她出去走走。魏东怎么会懂这些，他只问："你确定能出去吗？"房东太太说："确定。"于是魏东搀着她去自己家的菜地里转了一圈。那天，魏东讲了许多笑话，逗得房东太太开心极了。

房东太太跟我形容说："我一直没有料想到，原来他挺幽默的，而且他的幽默与别人不同。别人的幽默像是故作聪明，虽然你会笑，但是过后你又觉得那是低级的人才说的话，有种想撕破脸的感觉。他的幽默是从骨子里透出来的一股憨实，他不聪明，甚至连幽默之外的影响都不考虑，这种人是没办法拆穿的。只有在真实面前，人才可以做到天衣无缝。"

后来魏东将邻居家的宅基地买了下来，重新盖了几间新房，搬了进去。原来的老房子则留给自己的父母养老。一开始，魏东的母亲不答应，她说在一起住得好好的，为什么非得再花冤枉钱置办一套新房子。魏东的父亲斥责她："女人就是女人，见识短。"其实他早就看出了现在这套新房的价值，过去可遇不可求，现如今捡了一个大便宜。房东太太看出了婆婆的心思，老太太无非是觉得搬出去就显得疏远，而且原本在一个灶台上吃饭，热热闹闹的，现如今有钱了却越住越远，再加上舍不得自己的小孙子，隔了一条胡同就像隔了一条河一样，内心自然不好受。房东太太灵机一动，说道："孩子舍不得奶奶做的饭，以后还得让奶奶喂才行。"魏东不解地说："孩子这会儿不是还在吃奶吗。"她冲魏东使了个眼色："我也舍不得，怎么了。"魏东心领神会，冲母亲说道："就是就是，我也舍不得，您喂完他还得喂我呢。"魏东的母亲笑了。

房东太太说，那是她最幸福的年纪，男人拼命挣钱，孩子茁壮成长，每一天都是崭新的；没有可怕的事情发生，不担心日升，不害怕日落，不忧愁冬寒，不畏惧暑热。生活中总有新奇的故事接踵而至，不用焦急地期盼，自然而然就会发生。尤其是那个小家伙，今天能站立了，隔段时间又能走两步，再过些日子又会跑了，你还得追着他。不止会跑，还会说话，牙牙学语，一会儿蹦出这个，一会儿蹦出那个。都不知道他从哪个时候记住的，反正就出人意料地从嘴里冒出来了。孩子就是这样，没日没夜地成长。

房东太太的眼中燃起了一团火焰，过往的日子仿佛影片一样从她的面前浮掠而过，那种温馨的场景只有她自己能够体会得到。我看到的只是一团火焰。

屋外的月光出奇的亮，像是有人在月亮上加了聚光镜头一样。房东太太开怀地与我分享着她儿子的各种有趣的事情，我无法想象她的回忆都是如何保留下来的。我问她："过去老人们总说，人一上了岁数，就容易丢三落四、忘记一些事情，为什么您会记得这么清晰？"房东太太笑着回答："但是有些事是永远忘不掉的，比你身上的伤疤都要深刻，越想忘记反而记得越牢。人不就是这样吗！"

五

魏东事事都听房东太太的，这在外人看来极不合规矩。别人管魏东这样的男人称作"蔫皮子"，说白了就是怕老婆，而房东太太则极力否认这一说法。她说男人爱你相信你，才会把一些权利放在你手里。男人是顶梁柱不假，但谁又说女人不能扛事了呢？

房东太太为了证明魏东不是"蔫皮子"，一口气列举了诸多实例：

第一件事发生在房东太太刚刚过门不久，魏西的丈夫开车带着她和孩子回家,魏东说要做一桌丰盛的菜肴给他的外甥吃，魏西起初还挺高兴的，说都是一家人何必这么客气呢。结果当魏东伸手向房东太太要钱的时候，魏西的脸一下子拉了下来，一边佯装若无其事的样子一边巧言令色地说："哟，嫂子这么快就执掌家里的财政大权啦，我在这个姓刘的家里可没有这么高的地位，要不说还是哥哥懂得疼人呢。"房东太太一听，魏西明显是在说魏东窝囊，还故意南辕北辙，说自己不如她。为了不让魏西产生偏见，房东太太辩解道："不是的，我这里就放些零钱。大票子还是在他身上。"

魏东和魏西性格相反。魏东沉默寡言、敦厚老实，魏西口无遮拦、豪放不羁。别人总说，这两个孩子是龙凤颠倒了。房东太太明白，遇上这样的小姑子，一定要事事谨慎、句句小心，若是被她挑了错，自己的丈夫一定会夹在中间左右为难。

第二件事是魏东和魏西开店。打魏东结婚前，魏西就准备在马路旁边开一间小型超市。她说，以后来往的车辆越来越多，在这里开店，卖些烟酒，肯定红火。魏东的父亲首先否定了她的提议。他说："你现在都嫁到城里了，这店怎么开？没法开。"魏西指着房东太太说："反正嫂子在家闲着，她在店里，既不耽误生意，又可以照看孩子，两全其美啊。"魏西转向魏东，问："哥，你说呢？"不等魏东开口，房东太太就答应了下来。这对魏西来说简直是百分之百的好消息，但她却不领情："我哥还没发表意见呢，不能算。他要说不行，这事儿我就不提了。"魏东心里拿不定主意，便将决定权交给了房东太太："她说行那就弄吧。"魏西不高兴地说："哥，你不能一点主见都没有，你要说不行，谁说行也没用。"

气氛一时僵住了，谁也不敢说话，仿佛谁说都是错的。可是魏东偏不作声，最后魏西气呼呼地回了城里。超市没有开起来还算小事，关键是，自打那次之后，魏西就不怎么回娘家了。

人往往就是这样，做得再好，也抵不过别人的一张嘴。房东太太说，她觉得魏东好就行，但是别人不这么认为。他们说，男人做事不只是为了让自己老婆满意，就像女人打扮也不只是为了让自己老公有面子一样。房东太太不善于辩解，更不屑于辩解，她活了三十多年，认死理儿，她觉着人不应该活在别人的口舌之下，那样浪费精力，活得还没意思。

我说："人终归不会总出现在别人的眼中，别人看不全的，自己就不去在意了吗？人也得时不时地照照镜子，看看眼前的那个人还是不是自己。"

房东太太做事自然也有过火的时候，就拿生二胎这事来说，她固执己见，完全没有考虑过魏东及其父母的想法。

1982年，计划生育定为基本国策，铺天盖地的宣传语出现在农村房屋的后背上。那天，房东太太抱着刚满一周岁的儿子，在房檐下看镇宣传委员拿着绿漆在墙上画来画去。魏东悄无声息地凑过来，大声读道："计划生育，人人有责。"他指着自己的儿子说："看见没有，你也有责。"

后来魏东的父亲私底下对魏东说，要是有两个孩子就更好了，等长大了，互相有个照应。魏东把父亲的意见转告给了房东太太。房东太太说，生孩子又不是加工零件，哪有越多越好这一说的。国家都规定一家只生一个娃了，不能和国家对着干！魏东不吭声，他不吭声的原因是：这件事是父亲提出来的，他夹在中间，两难，所以模棱两可。

"可是，村西头魏国忠和村东头儿魏老三他们能生，咱们为什么不能？"魏东问道。

“他们做了错事你还要学吗？”房东太太回答。

魏东心有不甘。

二人争论半天也没有得出结论来。第二天，房东太太偷偷跑到镇上的医院做了结扎手术。回来后便被魏东骂了一顿。那是魏东第一次骂人，凶狠得很。当时，魏东的父亲也在场，房东太太低着头，态度诚恳地接受批评。她知道，自己这样做不仅使丈夫在他父亲面前没法抬头，而且使自己的公公难堪，脸上多少有点挂不住。后来魏东的母亲将魏东劝走，房东太太回到她自己的房间躺下休息。

生二胎的事就这样不了了之，魏东对房东太太还和以前一样，既没有变好，更没有变坏。反而是魏东的父亲，越来越觉得她是个自私的人。魏西在电话中听到父亲向自己这样倾诉，心里偷偷泛起一阵莫名的喜悦。

转眼间，房东太太的儿子已经七岁大了，到了读书的年纪。房东太太说，女人这一辈子，唯一宝贵的时间都给了孩子。这一点我完全能理解，我的母亲曾经对我说：“等你长大了，去了外面的世界，我也就只剩下数着日子过活了。”

家境渐渐殷实了，魏东为自己买了辆崭新的摩托车。等孩子去了外村上学，魏东便包揽了接送孩子的任务。房东太太每天都要起大早，因为家里有两张嘴要吃饭。虽然忙碌，可总感觉前所未有的充实。整个人像是上了发条一样。她说其实那样活着也挺好的，不渴望大的成就，不计较小的损失，生活总能在其他方面给你补偿。那时候真的是愿意把一天当一辈子来活，什么朝五晚九，恨不得朝四晚十。现在年轻人耐不住寂寞，想方设法地让时间过得再快一点。人就应该用生活去弥补时间，而不是用时间去消耗生活。

魏东表面上看起来呆呆傻傻的，其实心思细腻得很。房东太太面带笑容地说："在那个年代，人们都在为了过上安稳的日子而努力着。结婚只不过是为了向世人宣布对一个女人的占有权，以及完成传宗接代的任务。没人懂得浪漫，尤其在农村，更加没人会施舍一点浪漫给自己娶到手的媳妇。魏东不同，在我们七周年纪念日的那天，他悄悄去了趟县城，费尽心思，就为了找一家鲜花店买一束玫瑰送给我。当我看到他双手捧着那束玫瑰花走进家门的时候，我开始还挺好奇，后来他告诉我这天是我们的结婚纪念日。现在人们都说七年之痒，可是他却在毫无纪念意义的七周年的时候送了我一束玫瑰。我相信那是他心血来潮的想法，但是对我却起了作用。虽然我嘴上责备他乱花钱，但是心里开心得不得了。"

那时候，家家户户流行摆放塑胶花，因为塑胶花永开不败。至于玫瑰，没人认识。即便认识，也与其他品种等同，但它最大的缺点是放不长久，还需要用金钱才能买来。房东太太告诉我，其实八十年代最不缺少的就是浪漫，但是懂得浪漫的人都是后来才被告知的。

对我来说，八十年代并不遥远。我出生在那里，有一群高声喊叫的人簇拥着我，叫我赶紧长出自己的骨头。我一生下来头发就是硬的，血液也是红的，我的双眼比任何时候都明亮，声音比任何时候都高亢。不惧黑夜，因为白天心是踏实的；崇尚真实，因为我是浪漫的孩子。

然而浪漫同样也会招来是非。

当魏西得知此事后，立刻去跟她的父亲扇耳边风。她说，魏东这是娶了媳妇忘了娘，从来没见魏东或者嫂子给爸妈买过什么东西。魏东的父亲早在生二胎这件事上就对房东太太有了成见，虽然心里明白魏西这是借题发挥，但他却控制不住地想去大闹一番。魏东的母亲劝他少多管闲事，他却火冒三丈地把她也臭骂了一通。

魏东的父亲是头倔驴。魏东的母亲说，他是典型的窝里横，平时跟外人好好的，回了家就变成了驴。魏东刚刚结婚那会儿，他还算有些收敛，时间一久便原形毕露了。魏东的父亲不会喝酒，但是发起火来跟撒酒疯没两样。他兴冲冲地闯进魏东家，一把推开屋门，魏东和房东太太被吓了一跳。魏东的母亲紧随其后，进了屋门，她冲魏东使眼色，然后做了个摆手的动作。

那天，魏东的父亲扑了空，原本要发的火也没发出来。我向房东太太询问事情经过，她说，魏东买花之前去了趟魏西家，她晓得魏西表面上大大方方，实际心胸狭窄。所以，为了不节外生枝，被抓住把柄，她将玫瑰花插到了塑胶花的花瓶里，不仔细看根本看不出什么不同。

房东太太苦笑着说："真不愿意告诉你，但是跟人相处就得有真有假，尤其跟那些居心叵测的人相处。"

六

1989年春天，魏东出事了。那天凌晨，天空飘起了细如沙的小雨，头顶一片漆黑。像往常一样，魏东骑着摩托车，送他的儿子去学校。

回来的路上，迎面疾驰过来一辆轿车，魏东眼看就要拐进自家的胡同。刹那间，轿车躲闪不及，硬生生将他铲到了天上。落地的一瞬间，魏东的头部受到了严重的撞击，顿时昏迷了过去。

当村里人把房东太太带到魏东身边的时候，她一下子瘫坐在地上，无论旁人怎么拉扯就是没了力气。魏东的母亲在一旁号啕大哭，魏东的父亲挨个询问在场的村民，有没有看到肇事车辆。大家都说，只听到声音，却没看到有车经过，兴许是早逃走了。

紧接着，医院的救护车来了。

魏东被拉进了县医院抢救，魏东的父亲跟上了车。房东太太本想一同前往医院，结果被魏东的父亲拦了下来。他黑着脸对房东太太说："你去了有什么用，先去把孩子接回家。"救护车走了，房东太太和魏东的母亲绝望地看着马路旁边被撞散架的摩托车，两个人谁也没说什么，相继回了家。

天色逐渐亮起来，抬头却寻不见太阳的踪影，仿佛那厚重的乌云也消失了，天空则固执到只剩一片灰蒙蒙，像是被抹了一层石灰。房东太太一路磕磕绊绊地步行至学校，她把来由告诉校长，然后将自己的儿子带走了。

回家的途中，她的儿子问她，为什么要把他带回家？房东太太不知道该怎样把实情告诉自己的儿子，况且魏东现在在医院里生死未卜。房东太太对我说，那天她彻底崩溃了，感觉整个世界都没有希望了。她说，她宁愿相信别人说的，自己是个克夫的人，也不愿意接受如此悲惨的命运。她说魏东是个很不错的男人，可是上天却总是在跟她开玩笑。她说他们的儿子才刚刚上一年级，他怎么忍心就抛下他们两个，自己走了呢。

房东太太说："生活怎么这么难！"

我说："生活本来就是折磨人的。"

房东太太说："人最痛苦的就是在幸福的时候遭受打击。"转眼又说，"人最痛苦的是在不幸的时候还有更加不幸的事情等着你。"

等房东太太带着儿子和婆婆来到医院，大概是中午了。她客气地向医院的护士询问了魏东的病房号，护士告诉她，魏东正在急诊室抢救。待打听好楼层，她连婆婆和儿子都顾不得就向急诊室跑去。等她看到魏东的父亲和魏西时，恰巧有两名医生从急诊室急匆匆地走出来找病人家属，房东太太抢上前去说，她是病人的老婆。魏西从椅子上站起来指着魏东的父亲说，这是家里管事的，你有什么话跟他说吧。医生冲三个人说道："由于颅内出血过多，病人现在极度危险。"魏东的父亲问："那还能抢救过来吗？"房东太太泪眼模糊地说："该怎么治就怎么治，不用担心钱的问题。"医生解释道："这跟钱没关系，病人现在这种情况，就算继续治下去，成功的概率也超不过10%，而且即使手术成功了，病人以后也有可能是植物人。如果你们决定治，后续的手术费用大概还需要三万左右。当然，只要你们不打算放弃，我们就会尽全力。我把情况告诉你们，就是想让你们一家人一起综合权衡一下，然后尽快给出个解决方案。"

房东太太说，在这件事上，魏西还算有点良心的。当时，魏东的父亲极力反对继续手术，他说医生都明确表示，即便治好了也是植物人，而且连三成的把握都没有，他说应该把钱留下来处理以后的事情。魏东的母亲在一旁一声不吭，她不知道该做何决定，魏西让她说句话，魏东的父亲就骂她，臭娘儿们啥也不懂。所以她只有哭。房东太太让她看好孩子，所以她边哭边看孩子。

结果，魏东真的死在了手术台上，房东太太再一次丧失了做一个合格妻子的机会。她语气平静地对我说："尽力了，只能说老天爷不眷顾他。"

魏东被拉回家那天，房东太太病倒了，她身体发着高烧，一连几顿饭没吃，脸色一下子憔悴了许多。出殡的时候，她被魏西搀扶着出来见魏东最后一面。

五七过后，房东太太便下定决心，离开这个家庭。但是魏东的父母坚持要留下孩子，说孩子是他们唯一的希望。房东太太争辩道："你们都上岁数了，孩子毕竟才八岁，他怎么能离开自己的亲娘呢？”但是他们哪里还想听她这一套，不光不想听，他们还恨她。他们说，如果不是她，自己的儿子不会死。房东太太不明白他们的意思，但事后她才听说，原来有人将她“克死赵一”的事情搬了出来。再后来，房东太太的父亲来到他们面前讲道理，他们非但不予理会，反而诬陷房东太太在威胁他们。

魏东的父亲将房东太太的父亲来家里闹事的经过告诉了魏西，魏西一听，立刻恼火了。一气之下，她干脆搬回家住。自那时起，房东太太就成了魏东家比仇人还要苦大仇深的敌人。

为了争取到儿子的抚养权，房东太太最终走了司法程序。但是在踏进法庭的前一刻，房东太太却放弃了孩子的抚养权。她和魏东的父亲签订了一份协议书，然后再次搬回了娘家。

我不解地问房东太太：“为什么这么做？”她说：“不只是你不懂，就连魏西也不懂。她不像她爸，认为自己得到了抚养权就证明自己确实能够赢下那场官司。她知道我能打赢那场官司，所以她曾经问过我相同的问题，但我没有回答她，因为魏东死后就再也没有人值得我去解释什么叫爱了。”

我说：“其实你还是爱他们的，不然，为什么会将孩子拱手让给他们呢？”

房东太太说：“这不是让。上天给了我这么好的一个男人，又让我有了他的孩子，我觉得自己很幸运。我以为，在赵一之后，就不会再有好的男人出现。当然，我说这话不是因为魏东有多好。当一个人受到沉重打击之后，他会很长一段时间拾不起生活的勇气，但是魏东让我看到了希望。现在他走了，我伤心；上天夺走了他们的儿子，他们又来夺我的儿子，我也伤心。为了不让自己伤心就和别人争，觉得自己受到了不公平的待遇，所以和家人翻脸。关键是，魏东的死使得每个人都更加自私，我们完全放弃了家庭的观念，就像一瓢水把全部的亲情浇灭了。所以我不忍心走进法庭，我宁愿失去这个儿子，也要让魏东明白，这个家是他给我的，里面的一切都是他给我的，这一点至关重要。”

我问她：“现在觉得后悔吗？”房东太太毫不犹豫地说：“后悔，但是人都要为自己的选择承担后果。在你选择一种幸福的同时，你也选择了为得到这种幸福所要经受的苦难。”

在先前签订的协议书里，房东太太得到了魏东一半的财产，然而，她却只拿走了家里所有的家具，她把那笔钱作为孩子的抚养费，一并交由魏东的父亲保管。房东太太说，那个屋子里有她和魏东的所有记忆，她唯一愿意带走的不是那些钱，而是他们共同用过的那些家具。她从魏东家搬出去的时候，魏西把家人叫到一起，共同吃了最后一顿晚餐。房东太太对此感动不已，然而在饭桌上大家却出奇的安静，没有人敢多说一句话。临睡觉前，魏西对孩子说：“记住了，这是你娘，走到哪里她都是生你养你的人。”房东太太悲伤欲绝地说：“他还是个孩子，过不了多久就会忘了我的。”魏东的母亲听到这话后悄悄流下了眼泪，魏东的父亲也暗自难过起来。

房东太太走的时候，她的儿子已经被送去了学校，她说这样也好，省得看了哭哭啼啼的，舍不得。我猜想，房东太太在转头的一瞬间肯定心如刀绞，那种噬魂彻骨的滋味只有她自己清楚。毕竟那是她梦开始的地方，不管命运曾经击碎过她多少次，至少她从那里坚强地生活过。

就这样，一个家彻底散了，房东太太又和自己的父母住到了一起。她说或许这就是命，过去总以为，只要认真活着就能够得到幸福，现在看来那不过是个幌子。她说，生活就是无可奈何，是妥协。

那年她三十九岁，用她的话说是，眼见就奔四的人了。

七

太阳是灯，把灯关了，就是黑夜。

屋子里突然一片漆黑，伸手不见五指。窗外的月光渗进来，房东太太凭着记忆摸向柜台，她的双脚就像砂纸一样打磨着地面，自下而上发出“嚓嚓”的声响。我坐在一旁纹丝不动，房东太太安慰我：“稍等一下啊，我这就把蜡烛点上。”我焦急地等待着光亮再次来临的瞬间，同时又担心房东太太会摔倒，于是乖乖地坐在原地。我默默地数着房东太太的脚步声，稍稍有一丝停顿，我的心就像被揪了一下，立刻紧张起来。

最终她还是将蜡烛点上了。我就着微弱的烛光顺着刚才的脚步声看过去，柜台底下放着不起眼的一包蜡烛。我抱怨道：“都什么时代了，怎么还会停电呢。”房东太太通情达理地说：“保不齐会出点问题。也许是线路烧了，或者变压器跳闸了。等等吧，一会儿就会送上的。”

电灯熄了，蜡烛着了，温度仿佛一下子降了下来。我的脚在瑟瑟发抖，身体中的热量也在慢慢地被抽离出去。我的双手往袖口里缩了缩，双腿并拢，脊背微微弓下去。房东太太见状急忙将捣灰的盖子打开，煤块中瞬间吐出一条火舌，她把水壶放回去，炉膛里发出雷鸣般隆隆的声音。火在激昂地歌唱，水在策划一场战争。

我不好意思地说：“不用打开，没事。”

房东太太笑了笑，默不作声。

光是人类的最后一道防线，假如彻底失去光明，人类也将陷入无尽的痛苦。

夜已经深了，几只兴奋的狗还在隔空对话。除此之外，一切都是黑的。昏黄的烛光抵御着夜色的侵扰，摇晃的身躯带有一丝胆怯。甭说风在捣鬼，只怕那低语的人呼吸再强些，都可以把蜡烛吹灭。窗户将外面的世界裱成一幅静谧的画，画里有树在招手，有月亮在微笑，还有听得见的犬吠声。屋内的门关着，这样既安全又保暖，炉火上水壶在凄厉地惨叫着，添一些凉水，终于消停下来。房东太太的身影在墙上难以捕捉，可她纹丝未动。也许是她的话招惹了那根烦闷的蜡烛，所以想制造出一些动静来。

房东太太客气地问我："小伙子，困了吗？你要是困了就回去睡吧，明天我再把剩下的讲给你听。"我不假思索地说："不，我要听完。"我抬头看了看墙上的钟表，十一点整。按照往常的规律，房东太太此时早已睡下了，可是今晚注定是个不眠夜。时间被好奇心占据、被故事的延续诱惑，更被微带凉意的温暖包裹着。我心想：接下来还能发生什么呢？仿佛世上所有的灾难都已经在这个苦命的女人身上发生了。然而，事情并没有那么简单，如果简单的话，房东太太也不会打算另挑出一段时间来给我讲，或许她会用一句或两句话简单带过，然后作为结束语告诫我，一定要好好生活。那么我的期待也将会大打折扣。

房东太太往水壶里添了一些凉水，屋子里立刻安静下来。我将目光重新移回她的身上，她毫无倦意，在烛光下反而显得更加精神矍铄。

她告诉我，她的第三次婚姻要从创业开始说起。我惊讶地叫了起来。

房东太太笑着说："你可别小瞧我们那个时代，农村人晓得光靠那一亩三分地发不了家，所以都在往外走。"

"可是……"我刚要说话，又觉得有失礼貌，所以干脆闭上嘴。

其实她早就知道我为什么如此吃惊，但她故意不作解释，她害怕过多的说辞会使我羞愧，于是话锋一转，房东太太说道："说是创业，只不过是开了个小小的面馆而已。"

房东太太说："一个四十岁的女人，死了丈夫，儿子不在自己身边，总得找点事情做。总不能像二十多岁的时候，跟着父母，靠山吃山靠水吃水。父母都六十多了，干不动了。你说是不是这个道理？"

我诚恳地点了点头。她继续说道："当初在县城开面馆的时候，没有人帮忙，什么事都要自己操心。不过多亏了在维修店里干的那几年，觉得开个面馆要轻松得多。不用起早，稍带点晚也撑得住，就是让热水多咕嘟一会儿的工夫。"

一开始效益并不好，后来生意慢慢红火了，来她这里吃面的有小商贩、工地打工的、公司上班的，政府领导也来过。后来房东太太攒了些积蓄，便要把她的父母接到县城住。父母说他们老了，哪里也不想去了，就是死也要死在这片土地上。她知道老人爱寻根，也就不再强求。

1990年夏天，房东太太的第三任丈夫——方平信第一次走进她的面馆。

时至今日，方平信给她的第一印象仍然记忆犹新。她向我这样描述：

"他刚一进面馆，就差点打翻了我辛辛苦苦做好的一碗热汤面，完全像个愣头青。他当时带着老款的近视镜，镜框大得像要包住整个脸盘。他的头发浓密地铺在头顶，也看不出究竟是几几分，像是从一侧拢到一侧。他的白衬衫肥得要命，在空中晃来晃去，像极了蒙古族的服装。

"他看上去四十岁左右的样子，实际上已经五十了。当然，这是在我们认识很久之后我才知道的。一开始，我只是觉得他与众不同，却不知道他具体哪里不一样。我从来没见过任何一个男人斯文到他那种程度，这一点就连魏东都望尘莫及。出于好奇，我开始和他东拉西扯地谈起话来。他并不是一个慢热的人，说话直爽但不失分寸，像是从教科书里走出来的人。他很爱说‘但是’，好像转折能够解决很多问题。

“他在县文化局工作，比我大十岁，是个名副其实的干部。我曾经问他，你们单位有食堂，为什么喜欢吃面？他说食堂里气氛不对，他宁肯自己掏腰包来吃一碗面，这样踏实。后来因为一篇稿子他被调到了市文化局。不过那都是后话，因为那时候我已经和他在一起了。”

后来房东太太又回忆起两个人从相识到结婚的过程，她说：

“有一天，店里生意不好，就他一个人。我在他对面的桌旁坐着，他问我，怎么不见我家男人。我说，男人出车祸死了。他叹了口气，然后继续吃他的面。不一会儿，我问他你家里那位是做什么的？他抬头望着我，许久不敢发声，等我快要放弃的时候，他又突然给出了答案。他说，离了。我问为什么，他说记不得了，可能是外面有了更好的依靠，所以离了，留下个不省心的女儿，天天闹腾。我刚要安慰他，他却说但是也没什么不好的，跟我过是两个人受苦，离了就是一个人受苦。爱人想走，拦得住吗？拦得住人也拦不住心。我觉得这话挺对的。当初我和赵一被人强扭在一起不也没走到最后吗。

“就这么一来二去过了半年。有天傍晚，他突然跑到我面前对我说，要不咱俩凑个家庭吧。我把他骂了回去，骂完之后我就后悔了。我反复回想拒绝他的理由，竟然一个也没有。我对自己说，你看看你，图个什么？

“兴许是被吓到了，他好久都没来店里。我当时还在想，要是哪天他再来了，我一定要对他好点。结果他一直没有出现。

“直到几个月以后，当时我都快把他忘记了，他却又重新出现在我面前。我有点不知所措，但还是很友好地请他坐下，问他想吃点什么。他跟个木头似的盯着我，既不打招呼也不说吃什么。等午饭时间过了，人都走了，他才开口。他说，他没来这几个月其实是去市里了。

“我说，然后呢？

“他说，他在市郊区盖了一所房子，新的，家具都摆好了，就差我了。

“我第一次脸红，不知为何莫名其妙地害羞起来，不敢抬头看他，其实那一刻我非常想看看他。我想仔细确认一下，但我不知道该确认什么。最终我还是点头答应了。他高兴得手舞足蹈，完全不像是五十岁的样子。

“四五十岁的人说要在一起，其实就为了图个踏实。他不藏着掖着，我更没什么好掩饰的。遇到问题，也理性得多。

“他迫不及待地想把我娶过门。他说，我家长健在，而他家长早就没了。我们俩这个岁数，见不见家长不重要，只要觉得对方能踏实过日子就行。搭伙做伴，走完下半生吧。

“我回家争取了父母的意见，父母回答，没意见，结吧。他回家争取了女儿的意见，他女儿却说，意见大了，但你们不照样得结吗。

“是，我们照样结了婚。

“婚礼当天，他在县宾馆摆的酒席，来的大多都是干部，某局的局长、某科的科长、某某局的副局长和某某科的副科长。感觉不像是婚礼，更像是领导会餐。我的父母没有出现在婚礼上，这点我能理解。别人问起来，我和他统一口径，就说父母正在农村宴请另一帮家属，以后有机会再专程答谢各位领导。

“婚礼上的大部分时间是在说客套话，谁也没真喝多少酒。毕竟他是二婚，我都三婚了。

“刚刚结婚没多久，他就被调到了市文化局工作，我也就自然而然地跟着搬进了现在这所房子里。”

八

“房子的外墙已经重新整修过了，大概的样貌没有变。”房东太太指着屋顶和地面说，“这些都是2000年的时候重新换的。过去总下雨，一下就是一整天，地都能被浇透了，更何况这弱不禁风的房子呢。”我说：“是啊，以前在我们老家，大雨能把院墙推倒了，曾经还拍死过人。现在雨水少了，河里来的都是污水，不干净。”

房东太太继续说道：“为了装修房子的事情，他和他的闺女方珮闹得很不愉快。或许原因在我。当时方珮已经成家，嫁给一个在国企上班的男人。他把要装修房子的事情一五一十地告诉了方珮，方珮一听就不高兴了，她说你都六十了，我不能天天回家守着你，你还不如在市里买一套房子，挨得近了也好有个照应。他觉得方珮说的也有道理，于是跟我商量这件事。”

“我说，现在孩子都忙，就是有心思也没时间照顾你。你想往孩子身边凑，可是真凑到一起了也不一定自在。再说，你老了我还没老，我可以照顾你。

“听到我说这话，他立即打消了买房的念头。说实话，我不过是出于私心才这么跟他说的，我在农村住惯了，进了市区害怕，人多但谁也不认识谁，走到哪里都得提防着，出了屋子就不是自己的家了。在这里不一样，我有邻居、有植物，门前的路属于我，门后的院儿也属于我。况且他也住不惯楼房，太高。人一旦站得高了，就容易看不清脚下的路。

“房子没买成，方珮也就把责任推到了我的身上。她每次见到我就像见到瘟神一样躲着走。其实这些对我来说倒也没什么，毕竟我不是她的亲妈，我嫁过来的时候她已经长成大姑娘了，人一有了自主思考的能力谁也管不住。从小方平信就惯着她，他总感觉导致她缺乏母爱的最终原因在于自己，所以什么事都听之任之。而我这个做后妈的，更没有资格跟她计较什么。

“后来他退休了。他说，手里一时少了很多事情，闲得很。他说，他感觉自己还很年轻。我说，你的头发都白了一半了，骑自行车去上班，路上恨不得歇三回。其实那时候是通公交车的，可他偏不坐。他在县里工作的时候就一直骑那辆自行车，每次一回到家他先要拿抹布把车身擦干净，每隔一个月就要往链条上放一些润滑油。但是他腿脚不好使，就是把润滑油都倒在上面也骑不快。

“这些花和树都是他退休以后种的，还有那几根竹子。到了夏天，总飞过些小虫子来吵人，有时一不留神还会落到你的后背上叫你背着它。刚退休的那段日子里，他好像变了一个人似的，做什么事都没有耐心，还时不时地冲人发脾气，你都不知道哪儿得罪他了。

“他特别爱读书，什么书都读。可是等有时间了，他又不读了，你说奇怪不奇怪。他说，平时读书是忙里偷闲，现在读书好像为了打发时间。我说这俩还不是一个意思。他知道我不识字，不懂得读书的乐趣，所以很少跟我在这上面吵。刚结婚那会儿，我就正儿八经地问他，我一个大字不识，怎么配得上你？他却挤眉弄眼地跟我说，‘大’字他认识，他可以教我。

“方珮越来越讨厌我了，我能察觉得到。你在这里住了这么久，根本就没见她来看过我。”房东太太哀伤地说。

我安慰道：“或许她太忙了。就像您说的，凑到一起也不一定自在。”

房东太太说：“你不了解她。当初她爸退休回家以后身体变得极差，脸色也不好看，头发仿佛一晚上白了许多。她说我伺候得不够周到。可是这跟我又有什么关系呢？人一没了念头，身体就容易衰退，就是让总统不当总统了，他也会迅速变老。

“你都无法想象那段日子我们是怎么度过的，整天清粥小菜，饭后他去打理花草，我在屋子里缝缝补补。方珮隔一段时间就回来看看我们，主要是来看他的。她很少跟我说话，就连日常家用的钱都是交给方平信以后，再由他转交给我。那几年，是我内心最平静的一段日子，平静到好像没有一点需要珍惜的，心甘情愿地浪费掉了。

“2010年的时候，他突然走了。前一晚，天空飘起了粉笔末一样的白雪，我们趴在窗台上往外看着骤然飘下的雪花，树枝和墙壁都披上了白色的衬衫，地面一片乳白，像是泼了一层牛奶，又像是白天睡在地面上。他给我讲了很多关于冬天的故事，我着了迷一样地望着窗外。他说虽然前半生我没有在他身边，但是我却陪他走到了最后。想起来就让人心满意足。

“第二天早上，我发现他还没有起床，他平时起得比太阳还要早，那天却偷偷睡起了懒觉。我开玩笑地冲着他喊，赶紧起床，上班迟到了。他没答应，不光没答应，连眼睛都不愿意睁开。我凑上前去推了推他的胳膊，他仍然像个木头似的摆在那里。当我用手捧着他的脸时我才发现，他的身体已经没了温度，就像外面的冰雪一样刺骨。我使劲冲他嚷了两声，得到的只是消失在空气里的回声。

“等他的丧事结束，方珮说什么都不让我在这所房子里住了。她说我是扫把星，她爸不该把我娶进门。难听的话一句叠着一句。

“我能说什么呢？人老了，该死不就得死吗？她怎么会懂这些。后来听说为了拓宽道路，政府要拆迁。方珮硬要我搬出去住，我都六十了，还能去哪儿呢？她说这里迟早都要拆，你总得给自己找个安身立命的地方吧。

“我哪想得出什么办法？她一有时间就过来在屋里坐着，也不说话。我知道她这是在催我。我跟她说，你说吧，你想让我去哪儿？

“她笑着说，我能去的地方多了，跟她已经没有关系了。

“我总不能睡大街吧？我说那要不我去租房子住。她说租房子多贵，叫我去养老院待着。

“我现在还能清楚地记得她的表情，她根本对我们之间的关系不屑一顾，尤其是她爸走了以后,她更是变本加厉。我不明白自己究竟哪里得罪她了，难道亲妈离开了你，就要把怨恨推到后妈的身上？后妈也是妈，后妈照样懂得疼人呀。你冷了她也会叫你多穿件衣裳，你病了她也会没日没夜地守着你，你嫁人了她也会伤心难过。后妈虽然不是生你的人，却是陪你的人。

“2011年的时候，我住进了养老院，从那之后就再没有见过她。我虽然是老太婆了，可我能走路会说话。有时候，那里的老人还需要我照顾，我倒成了那里的护工。养老院的人好像只有极少数是生活不能自理的，平时做起游戏来都活蹦乱跳的。要我说，把老人请到养老院里待着，也算是孩子们不孝了。

“过了几年，拆迁的事一直没有眉目，方珮着急了。市里就一家养老院，收费其实不比租房子便宜多少，也许当初她就是打算和我彻底断绝关系，所以把我放到养老院里。现在不一样了，房子拆不了空着，她每个月还要往养老院交几百块钱。时间一久，她终于算过这笔账来了。她说这样不划算，又叫我搬回来住。这不，一把老骨头折腾来折腾去，末了还是要死在这里。”

九

房东太太的故事讲完了，我痴痴地坐在原地动弹不得。她问我：“你觉得我的命苦吗？”我不知道该怎么回答。如果我说不苦，或许她能理解我的用意，但是在听了这么多之后，对于一个亲身经历过如此多苦难的人来说，我的安慰是否起得了作用呢？我不确定。如果我说苦，那么我之前所担心的都将成为现实，我的焦虑也将再次颠覆我最初的目的。更何况，苦难岂是一两句认同就能等价的，那么我所说的苦，还是真的苦吗？我不能就这样随口告诉她，我能理解她。

我最终还是一句话没说，我猜想，她肯定会失望的。她或许认为我会就生活或者命运作一番长篇大论，但是我没有。此刻，我连安慰的话都想不起来说。

“打扰您这么久，您肯定累了，早点休息吧。”我急匆匆地向她告别，然后起身回了自己的房间。看看柜台上的闹钟，已经是凌晨一点钟了。我把窗帘拉上，把月光关掉。我第一次害怕看到光明。我想把自己彻底浸泡在黑暗中，我想尽情去享受那不幸的遭遇所带来的悲念。再晚一点，动物们就要起来活动了，到了那时，原本积压的沉默也将不复存在。

一切终于被还原成了原来真实的模样，可是这个答案又有点出乎我的意料。从不起眼的小村庄一路颠簸到城市，房东太太最终只剩下这间老旧的屋子。我的眼角开始湿润，喉咙发紧，呼吸有些困难。为了不让她听到我极度的哀号，我一直憋到泪水从眼睛里流出来，它们像石子一样砸到我的胸口上。

我透过门缝望过去，那屋的灯还亮着。从狭小的门缝中刺出来的光亮使我惴惴不安，我曾经一度以为，有光的地方就会有希望。可现在，那条光线却昭示着难以忘记的过去。有些心事说出来内心反而不会轻松。我很想催促她，叫她赶紧把灯关了睡下吧，但我没有那样的勇气。如果我现在告诉她，第二天一切都会好的，就好像把积木的最低端的那根抽掉，所有努力都将适得其反。

一整夜，就这样惶恐地过去了。第二天一大早醒来，房东太太已经出门了，我兴冲冲地跑出门外，四处观望，始终不见她的踪影。我看了看手表，带着满心的忧虑去了单位。晚上回来，房东太太做了一桌可口的饭菜。没等我进屋，她便在院子里叫住我，说晚上一定吃一顿她做的饭。我欣然答应了。

房东太太的心情很好，饭间有说有笑，仿佛过去的不快全都烟消云散了。房东太太用开水烫了一壶酒，她说，那是她的丈夫方平信留下来的，放了很多年。我喝了一口，很辣，但酒的味道奇香。房东太太说，虽然她嫁了三个男人，而且一个比一个好，可到头来却发现总是一个人在走。我说，人的大部分时间都是自己度过的，因为爱才有了路上的回忆。

等到竹节泛绿，为了和新交的女友互相照应，我便从这里搬了出去。房东太太并没有过多挽留我，她让我有空常回来看她。我说一定会的。

自从道别之后，我就再也没有见过她。我不知道那样的承诺算不算是善意的谎言。或许她早就明白，生活里必须有谎言，否则所有的话就都不可信了。

临走之前，我多拿出半个月的房租塞到房东太太的手里。她刚要数，我便阻止道：“您还信不过我啊。”她笑了笑，将钱揣进兜里。她问我住的地方离这里远吗？我说不远，现在交通这么方便，想到哪里就能到哪里。她说年轻人还是多出去闯一闯好，不要一直在一个地方待着，越待越不想动，早晚腿脚要生锈。我诚恳地点了点头，然后走出门去。

房东太太跟出来，有些恋恋不舍，便陪我在路边等候公交车。我几次劝她回去，她却倔强地非要陪我等下去不可。她的眼睛死死地盯着远方，好像那即将到来的，不单单是一辆载人远去的汽车，更像是一次贪婪的留念。

公交车从远方缓缓驶近，我回头望着房东太太，她依然像初次见面时那样，头上束一个老式的带齿发卡，背佝偻着，像一支拐杖……待公交车停稳，我将行李放进车厢，冲房东太太挥手告别，她点了点头，说道：“走吧，走吧……”

十

“好了，我知道的也只有这些。”我转身注视着富水，他已泪流满面。

“我还得麻烦你，带我去找找她。”富水声泪俱下地说。

“这个没问题，不过……我不敢保证她还住在那儿。”其实我甚至无法确定，房东太太是否还活着。

“没事，要不……咱们现在就走？”富水迫不及待地说。

叶丽冲我点点头，说：“你去忙吧，我自己在家应付得来。”

“好，我去去就回。”我到衣架上取下外套，去门口穿好鞋子，冲叶丽说，“亲爱的，在家里等着我。”

"大嫂，实在不好意思。"富水边走边客气地说。

我开车载着富水往房东太太居住的地方走。富水一路上紧攥着拳头，一言不发地巡视着四周，好像所有矮矮的平房与他都有关系，与他的生命都有关系。他焦躁不安地看着路边佝偻前行的老太婆，仿佛每一个人都是他从未谋面的亲人，是他三十年来唯一忽视掉的那个亲人。

后来，在到达目的地时，我刹住车，看着眼前熟悉的大门，门前的石墩上坐着一个拄拐的老太太。我扭头冲富水欣慰地说："终于有落脚的地方了。"

惆 怅

一

我十三岁的时候，父亲三十三岁。父亲三十三岁时，就已经秃顶了。父亲当时对我说，你以后也会像我这样。他的话很快就应验了。初三那年，我的头发疯狂地往下掉，就像秋天的落叶一样。初一新生见到我，会把我错认成数学老师，有的人甚至拿数学题来让我解。同级的学生笑话我说，虽然我长得没那么出众，但是看起来挺有学问的。他们说，热闹的马路不长草，聪明的头上不长毛。我根本不赞同这种观点。我不赞同这种观点并非因为我不聪明，而是我本来就知道这是家族遗传的病。可是跟他们解释他们根本不会听，他们觉得，如果真是这样的话，那就太没意思了。

假如按照他们的思路说下去，我确实是个聪明的人，秃顶是因为我学习认真、刻苦，如此我便站得住脚了。想明白这些之后，我开始发奋图强，争取成绩名列前茅，我要让他们知道，我的秃顶是有价值的。然而我终归没能向他们成功地证明什么，我的成绩一直处于中游，掉不下来也冲不上去。我的父亲说，这叫一瓶子不满，半瓶子晃荡。他说，做人最怕这样，高不成低不就。付出了这么多艰辛，却没有得到相应的回报。这多少让我有些沮丧。我心想，高不成和低不就应该不是一回事。我高不成的时候，总可以低就吧。如果我低就了，大人们会满意吗？他们肯定不希望我做一个平凡的人，我自己也不愿意一辈子就这样平凡下去。问题是，我该怎样做才可以既秃顶又出众呢？

秃顶对我来说不算难事，从初中开始，我的头发就掉得十分顺畅。唯独出众，听父亲说，许多人熬白了头也做不到这一点。我说，没准儿不用熬到白头，我就已经出类拔萃了呢。父亲会心地笑了，他称赞我说，你有这样乐观的心态很好，它能帮助你实现心中的梦想。说实话，我没有什么梦想，我这么渴望成功，其实是想让自己过得舒服一点，不要像我的父亲一样，活得那么累心。现在我还没有跟父亲争辩的权力，在他面前发言，需要提前打上半天的腹稿，万一说不妥当，他抡起胳膊就是一巴掌，扇得我脸上火辣辣的疼，头发从耳后根掉下好几撮来。所以我和他志向不同这件事，只能藏在心里。

父亲像我爷爷一样，把自己的一生都献给了那片金灿灿的土地。每次看到他背着手走在田间地头，微风吹起他的衣角，黄昏如同炉膛一般幽暗，我在心里便暗暗思忖，这里究竟能长出什么来，怎么会让他反反复复地看个没够呢？麦子抽穗时，他高兴得不得了，稀罕得不得了；麦子熟了，一场大雨过后，他担心得不得了，忧愁得不得了；麦子拉回家，收进囤里，他欣慰得不得了，满足得不得了。对他来说，我不晓得这究竟意味着什么，但从他的眼神中可以看得出来，此刻，他心里的荣耀感比我降生时还要强烈。

后来我和父亲渐渐疏远，与此也有一定关系。直到升入高中，去到县城上学，我才慢慢懂得，我的存在和父亲有着千丝万缕的联系。尤其是交学费时，这种感觉愈加强烈。他说，我是这片土地养大的，不管走到哪里，我都不可以忘记，这是我生根发芽的地方。我说，你用家里的粪便把我拉扯大，无论走到哪儿，我始终觉得身上带着一股浓郁的乡土气息。父亲笑了，额上的皱纹也咧开了嘴。

高一那年，我的头发犹如冬季的柳树，一丝一缕，稀少得快要把头皮暴露出来了。尤其是中间部位最为明显，同学们喊它为地中海。我不晓得那究竟有什么含义。我只知道，每次洗完澡，别人需要晾半个小时头发才能彻底干透，而我只需要一阵风，就能使其恢复原来的状态。我像个怪物一样在人群中穿行了一阵子，觉得自己太过扎眼，于是逃课回家，哭哭啼啼地向父亲抱怨，并央求他想辙，否则我再也不去学校上学了。

可是哪有什么辙可想呢。父亲说："看看你爹，再看看你爷爷，咱们家一辈子都是这样，乡里乡亲也没有人瞧不起过。"

我不高兴地说："那是因为村里人看习惯了，我不一样，我刚到城里，遇见的都是陌生人，他们不习惯，他们看我的眼神像把镰刀。"

父亲自然理解不了我这样作比喻的意图，他也不懂得什么叫做修辞手法，他只知道自我安慰，别人一提到光头牛这个老秃驴，他就说："这帮混蛋，自己身上长了虱子，就羡慕别人没头发，真可笑。"

光头牛是我父亲，也是我爷爷。我爷爷头发掉光以后，就总有人这么称呼他，后来和我爷爷一边儿大的人该死的都死了，年少一点的人又把这个外号拾起来，继续称呼我的父亲。我记得爷爷当时意味深长地看着我，对我父亲说："咱家可是摘不掉这顶帽子了。"

父亲回答："摘不掉就戴着，反正人迟早是要死的，一个外号能留多久，还能带进棺材不成？”其实是能的。只要别人的记忆里有你，就是躲进棺材，你也别想安生。我心里一阵发毛，说：“我可不想被别人这么叫一辈子。”

我在家待了整整三天三夜，父亲心急如焚，死活想不出办法。到了第四天，父亲拿起擀面杖，怒气冲冲地说要把我赶出家门。爷爷坐在炕上，摸了摸油亮的脑门，说：“你把他打一顿就能长出头发来了吗？要真是那样，你来，来打我一顿。”爷爷拍了拍胸膛，脸上露出了前所未有的严肃的神情。

父亲扔掉手里的擀面杖，恶狠狠地盯着我。我知道，他不敢顶撞我爷爷，就像我不敢顶撞他一样。这是我家的优良传统：老子一声吼，儿子抖三抖。

关键时刻，还是女人顶用。我的母亲突然想出了一个让全家人都拍手称赞的妙招——戴假发。之后她还列举了一系列戴假发的好处，大致如下：

一、增加自信心，与人平等了；

二、随时可以变换发型；

三、遇到多雨天气，假发还能当雨伞使。

虽然第三条听起来有些牵强，但是前两条足以使我陶醉在假发带来的美好幻想中了。我说：“我不管，你们爱怎么着就怎么着吧。”父亲无奈地看看爷爷，两只眼睛在向他寻求意见，爷爷微笑着点了点头，父亲这才答应。

母亲和我之间有一种心灵相通的本能在，所以她最知道我想要什么。在我内心深处，我一直觉得自己是个只有母亲的孩子，光头牛只不过看起来跟我有点关系而已。这很像旧石器时代母系社会的观念，父亲只是给母亲打零工的一个苦力，子女完全不必听他啰唆，或看他脸色。

后来到镇上挑选假发，也是母亲陪我去的。挑选假发的过程并不顺利，我年纪太小，商店里的假发大多是给上了岁数的人准备的，我戴起来可笑至极。有一家商店的老板，看见我在镜子前扭来扭去地试假发，禁不住笑出声来。我不高兴了，将假发扔在柜台上，径自走出店门。母亲则尾随在后面，骂骂咧咧地跟老板吵了几句。店老板不好意思还嘴，但脸上的笑容已经不见了。我拉起母亲的手，急匆匆地离开，朝下一家店面走去。

最后，我相中一款配得上自己年纪和气质的假发，其长度不过二十公分，乌黑柔顺，三七分发型。店老板假装热情地对我说："这个头套是给三十岁左右的人戴的，你戴也就二十五岁。"母亲听了，安慰我说："这样更好，能多戴几年。"虽然我一直不赞同这种"买大一号，以后还能穿"的理论，可是在这个偏远而又贫穷的小镇上，能找到三十岁的人戴的假发已属不易。就像老板说的，我可以让自己看起来更成熟一点，假发不能将就人，但是人可以将就假发。我心想：他的说法不无道理，因为成熟的目的就是为了让人看不出真伪嘛。

有了假发就可以光明正大地见人了。

回到家中，父亲便催促我，赶紧回学校上课。我往耳后拨了拨乌黑的头发，冲爷爷问道："这样能行吗？"爷爷不加修饰地回答："正儿八经像个人。"

二

回到学校之后，认识我的人，开始和我亲近起来；不认识我的人，现在也都认识了。能被这么多人关注，确实是件值得庆幸的事，然而我并不十分高兴，因为我的兰已经认不出我来了。

兰的全名叫杨兰，她是我第一个爱慕的女人。

在我们农村，她的名字很容易被人取笑。为什么呢？因为杨兰的谐音是“羊栏”。就像我的名字叫牛鹏，谁都知道，它听上去也不怎么儒雅。

兰跟我不是同村人，如果是的话，她兴许对我还有一些印象。兰住在县城郊外一个名叫西三里的村子里，听名字也能大概估摸出它的方位。县城郊外，听上去似乎与繁华挂得上钩，实际上，她们村和我们村没什么两样。都是土坯房一片，猪牛羊乱蹿，女人们进一次城，照样得捯饬半天。

可是兰不像农村人，她有明确的目标，甚至今天干什么、明天干什么、将来干什么，她都一清二楚。这也是我为什么爱慕她的原因。然而兰长得并不出众，等我简单形容一下，你就明白了。

兰有一张稍显稚嫩的脸，如果再瘦些，绝对比现在还耐看。她通体呈浮肿状，眼皮就像被蚊虫叮咬过，有些鼓泡儿，双目无神，从里头也看不出任何富有心机或者妩媚的神情。她的腰上像绑了一圈沙袋，屁股和大腿的纬度相差无几。她脚下踩的鞋子很大。许多人对她的鞋子产生过疑虑，但那确实是她本人的，跟她的脚正合适。她的头发蓬松着，听说烫染过，但我总感觉像是顶着一块红褐色的抹布。兰说话大大咧咧，语速惊人，有些字咬不清楚，给人一种要流出口水来的感觉。她笑起来声音奇大，隔八条街都能听见。所以在我对“美女”的有限的认知和理解范围内，我敢说，她跟这词一点也不沾边儿。

一个女人出不出众，跟看她的人有关。我看兰，她就是块璞玉。

兰的成绩拔尖，而且没有偏科，城里人管这叫全才。兰几乎包揽了各科课代表的工作，这种事在我们县高中是绝无仅有的。一到课间，她座位旁边的过道里便挤满了好学的学生，堵得不好学的学生想出也出不去。无奈之下，他们经过时，只好把手伸在前面，谁敢挡路就摸谁的屁股。

这个鬼点子是牛自立想出来的。牛自立是我的发小，和我一起考入县高中。他被分到九班，跟兰做了同班同学，而我则被分到了十班。虽然“九”和“十”两个数字相邻，但两个班级却不在同一楼层上。

我和牛自立的宿舍挨得很近，中间只隔一间公共厕所。我每晚都要去他那里坐会儿，时间一长，便和他的舍友熟稔起来。有时候赶上牛自立外出，就同其他人磨会儿嘴皮子，或者干脆撒泡尿再回来。

回到宿舍以后，谁也不探讨学术性的问题，这是这里亘古不变的传统。聊些什么呢？要么是老师的花边新闻，要么是学生的花边新闻，无外乎这两种。兰即是我偶然间从牛自立的口中听来的人物。

兰没有花边新闻，这一点从她长相上就看得出来。但是，自从进入九班以后，她那股一丝不苟、积极向上的劲头，却成了叫差生鄙夷的对象。后来牛自立发起了“反兰运动”，并且瞒着学校暗中成立了一个秘密组织。

我问牛自立，什么是“反兰运动”。牛自立说，就是自己不学习，也不让别人学习，削弱以兰为首的好学分子的战斗力。具体形式表现为：自习课的时候，制造各种噪音来扰乱课堂秩序；课间休息的时候，大家拿着作业轮流向兰发难；放学以后，把教室的电闸拉下来，然后在教室外头装神弄鬼。

牛自立的“反兰运动”取得了很大的成效，同时也激怒了其他同学。后来秘密组织被告发了，班主任开始找他谈心，“反兰运动”也被平息。作为惩罚，牛自立被调到了最前排的座位上。这样一来，他既闹不得又没法与后方的兄弟及时取得联系。最要命的是，班主任还委任他为副班长，专管纪律。

我真正见到兰，是在高一即将结束的时候。确切点说，那是我第一次确定她就是兰。

那天下午，我去语文老师的办公室交作文，兰正站在那里和她谈论着什么。待我走近些，兰突然止住了笑声，回头凝视着我。我瞅了瞅她，然后将目光迅速转移到语文老师身上。第一眼看见兰，我就明白了“知识改变命运”这句话的重要性，但我当时并不知道，这个胖乎乎的姑娘就是兰。待她走后，语文老师说：“那是九班的课代表杨兰，你以后要向她学习。”

原来牛自立一直反的人就是她啊！我整理好稀疏的头发，转眼凝望着那扇紧紧关闭的木门，暗自说道：“她以后就是我的偶像了。”

兰成为我的偶像，是我预料之中的事，但对她心生爱慕却是我经过反复的心理斗争之后做出的艰难抉择。我原本打算，将来娶个漂亮媳妇，为老牛家改良后代。而真正的改良是让后代有健康和独立的思想嘛！我爱慕兰，就是在为这一远大的目标做出牺牲。

初冬的一天，我正从地上爬起来，拍打着身上的泥土。我的同班同学吴有才看见我的头顶，一下子认出我来，他拿我开玩笑道：“今天一没下雨二没下雪，你怎么就滑倒了呢？你刚才是用脑袋走路的吧。”

“地上有冰，滑。”

“那也没你脑袋滑呀。”

他这话引得旁人捧腹大笑。我则继续清理着身上的泥土，边清理边自言自语："那也没你娘的腚滑。"

正在这时，兰突然从人群中站了出来，她冲吴有才丝毫不留情面地说："有能耐你别在这里耍嘴皮子，先及格一门再说。"吴有才，看他怎么接茬。他自然不甘示弱道："我体育及格了。"

旁人哄然大笑。因为他们知道，体育课根本没有考试这一说，成绩是老师随便打的。况且期终考核的时候，学生们需要给老师逐一评分，所以体育老师往往给哪位同学的分数都不低。这也就造成了体育老师总能当选优秀教师的尴尬局面。吴有才的体育成绩不只是及格，而且是全年级最高分。当然，这也不难理解，学习不好的人，玩得肯定好。

吴有才颜面尽失，怏怏离去。旁人也都各干各的，三五成群地继续围着操场绕圈子。兰则走过来，替我拍了拍后背上的尘土，说："甭搭理他，就是个无赖。"我略表感激地点了点头，说："我就是觉得他挺可悲的。"

"你没事吧？"兰注视着我。

"没事，摔一跤感觉身体都舒展开了。"我局促不安地回答她。

兰被我的话逗乐了，周围的人闻声看过来。兰赶紧捂住嘴巴，长舒一口气，细声细语地说："没事就好，那我先走了。"

没等我挽留，兰已经急匆匆地向教学楼跑去。我激动地站在原地，望着兰走远的宽厚的背影，心里不禁有种莫名的冲动。说实话，兰下手有些不知轻重，我的后背上依然残存着她为我拍打泥土的余痛。但是不管怎样，这一次，兰真的走进了我的内心。

后来我和兰有过几次偶遇，但大多数是在老师的办公室内，或者回宿舍的路上，根本没有机会和她详聊。兰每次看见我，总是先注意到我的头顶，弄得我多少有些不自在。别人看也就罢了，她看，我却要上心。等她看完了，我就摸一把脑门，检查头发上是否有脏东西，或者头皮是否被遮盖严实了。

有时我会故意制造一些机会和她相遇，比如说，只要下课铃声一响，我会舍近求远，一路小跑，绕到九班门口。别人以为我是去找牛自立的，其实我是为了能多看她一眼；又比如说，做完课间操以后，我会紧赶几步，在兰进入教学楼之前，从她身后偷偷跟着，要么听她说两句话，要么听她爽朗地笑几声；再比如说，在食堂就餐时，我会刻意选择看得见兰的座位，距离不用太近，只要能静静地看着她饶有胃口地把东西吃完就足够了。

自从牛自立的“反兰运动”失败后，我就很少再从他那儿听见兰的奇闻轶事了。就连牛自立本人也变得古怪起来。有时候，他还拿着几本参考书回宿舍，闲时就躺在床上翻两页。我一过去找他聊天，他的室友便挖苦他，老乡来了也不搭理，就知道装逼。之后我再去到他那里，他们便对他说，差不多得了，现在连演戏的都没什么文化，你还在那儿装什么。每次一听到这样的话，我就有些胆战心惊，生怕他被舍友孤立了。

期末考试来临之际，时间也紧张起来。有的人得复习功课，有的人得复习上次打小抄的技巧，而我则只身跑回家，就自己秃顶的问题，与我的父亲展开了一场智慧与权力的斗争。结果以我获得一顶看上去还算不错的假发而告终。问题是，兰现在已经不认识我了。无论什么时候，在哪里相遇，她总是低着头，形同陌路一般，与我擦肩而过。

三

我的头发仍然毫不吝啬地从头皮上脱落下来，有一次梳洗假发时，我从里面择出几根自己的头发来，竟然吓了一跳。我还以为它也脱发了呢。

究竟有没有人议论过我的假发呢？据我猜测，应该是有的，但是议论些什么，我并不十分清楚。可我相信，每当夜幕降临，寝室里的灯光昏暗下来，肯定会有人提到我。我并不惧怕别人在我背后评头论足，只是被人当成焦点说来说去，是一件挺令人苦恼的事情。我猜，我骨子里根本没有出人头地的基因，我只是想让自己看起来和别人大致相同，但又有所区别而已。

可能在别人看来，兰认不出我这件事并不稀奇，因为他们不知道，我究竟有多爱慕她。期末考试的时候，兰就坐在我前排，可是从她走进考场的那一刻起，我的内心就开始翻江倒海地混乱起来。也许我应该跟她提及自己，提及我们有过的一面之缘，又恐这些会被看成便于抄她答案的诱导行为，兴许她还会因此故意把身体往旁边倾侧过去，好让我不小心看见她答题卡上的答案。这终归不是我的目的，而且在这个节骨眼上唤起她曾经的记忆，明摆着就是在和她套近乎呢。如果这种行为被监考老师发现了，也是极其没面子的。

考试的过程中，我呆呆地看着兰脑后蓬松的长发，几度陷入莫名的沉思。要不是监考老师在我身旁敲我的桌子，也许我就撑着下巴进入更深层次的沉思了。

年终考试终究还是没考好。不知是因为能力的原因，还是兰把我的注意力全部吸走了。总之，最后一门考试结束的时候，我就断定，今年春节又过不好了。

从考场出来的时候，我依然走在兰的身后，仿佛某位领导身边的工作人员一样，时刻保护着她的人身安全。为了庆祝高一上学期的告终，大家一窝蜂似的涌出教室，瞬间将我从兰的身后挤到了队伍的最后面。我心急如焚地寻找着她的身影，结果被一群高挑的男生挡住了视线。兰就像空气一样在我面前消失了。等我艰难地踱出教室，早已不见她的踪影。下楼继续追寻，仍然一无所获。我站在教学楼的出口，一脸茫然地看着涌向校外的学生，猛然间意识到，失去一个人竟然这么容易。就像分手，往往是从找不到对方开始的。

后来我忐忑不安地回了家。

我家住在省边界上，再往南几公里，便是另一个省。这时常让我想起陶渊明笔下的桃花源。如果那个地方真的存在，应该就在我儿时的脚下。老家没有江河、没有山川，只有一望无际的黄土和四四方方的麦田。这几年，枣树和苹果树被砍得一干二净，弄得孩子们连去地里偷鸡摸狗的机会都丧失了。村北头唯一的一条河流在干旱季节已经被抽干。这就意味着，天然的游泳池变成了绵羊的餐盘。放牧的人轰着羊群向远处走去，仿佛倒映在水面上的天空一样。牧羊人一声吆喝，那朵白色便裹挟着干净的身躯随风远逝。

我们村子没有通公交车，需要外出的人只能到邻村宽阔的公路上等候着，遇见往北开的车辆就上去，准能到得了县城。往往返乡的人，一下车就感觉无比舒坦，走上二三里路，定能看见熟人。看见熟人也就离家不远了。行走给他们带来的快乐不只是沿途的景色那么简单，还有思考。路走得越多，人活得越明白。

而我这次回家，却比以往任何一次都要紧张。

父亲把过年准备好的零食捧到我面前，一股脑地倒在炕上，我手都不敢抬地看着他。我猜他肯定会问我考试成绩如何，结果他没问。他没问只有两种情况：一是他忘记问了；二是他太过相信我的实力了。我正准备把详情和盘托出，爷爷突然插嘴道："考得咋样？"我说："还行，但是成绩没出，说不准。"

我不知道自己说的"还行"究竟能撑多久，或许父亲早已看穿了我的心思。但是他冲我莫名的微笑却使我浑身发毛、不寒而栗。难道他会错意了吗？我要怎样说才能往不乐观的方向上引导他呢？也许这会儿他心里已经乐开花了，我再找补下去，他会认为，我是出于谦虚，才故意给自己留着余地呢。

那天，牛自立在县城多逗留了一班车的时间。后来他到家里来找我，对我说："我在商业街碰到杨兰了。"他说杨兰看起来有些失落，整个人好像丢了魂一样，漫无目的地在街上走来走去。

一说起杨兰，牛自立脸上的表情就叫人捉摸不透。他的嘴巴好像被粘住了，嘴角依然往上扬着，想笑但又舍不得将表情做足。

我问他："你以前不是特别讨厌她么？"

他说："我原先是挺讨厌她的，可是现在又不讨厌了。"

我说："那她为什么不开心？"

牛自立说："有些事我也想不明白，但是挺不可思议的。"说这话时，他的嘴巴终于张开了，完完全全地露出了笑容。

我趁父亲不注意，从家里偷了一个打火机出来，和牛自立去了村东头的一片空旷的无人打理的野地。这里的土壤碱性很大，几乎种不出庄稼来。但是野草却能适应这种环境，而且适应得很好。一到过年，孩子们就拿着火柴去地里放火。枯草在冬天极易点燃，加上寒风不断地供给氧气，往往一根火柴就能制造出极为壮观的景象。我猜这样的习俗自古就有，因为杂草丛生，犁地是件很费力的事。那时候又没有除草剂，到了春天，草种的散播速度又快，所以人们更倾向于一把火将草烧掉。

放火的时候，牛自立对我说过一些话，时至今日，那些话依然萦绕在我耳边。

牛自立说："草和人一样，总有一天会死。但是人有选择去何处生长的权利，草没有。所以人应该庆幸，自己可以清晰地看看这个世界。可是草也有草的性格，比如风雨降临，它不躲不藏，不退不缩，敢于面对。"

我说："草是一种随遇而安的生物，飘到哪里，就在哪里安家。草不懂得爱，人懂，人能从爱的人身上挑出好或者不好来。"

牛自立说："是的，就像杨兰一样。她给我的第一印象就好像这路边的杂草，看上去与我不相干，但我就是想跳上去踩两脚。可现在呢，我竟然喜欢上她了。"

听他说完这话，我怔在原地，心里乱成一锅糨糊。

我该怎么办？牛自立——和我一起读到高中的发小，今天却成了我的敌人。十七岁之前，我没把任何人当成敌人看待；十七岁之前，整个世界都和我相处融洽，哪怕秃顶给我带来过许多困扰，但我依然能感受得到周围人的友善；十七岁之前，牛自立和我朝夕相处，互相帮助。现在想想，他应该早就不拿我当朋友了。

火光将牛自立的笑容放大，甚至爆出声音来。我看着他一副自鸣得意的样子，恨不得一把将他推入火海，叫他永不再提及杨兰的事情。

那天，我们"不欢而散"。

没过几日，成绩单寄到了家里。父亲看着上面的分数，脑门上冒出一大片汗珠来。我战战兢兢地坐在一旁，等待着"死亡"的宣判。父亲默念着分数，双手有节奏地打着哆嗦。那张成绩单就像病危通知书一样，使他绝望透顶。我猜，他待会儿一定会撸起袖子，狠狠地揍我一顿，于是我将假发摘掉，冲爷爷使个眼色。谁承想，爷爷正眯缝着眼，伴着收音机里慵懒的戏声打着瞌睡。我注视着他，希望他能睁开眼睛看看我，在我最困难的时候帮我一把。

后来父亲冲我嚷道："你看你爷爷有什么用，他老了，没有心思再关心你的死活。看你考的这一小口分数，还抵不上我养头猪的。"

母亲从屋外走进来，倚着炕沿儿，焦躁不安地打量着我。我不敢看她的眼睛，就像当初我不敢看兰的眼睛一样。我总觉得自己亏欠她们什么。母亲在我以后的生活中扮演了许多角色，可她毕竟只是一个女人，还有我深爱着的兰，她们从来不奢求惊世骇俗的幸福，只在适合自己的角色里安心地做着一件事情。如果我辜负了她们，就等于辱没了自己。

虽然我不曾出类拔萃过，但是我的努力历来是有成效的。然而这次父亲对我说的话，却使我深受打击。自此以后，年关就成了难关，成了我最难度过的一个节日。

父亲骂了不知多久，爷爷忽然暴跳如雷般坐直身子，将收音机摔到墙上。母亲被吓了一跳，赶紧躲到外屋去。爷爷目光犀利地看着父亲，手指向我，说："有种你就弄死他，一了百了。"我心想，您这是在替我出头吗？

出乎意料的是，父亲立刻老实了，他二话不说，将成绩单撇到爷爷的脚下，一脸委屈地跑到门外。爷爷隔着窗户继续骂道："小兔崽子，你能耐了！"

我急忙劝导爷爷："消消气，别气坏了身子。"

爷爷指着收音机说："你爸这个人，从小就不让我省心。"

我拾起收音机，拍了拍机身，又重新装上电池，喇叭里再一次传出慵懒的戏声。我说："还能用。"爷爷回答："老东西就是质量好，经摔。"

待到晚饭时，父亲仍然没有回家，爷爷便对焦急等待着的母亲说：“咱吃咱的，不惯着他。”母亲只好遵从爷爷的意思，开始端菜盛饭。我跟随母亲来到厨房。她轻声说道：“去找找你爸，叫他回来吃饭。”我极不情愿地说：“我不去，去了准没好脸色看，他这会儿指不定在谁家数落我呢。”母亲戳了下我的脑门，害得我头上的发套垂到眼前，遮住了视线，差点把手里的饭碗打翻在地。母亲感叹：“你跟你爸一样，没什么能耐，倔起来像头驴。”

虽然爷爷替我出了头，可我总担心父亲因此而记恨我。他会以为，有了爷爷的庇护，我就能撼动他一家之主的地位，甚至威胁到他在家人面前说话的权威。所以，过年那天，我不得不跟我的父亲表态，说我以后一定不辱众望，把本不属于我的第一名抢过来。

寒假在大人们鬼神莫测的注视里度过了。返校前，父亲意味深长地说：“什么时候干什么事，你这个年纪，学习搞不上去，跟我庄稼没种好一个道理。”他还说：“三岁看老，你再这样下去，就能看到死。”

父亲跟我说这话时，我突然分了神，想到了杨兰。等我死的时候，她肯定成了一个不折不扣的老太婆，她多年积累下来的知识和阅历会使她悟性大开，甚至看透生死，不流一滴泪水。当然，我更希望她能够为我的离开伤心一回，因为那毕竟是我留存于世间的最后一点见证，我不想浪费掉。

后来我又想到了牛自立，是他没事找事，在我和兰之间横插一腿。但是我坚信：哪怕退一万步讲，他跟兰也不是一路人。他不了解兰，而我了解。我知道兰那天为什么伤心，而他不知道。

四

寒假里，一遇到天气放晴的日子，母亲就会把我在学校盖的棉被抱出来，搭在晾衣绳上晒。晾衣绳由一根废弃的电缆做成，从院子的东南角扯到西北角。母亲爱干净，每次晒衣服前都要拿毛巾将晾衣绳擦一遍。闲时，晾衣绳是麻雀驻脚的地方。雨后，麻雀站一排，叽叽喳喳地叫唤，像是无聊人家的妇女。人一出屋，它们就拍打着翅膀飞走了。

临行前，母亲把棉被塞进编织袋，然后将袋口系死。母亲一边系绳一边唠叨："这个世界根本不认识你，也没工夫跟你作对。等你足够成功的时候，别人才有兴趣跟你作对。所以我不要你做一个富人，我只希望你做一个内心足够强大的人。"

后来母亲将我送到村口。我单手怀抱着鼓鼓囊囊的编织袋，冲她说："妈，回吧。送儿千里，终有一别。"母亲点了点头，"嗯"了一声。我继续前行，没走几步，回身见她还在原地站着，便冲她喊："妈，快回吧！外面风大，冷。"母亲随口答应，仍然一动不动地站着。我将编织袋放到地上，与她对视良久，母亲抹了抹眼角的泪水，才转身离去。

原本我是可以和牛自立坐同一班车回县城的，可是我不打算这么做。

那天上午，牛自立到我家来，问我几点走。我说："我也不确定。"他说："那你走的时候叫上我。"我心想：我才不叫你，事到如今，你怎么还好意思跟我假装亲近。于是找个借口搪塞他："我还有事，可能会走得很晚，不用等我。"

牛自立不再询问下去，转而聊起别的话题来。见他没有要离开的意思，我便走到院中，坐在马扎上，独自看起麻雀来。牛自立在屋里跟我的母亲有一搭没一搭地唠起家常，偶尔聊到好笑之处，就发出一阵笑声来。我想：这人真够烦的，自己家有的是能开口说话的人，干吗来别人家磨嘴皮子。

牛自立好像听到了我的心思，踱步出来，蹲在我身旁，问：“干吗，不高兴啦？”我趁他不注意，冲他翻个白眼，说：“我有什么不高兴的。国家一片太平，庄稼长势喜人，我操的哪份儿心？”

我猜，牛自立肯定听出了我对他的冷嘲热讽，所以脸上挂不住，起身要走。走的时候还找了个借口说：“我得回去收拾行李了。”

后来我徒步几里路，终于赶上了去往县城的最后一班公交车。那时天色已晚，路灯初上，身后几个去外地打工的人脱掉鞋子，盘腿坐在座位上，刺鼻的脚臭味迅速传遍整个车厢。我刚想打开窗户，他们便说：“别开，冷。”于是公交车像一枚威力十足的生化炮弹一样向县城扎去。

回到学校，我首先要把食堂、水房、操场，甚至教学楼统统走一遍。我必须得看到兰。只有她在，我心里才能踏实。

最终，我在九班的教室里见到了兰。她端庄而落落大方地坐在自己的座位上，高高摞起的书本将她一多半身子掩埋起来。透过书本的缝隙显露出的轮廓依然能看得出，过年期间，兰发福了。

我希望兰发福，发福就代表她过得还不错。

教室里还有另外两名同学也在用功读书，一男一女，并肩坐着。他们是一对情侣，但彼此也能起到互相督促和鼓励的作用。所以成绩排名时，兰总是第一，他俩占据第二、三名。别人管他俩叫神雕侠侣，要我说，如果论长相的话，他们肯定算不上什么侠侣。可他们有上进心，开学头一天就到教室学习，为的是和兰暗中较劲，把她从成绩单的第一名上挤下来。

后来我默默地回了宿舍。我决定继续当我的旁观者，像个虔诚的宗教徒一样，死心塌地地追随着她。

开学不到一个月，气温骤然上升。足球场周围的空地上像被泼了一层绿漆，小草趁人不注意，从地皮上冒出了头。冬天终于融化了，地表湿漉漉的，脚一踩上去，便烙下一个深深的脚印，然后带出一鞋底泥来。

学校规定，周日下午自由活动。每到此刻，篮球场就被那些无处释放苦闷的同学占领了。兰喜欢看男生打篮球，一有时间，她就到这儿来，一看就是一个多小时。我曾经幻想自己也能站在篮球场上，和那些人撞来撞去，无奈于假发的拖累，以及体弱多病的缘故，她也就不曾如此真切地注视过我。

这天下午，兰依然站在场外，双手扒着护网，全神贯注地看着那些大汗淋漓的男生。我犹豫半天，终于鼓足勇气，朝她走了过去。

我站在兰身后，双手交叉在裤裆前面，唯唯诺诺地说："牛自立是不是在你们班？"虽然心里已经恨透了牛自立，但是在这个节骨眼上，我想不到比这更适合的话题来开始我和她的交谈了。

兰回过头来，一脸迷茫地看着我，说："嗯，对。你是？"

我和兰并肩站好，向她重新介绍自己："你忘啦？那天吴有才也在，我也在，你也在。我和他还闹了一回不愉快。"

兰皱了皱眉，说："好像……不记得了。"

我猜她也不记得了，否则她不会对我视而不见的。

为了使她更加准确地把现在的我和过去的我对号入座，我摘掉头上的假发，露出稍显油亮的头皮，问道："现在记得了吗？"

兰突然兴奋起来，她指着我的头顶，说："哦，是你啊。同学还总跟我提起你，说是，地中海怎么消失了。原来你戴了假发。”

我苦笑着将手中的假发重新整理顺畅，戴回头上。兰又略显歉意地说：“他们就爱给人起外号，你别介意。”

我问她：“我戴上假发以后，变化那么大吗？”

兰细心解释道：“也不是。你正好赶上有一个特征最容易被人记住，所以别人就忽略其他部分了。”

我若有所思地点了点头，内心仍然有些失落。既然兰看到我摘掉假发的样子就能回忆起我的身份，并且一语中的，把其中的缘由讲了出来，那么她是不是和其他人也没有分别呢？

失落归失落。既然事情已经发展到了这一步，就只能往好处想了。毕竟她也没有比其他人更加记不得我，更何况，她还为别人给我起外号的事道了歉。虽然这事与她无关，可她依然觉得，世人犯错她也有责任。这也就证明：兰比世人更加宽宏大量，更愿意包容我的缺点。

我问兰：“你有没有想过以后要干什么？”

兰说：“我想做医生。”

我说：“医生好，救死扶伤。”

她又说：“我还想做护士。”

我说：“一样的，都是为人民服务。”

兰又问我：“那你想干什么？”

我说：“我以后会成为一名科学家。”

我跟兰交代的这一切都不只是说说而已。虽然我不确定自己以后能不能成为那样的人，但是在她面前，我无法隐藏什么。我将自己最伟大的理想告诉她，不单单是想让她对我刮目相看。我还想向她证明，我从来都不是胸无大志的人。

兰说：“那你成绩一定很好。”

听她这么强调，我马上呆住了，一时间不知道该怎么回答她。我想起被父亲揉碎了的那张成绩单上仍然有两门课程不及格，瞬间悲从中来。

后来兰又说："我就是想把学习搞好。不管以后做什么，用不用得上，起码现在我要做一个优秀的人。"

原来兰和我的母亲是同一类人，她们都是虚怀若谷的女人，心里想的也绝不仅仅是柴米油盐这么简单。

我说："你成绩这么好，还算不上优秀吗？"

兰痴痴地看着对面那群男生，说："你觉得成绩好是优秀的标准吗？"

我说："我爸说，什么时候干什么事。我现在的任务就是学习，没有比成绩更有说服力的了。"

兰将记忆拽回更远处，然后颇有感触地说："我弟弟以前成绩特别好，家里人都觉得，他以后比我有出息。十五岁那年，他跟人打架，脑袋让人家给敲碎了。他现在跟傻子没什么区别，你问他一加一等于几，他说等于B。所以我觉得，成绩好是一码事，优秀是另一码事。我这么渴望成为优秀的人，一多半是因为他。我倒不想证明给谁看。有时候我觉得，试卷上的题目太简单了，为什么不给我一把刀，看看我能做出什么事来。这样试探一个人不比考试有趣得多么？"

我说："对不起，我不知道你弟弟的事。"

兰冲我笑了笑。此刻的她，已经不再是我眼中那个胖乎乎的、脚下穿着大号鞋子、在校园里急急忙忙赶路的姑娘了。我不得不承认，兰是一名斗士，就连她说话时的神情也像极了斗士。而我，就像一个搽脂抹粉的妓女，在她面前，我简直自惭形秽，连扭捏的勇气都丧失了。

后来我像做大会总结一样，说："无论如何，困难不会绕着我们走，生活必须由我们自己去经历。成长从来都是一个人的事，别人再怎么强行介入，也没法改变我们追求美好和自由的心。自己经历过的，意义才重大，对自己才最有帮助。就像毕淑敏说的，真正的高贵就是优于过去的自己。"

兰不温不火地说："不经一番寒彻骨，怎得梅花扑鼻香。"

我急忙附和："对对，我就是这个意思。"

近黄昏时，天空中被泼上了一层墨汁。兰转身客气地说："不好意思，我得回去了。"

我说："我刚好要去食堂，一起吧？"

兰温婉地回绝道："不了，我怕我吃太多，你会不高兴。"

我在心中粗略盘算了一下饭卡上的数字，说道："没关系，不然就下次吧。"

兰与我挥手告别，她穿过光秃秃的足球场，朝女生宿舍楼走去。我则故意与她岔开路线，往教学楼的方向踱步。

五

返校之后，我便很少再去牛自立的宿舍找他。也许牛自立察觉到了这一点，可他已经顾不得这些了。唯独他的舍友，见到我时还会说："有空去我们宿舍玩吧。"我知道，我已经没法再像往常一样，像对待一个深情厚谊的朋友似的和他相处，况且他的处境并不比我强多少。

牛自立受到了舍友的排挤。起因是，他的年终考试成绩排进了班级前十名。舍友认为，牛自立是个口是心非的人。他一边蛊惑别人不好好学习，一边又偷偷摸摸地往好学生堆儿里扎。得知牛自立的成绩后，舍友们开始装腔作势地挖苦他，话语中夹枪带棒，不乏讽刺之意。牛自立自然不会因为他们几句奚落的话就“悬崖勒马”，放弃努力学习的念头。按他舍友转口述他的话说，他甚至不在乎自己跟谁做舍友。

牛自立因此也吃过不少苦头。譬如，四月的一天，午饭过后，大家都在宿舍休息，牛自立却要去班里复习功课。舍友便一起围住他，把他按在床上，并用玩具手铐将他的右手拷在床铺的栏杆上。一开始，牛自立以为大家在跟他开玩笑，便向他们说好话求饶，舍友问他做错什么了，他又说不知道。后来舍友躺在床上一言不发，谁也不理会他了，他又着急起来，歇斯底里地大喊大叫。别人不理睬他，他便使出全身力气，摇晃床铺，制造出各种声响。

我听牛自立的舍友说，不知道他是怎么挣脱手铐的，只听见“咣当”一声，他就从宿舍里消失了。他们凑过去看时，手铐仍然完好无损地挂在栏杆上。从那之后，他们再也不敢招惹牛自立了。因为他们认定，牛自立是个疯子。他不光会蛊惑人心，还能从手铐里毫发无伤地逃脱出去。他们说，正常人不可能做到，牛自立一定有什么特异功能，诸如缩骨功之类的。

后来我向牛自立求证过此事。牛自立说，他根本不会什么缩骨功，但是在他挣脱手铐的那一瞬间，仿佛体内有一股力量在促使他这么做。我问他，是什么力量威力这么大。他说，是知识的力量。

听到牛自立的舍友如此羞辱他，我便对他们说：“什么事都可以商量，干吗非得动用武力呢？”他的舍友振振有词地说：“看见牛自立这样，我们就恨得牙痒痒。只有通过这种方式，我们心里才觉得痛快、解气。这是他咎由自取，怪不得别人。”

说实话，我并不认为他们这么做是对的，我也没有因为牛自立受到排挤而产生一丝快感。我反而觉得，牛自立是个有骨气的人。虽然杨兰插在我们两人中间，使我对他心生芥蒂，但我不得不承认，为了某种原因而艰苦奋斗没有错，努力学习也没有错，让自己变得优秀更加没有错。

再后来的几个星期里，为了对付五月份的期中考试，大家变得异常忙碌。我戴假发的事，似乎在纷杂的试题中被人们逐渐淡忘了。我很少再去九班找牛自立，自然也就不能经常见到兰了。与此同时，我的成绩也在慢慢提升上去。同学们都很诧异，为什么我一个天天只顾着打理假发的人，学习成绩会突飞猛进。其实这还要归功于兰。为了将自己对兰的思念转化成学习的动力，我把班里所有名次靠前的人都当成了兰。每超越一名同学，就代表我离真正的兰更近一步。

在固定的时间里，我和兰还是会相遇，比如午餐过后，比如下课间操，比如周末下午的铁丝网前。然而每一次和她打过招呼之后，我就好像被表扬了一番，心里甭提多高兴了。这种有感而发的情绪比以往任何时候都有底气，都让我情不自禁地想奔回教室，再多做两道练习题。

直到有一天，当我再次走到操场门口时，我看见兰和牛自立站在一起，所有美好的幻想全都破灭了。那天，我爬到教学楼的顶层，站在走廊尽头的窗前，泪水不断地从眼睛里涌出来。操场上的学生在尽情地挥洒着汗水，他们如花如木、肆意成长，他们的步伐轻盈矫健、带出尘土，他们脸上的笑容比阳光还要灿烂。然而，当我站在至高处俯视他们的身影，明亮的笑声没了，一切动静都只能由我自己去猜测。但此刻我是痛苦的，我能够推断出来的动静也只有痛苦。

我看着兰渐行渐远的模糊背影。这时候，风是静的，云也是静的，只有我，在极度安静的时间里想要得到一点喧嚣。我希望这个世界通过它的不安分来说服我，一切都是过眼云烟，不值得在意。

那样我会活得更加坦然一些。

然而站在兰身旁的牛自立却在时刻提醒我，这个世界不存在意外，只有输赢。他将这件本不该发生的事情转化成一场战争，我和他就成了敌对双方。

我难以抑制地将头伸出窗外，冲他俩的方向喊道："我要和你斗争到底。"

这时，风起了。我的假发像断线的风筝一样，轻盈地飘向地面。楼下的学生望着莫名飘落的假发，惊慌失措地躲闪开，西风呼啸着将它吹到操场门口。见假发安全落地，我赶紧跑下楼。

到了操场门口，这里已经被堵得水泄不通。人们围着假发，谁都不敢靠近，生怕那里面会钻出什么丑陋的生物来。我挤进人群，刚要去捡，一只脚正好踩在假发上。我抬头看向那个人，发现是吴有才，便冲他破口大骂："妈的，你有病啊！"

吴有才收回脚去，假装无辜地说："这人真奇怪，我干什么了，你怎么张口就骂人呢。"在一旁看热闹的学生问吴有才："这是什么玩意？"他指了指我的头顶，说："遮羞的，跟三角裤衩一个用处。"

周围的人似乎听明白了，前仰后合地大笑起来。我拾起假发，在空中抖了抖灰尘，他们赶紧向后退去。

吴有才又说："就算不戴，也别拿出来吓人啊。"

我正要转身离开，吴有才在背后得意地说："散了吧，耍猴的走了。"

我转过身，一把掐住吴有才的脖子，说："我告诉你，我就是耍猴的。我还告诉你，你他妈就是那只猴子。"

吴有才比我个头高，手臂又长，当我抓住他脖子时，他能用右勾拳打到我的后脑勺。所以他用右勾拳打我脸时，他的胳膊是有力的，要往回收着点儿才行。后来我和吴有才缠斗在了一起。虽然我个头矮，但是我下盘稳，双腿绞在他胯间，身体向下一倾，他便拽着我一起倒下去了。吴有才分量大，按理应该他先着地。所以是我压在他身上。但是他沾了力气大的光，很快就能将我拽到下面，并且骑在我的身上。那时他就彻底占了上风。

正当我和吴有才打得不可开交时，我突然想起了自己的假发。我肯定把它扔到哪儿了。我一边和他撕扯一边四处巡视假发，我心想：如果我的假发丢了，我一定要和他拼命。结果我在一个看热闹的人的脚下发现了它，我冲那人使了个眼色，叫他不要弄脏我的假发，他却似懂非懂地冲我喊道："赶紧上啊。"

吴有才一个重拳挥过来，我一下子被打蒙了。他顺势将我摁到地上，像骑跷跷板一样在我身上悠来悠去，一边悠还一边喊："驾！驾！驾！"我抬头看着围观的同学，期待着他们当中能有一两个人站出来，将这个重得像头猪一样的混蛋从我身上拉走，但是他们不肯插手。我被吴有才压得喘不过气来，脸憋得通红。我想向他求饶，却连说话的力气都没有了。

就在这时，牛自立从人群中挤了进来，他朝吴有才的脸上踹了一脚，吴有才便从我身上翻滚下去。牛自立把我扶起来，又走到吴有才面前，指着他的鼻子说："我不爱欺负人，你最好赶紧滚。"

那么多人在场，吴有才肯定不愿意输了阵势，于是站在原地叫嚣："我就不走，你动我一个试试。"

牛自立冲吴有才笑了笑，说："傻×。"接着他又问我，"有没有事？"我没回答，转身去找那个踩我假发的人。那人已经走了，混到人群当中，不见了。

兰溱到我跟前，问我："找什么呢？"

我说："不用你管。"

兰突然把梳理干净的假发递到我面前，说：“在我这儿呢。”

我接过假发，头也不回地朝宿舍的方向走去。

后来牛自立到宿舍来找我。我原以为他是来看我笑话的，就没搭理他。结果他却跟我说，我父亲出了意外，可能挺不过去了。

牛自立找到我时，我正在水房清洗假发。牛自立拉着我的胳膊，慌里慌张地说：“赶紧回宿舍收拾行李。”

我甩开他的手，说：“不就打架吗，还至于跑路啊。”

牛自立急了，掏出手机，说：“你爸出事了，你得赶紧回家。”

我心想：牛自立就算再没正形，也不会拿这种事开玩笑吧。于是将手里的假发甩干，用牛自立的手机给家里打电话，确认此事的真伪。

六

我那个谢顶的父亲确实去了，“光头牛”从这个世界上消失了。虽然不习惯，但是有些人总在不经意间离你而去。这是上天留给人类的遗憾，谁也无能为力。

在我小的时候，我曾经和我的爷爷讨论过有关生死的问题。爷爷告诉我，生是天注定，死是人的命。我们来到这个世上，一多半是在谈论生，因为生下来就得活下去，但是当人遇到意外时，死就成了终结生的一种途径。所以生是一种状态，死是一种方式。我问爷爷，难道还有其他方式来结束生吗？爷爷说，当然有了。他讲这些话时，我听得一头雾水，完全不知所云。至于其他方式是什么，我从来没问过他，他也没告诉过我。当我看到母亲趴在父亲僵硬的身体上号啕时，我才明白，也许绝望是另一种死亡，而且比真的死亡还要凄惨。

父亲三十八岁这年，出了一场车祸，与世长辞了。出车祸那天，他、牛自立的父亲牛结实还有村西头牛双喜结伴去县里买化肥，一路上顺风顺水。回家的途中，三轮车为了躲避另一辆轿车，方向盘打得急，父亲从车斗里被甩了出来，摔到了马路中央，来往的车辆在他身体上一连轧了好几个回合。父亲当场停止了呼吸。见此情形，牛结实吓傻了眼，赶紧将父亲运回了家。

回到家后，父亲早已咽气。母亲看见父亲的尸体便号啕大哭起来。母亲边哭边推搡着父亲的肩膀说："怎么走的时候还好好的，回来就谁也不理了呢。"父亲安静地躺在车斗里，任她喊破喉咙就是一声不吭。这是父亲第一次不敢直面母亲的哭泣和哀嚎。放在过去，父亲早一巴掌扇过去，叫她支吾不得。

父亲的肋骨被轧得粉碎，身上的几处伤口已经渗出血来。几人将父亲的尸体轻托进屋里，摆到炕上。母亲拿热毛巾给他擦身子，替换崭新的衣裳。爷爷将同行的两个人喊到屋外问，撞他的人可知道是谁，两人摇摇头；爷爷又问，可看清楚车牌号了，两人还是摇摇头；爷爷继续问，那车可曾停下过，两人仍然摇头。爷爷急了，将他心爱的烟袋锅子使劲摔到地上。

烟袋杆儿是铜制的，摔到地上弯曲了，爷爷从地上拾起来，吸了吸，不通，掰直了再吸，还是不通。爷爷将烟袋锅子扔到一堆破铜烂铁里，独自进了屋。牛结实和牛双喜不知所措地站在屋外，牛结实突然想起车上有两袋化肥是我家的，便和牛双喜一人一袋扛到庭院中间，立好，冲爷爷交代一声便离开了。

葬礼那天，母亲冲我说了好多心里话，我全都忘记了。现在想想，除了我，她大概再也没有可以说知心话的人了。后来爷爷又对我说教一番，而且还打了我。我猜他肯定是被气糊涂了。

爷爷说："虽然你爸没什么出息，我打小就瞧不上他，但是在我这几个孩子里，就属他懂事。打不还手，骂不还口。不像那几个丫头，就知道跟我对着干。"

父亲在家里排行老四，他还有三个姐姐，早已出嫁，做了别人的婆娘。

我那几个姑姑很少回家探望爷爷，因为她们打小就知道，爷爷重男轻女，他生这几个闺女纯粹是迫不得已。如果那时候有B超检查，兴许她们三姐妹根本来不到这个世上。爷爷还经常说，儿子是自己的，闺女是别人的，闺女留不住，迟早要跟别人走。爷爷说话从不避讳场合。但是当着几个闺女的面说闺女不好，她们心里肯定不舒服。她们说，爷爷一辈子就知道为自己活着，自私自利，从不考虑别人的感受。于是三个人联合起来折腾他，今天老大打碎个杯子，明天老二打碎个碗，后天老三干脆把锅底戳漏了。后来终于嫁人了，她们仨又互相比量着，看谁回家的次数少。

三个姑姑和我父亲的关系一直不错，父亲也总当着我和爷爷的面夸赞她们。但是爷爷觉得她们这是在蛊惑父亲，混淆他的视听。说白了，她们是在拉帮结派，最后要他这个老头子不得好死。

我相信，爷爷肯定产生错觉了。而这些错觉，归根结底是因为他对自己的行为感到愧疚，他害怕几个闺女会憎恨他。他甚至觉得，她们早就已经憎恨他了。

我对爷爷说："我姑姑其实对你挺好的，只是你不知道而已。"

爷爷反驳道："对我好？除去给你奶奶上坟的日子，她们啥时候回来看过我？一个比一个嫁得远，这是对我好？躲着我吧？"

我那几个姑姑的婆家都在十几里外的村子里，但是她们没得选，因为她们的男人住在那里。女人，嫁到哪儿就是哪儿的人。

后来爷爷又说："现在好了，你爸死了，就剩下我一个糟老头子，还不是白发人送黑发人吗。"

我纠正他说："爷爷，你和我爸都没头发了。"

说完这话我就后悔了。爷爷抄起屁股底下的木马扎冲我的后背砸过来，我赶紧闪到一旁。爷爷气呼呼地走到我跟前，抬手要打。旁边的人见了，急忙将其拦下，并询问事情经过。爷爷冲我骂道："小兔崽子，把你头上那个玩意摘了，让别人看看你有没有头发。"

我心里觉得委屈，便哭了起来。爷爷不依不饶，坚持让我把假发摘掉，而且以后都不许我再戴在头上。姑姑们听见吵闹声，也凑了过来。爷爷见她们毫不犹豫地站在自己对面，俨然一副交战的态势，心中的怒火一下子涌了上来。爷爷指着我和三个姑姑说："都长能耐了，你们都长能耐了……"说完爷爷就昏了过去，三个姑姑赶紧叫人给送到了医院里。

后来母亲问我怎么回事，我支吾半天，说不出句整话来。母亲便抚摸着我的头发，安慰我说："没事，你爷爷那是心疼儿子呢。跟你没关系。"

我多希望这事跟我没关系啊，可是爷爷确实是被我气昏过去的。现在，母亲的手贴在我的假发上，她的话就像夏日的阳光一样，散落在我的假发上，而我的皮肤却感觉不到任何被抚慰的温暖。我猜这应该就是一个平凡而无辜的人的罪责吧！我们每个人都想把自己从家庭的缺陷中摘出去，想从自卑而空虚的灵魂中逃脱出来，我们总爱对自己最亲近的人的羞耻施以无限度的责难和鄙视。

在我十八岁这年，我的父亲走了。他的离开仿佛带走了我对生活的所有期待，让我一夜之间变成了成年人，叫我不得不面对未来牵扯出的所有惆怅与恐惧。就在那天，我突然明白了爷爷说的话，我明白了为什么死只是一种方式，为什么还有其他方式可以结束生命。

听三个姑姑说，父亲下葬的时候，爷爷的眼角流出了泪水，他喋喋不休地叨念着父亲的名字，喉咙里像是废旧汽车的老发动机一样，发出隆隆的闷响。她们曾经背地里叮嘱过我，叫我劝爷爷少抽烟。时至今日，我依然无法理解，为什么一个年过六旬的老人更愿意听我一个孩子的话，而不是他们大人的忠告。难道他们不懂的事，我就会懂吗？这让我感到费解，就好像父亲生前对我也持有偏见一样。其实我从小就想对父亲说，我现在还不明白你说的道理，请你再给我一些时间，等我长大了，自然会像你说的那样优秀。

父亲在世时，我不一定会对他开诚布公地讲出自己的想法，可惜他不在了，我也就无需再向他证明什么。但是后来想想，那些我从未说出口的话，也许就是他想要从我身上得到的一切吧。

傍晚爷爷回家的时候，我和母亲像接待重要来宾似的，早早地在门口等候着。夏日的暖风轻轻吹拂着脸颊，门口的榆树上开满了白色的花朵，街对岸是一片绿油油的麦田，麦田的尽头是一排齐整的杨树，杨树下是一条宽阔的公路。每次我去城里上学，都要到这条公路上坐车。高中以前，我从没走过这么长的路。我只记得，第一次向那里进发的时候，出门前喝的一杯水，还没走到地方就已经被两泡尿抵光了。那时候，我觉得世界大到没边儿没沿儿，根本走不完。后来我从新闻上知道，甭说北极和南极，就连外太空也已经被人类征服了。那天，我看着窗外闪烁的星光，莫名地悲伤起来。

爷爷终于到家了。下车后，他什么话也没说，便进了家门。三个姑姑跟在后头，脸上的表情依然凝重。母亲凑上前去，问大姑：“怎么样？”

大姑叹了口气，说：“就是受刺激了，以后少惹老头生气就行。”

听到大姑的叮嘱，我默默地点了点头。大姑对我意味深长地说：“鹏啊，你爷爷以后就靠你了。你可不能不管他。”

我说：“放心吧，大姑，不会的。”

等到五七这天，大姑又对我说：“鹏啊，你现在不小了，十八岁就算成年人了，我就跟你直说吧。”

我立刻绷紧脑中的弦子。

大姑说：“那天，回来的路上，你爷爷特别担心，说是怕以后见不着孙子了。”

我已经听出了大姑的意思，便说：“我妈不会改嫁的，她早就跟我说过了。”

大姑这才安心。

我猜她后来肯定跟其他姑姑通过气，所以几个人隔三差五就来一趟，来时带好些营养品，走时还要留几百块钱在炕上。每到此时，母亲便把钱如数交由爷爷保管。爷爷再三推辞，最终还是拗不过母亲。

七

回学校的第一天，大家看我的眼光又发生了变化。老师们倒还好，毕竟他们经历此事的机会多一些，看待生死也就更加豁达。学生们却不同，他们有着与成人相同种类的情感，却因少不经事而无法恰如其分地表达出来。就好像我爷爷说的：你没穷过，所以不知道什么是穷滋味。

当天晚上，班主任把我叫到他的办公室，对我进行了长达两个小时的心理辅导。班主任说，他家世代都是种地的，家里良田十余亩，足够吃喝。等老人死了，这些田地就留给儿子。按照先秦时代的说法，这也算世袭制呢。那时候的孩子，没人知道理想是啥东西，唯一憧憬的就是自己老婆能漂亮一点儿，地里再少闹点儿灾荒。一辈子也就这么浑浑噩噩地过完了。旧社会嘛，就图个舒坦。后来到他爹这辈，时代发展了，地也种烦了，就都往外头跑，学人家做生意，长见识。

他爹也不例外，去天津晃荡三年，事业未成，只带回两把折叠椅和一口不伦不类的普通话。后来就再没出去过，仍然在家务农。种了几十年的地，他爹就悟出一个道理：生意不是所有人都能做的，苦日子也不是一天两天就能改变的。于是他爹把他送去师专念书，希望他以后当老师。他爹说，他家以后就指望他了。如果他不种地，将来孩子长大成人，自然也就不用种地了。

班主任说，生活得一步一步来。就像他，九〇年参加工作，从辅导员到讲师，从讲师到班主任，这些都是他靠双手打拼出来的。他说他刚上班那会儿，工资只有几百块钱，现在就连扛麻袋的一天还一百多呢，他也照样熬过来了。现如今，他在学校附近买了楼房，两个孩子在县城最好的小学念书，那里师资雄厚，条件也不差。等他两个孩子考上大学，他家也就彻底从山沟沟里走出去了。

班主任还说，像我这个年纪，家庭条件不好的，大有人在。能怎么办，照样得奋斗下去。哪怕成绩不理想也没关系，只要刻苦钻研，就没有解决不了的难题。比如说，他在师专求学时，老师根本不管学生，大家爱怎么玩就怎么玩。学生也没什么上进心，觉得学习枯燥乏味。但是他不这么想。每次同学喊他到外面逛街，他偏不去。他就要在教室里发愤图强，用功读书。结果他科科考第一名。他说，上学就像做买卖，人家在交学费，你也在交学费，付出的是同样的成本。弄懂了，知识就是你的；弄不懂，它就是别人的。能够学以致用、举一反三，这才叫赚了。

后来班主任又想起他爹，他爹去世的时候，他刚到县高中教书。哦，对了，在进入县高中之前，他还去某所名牌大学进修过。他以此鼓励我说，人就得不断充实自己。等他进修完，刚刚分配到这里，他爹就被查出了肺癌。当时家里没钱做手术，他一个刚刚参加工作的辅导员，一点忙也帮不上，只能干巴巴地看着父亲死去。班主任说，总算把苦日子熬走了吧，老头子却没机会享福。遇到这样的事，他比谁都难过。但是话又说回来，生死有命，人没法改变什么。所以我们对活着的人更得负起责任来，不能再在他们身上留下遗憾。

班主任对我做心理辅导时，他的老婆给他打过两次电话。我想趁这个时机赶紧离开办公室，他却将我叫住，并且扯高嗓门，冲我严声厉色地说教一番。

等他老婆给他打第三通电话时，我看了看墙上的挂钟，晚自习早已经结束了。这时，班主任打了个哈欠，问道："你有什么想说的吗？"

我说："功课都落下了，我得抓紧时间补上。"

他称赞我说："你能这样想就对了，看来刚才那些话我没白说。"

和班主任谢别之后，我便直接回了宿舍。宿舍的灯已经在十点钟准时熄灭了，楼道里只剩下几盏声控灯还在时不时地亮起。我顺着步行梯爬到五楼，已经累得上气不接下气。宿舍里传出的笑声像一针兴奋剂一样，使我不知疲倦地往寝室走去。忽然声控灯灭了，我咳嗽一声，吓得其他宿舍的吵闹声戛然而止。他们肯定把我当成宿管大爷了。

男生宿舍里有几百号人。一到晚上，就像牛鬼蛇神一样，全都闹腾起来。让大家唯一感到恐惧的就是宿管大爷。他记性好，嗓门高，凶神恶煞一般，说起话来掷地有声，走起路来脚下生风。谁都害怕被他惦记上。

他的记忆力超群，这在我们学校是出了名的。有一次，牛自立去他那儿借宿舍钥匙。因为是逃课出来的，在登记簿上肯定不能签真实的名字。于是牛自立随便伪造了一个假名字写在上面。宿管大爷扫了一眼登记簿的人名，对他说："你不是叫牛自立吗，怎么又成马更生了？"牛自立当即吓出一身冷汗来。无奈之下，只好向他承认错误，并把事情原委一五一十地说给他。

后来这事传开了，人们一想起宿管大爷那双犀利的眼睛就望而生畏。他们说，宿管大爷肯定是张翼德再世。每次查房时，他咳嗽一声，学生们就都明白什么意思了。当然也有闹笑话的时候。比如，大家都知道这招管用，就用来捉弄其他人。久而久之，学生们开始讨厌这种恶作剧。一听见咳嗽声，他们就不分青红皂白地朝走廊里骂街。宿管大爷偶尔也被错当成恶作剧者，背后挨了不少唾沫星子。

推开宿舍的木门，一股刺鼻的脚臭和汗臭混合调剂出来的味道迅速钻进我的鼻腔，我冲宿舍其他人埋怨道："你们怎么活下来的？以毒攻毒吗？屋里这么臭，为什么不开窗户？"

舍友忙作解释："习惯了。"

靠近门口的小武提醒我说："牛自立来找过你，刚走不一会儿。"

我问："他没说什么事吗？"

小武说："应该没什么事，有的话他早就说了。"

"知道了。"我爬上床铺，一头扎进被子里，昏睡过去。

一大早醒来，天蒙蒙亮，学校的喇叭里正放着慷慨激昂的曲子。到了做早操的时间，我极不情愿地坐直身子，叫其他人起床。早操的项目只有跑步，大家以班级为单位，排好队伍，围着操场慢跑三圈。期间，学校安排两个学生会的人站在门口，每经过一支队伍，检查一遍人数。等早操结束，教导处主任便来核查人数。如果哪个班级有缺勤的情况，并且没有递交请假条，作为惩罚，这个班级就要多跑两圈。

集合的时候，我走到男生顶前头，靠近九班的那一列。兰站在我的斜前方，正和她的同桌说笑。她看上去仍然像往常那样引人注目，她的笑声依然明朗，在繁杂的人群当中，她依然头角峥嵘。兰总是在有意或无意之间散发出耀人的光芒，就像日月，它们也是星辰，但注定与众不同。

正当我全神贯注地端详兰时，牛自立突然走到我身旁，拍了拍我的肩膀。我见是他，便点了点头。牛自立问我："怎么样？没事吧？"

我回答他："能有什么事？"

在回到学校之后的这两天里，包括牛自立在内，许多人都在问我，有没有事。面对他们突如其来的问候，我几乎连想一想的余地都没有，只能草率回答"我没事"。如果不这样，我还能怎么办呢？

牛自立凑到我跟前，又说起那天和吴有才打架的事。他说这事本来已经被人捅到教导处去了，按惯例应该给予警告处分的。结果他亲自跑到教导主任面前，将事情经过解释清楚。教导主任批评了他一顿，才算不了了之。他一边说一边得意地看着我，好像战胜而归的将士在向将军邀功一样。

我不耐烦了，对他说道："我真应该感谢你，给你送面锦旗。"

牛自立尴尬地笑了笑，说：“不用，应该的。”

队伍跑起来了，我和牛自立被身边凌乱的步伐冲散，又相遇，然后再冲散。每次相遇，我都像即将冲线的短跑运动员一样，拼命与他拉开距离。我看着不远处兰的身影，她的长发在微风里起起伏伏，她那双粉红色的运动鞋在地上踩出坚实的脚印。空气中飘扬着沁人心脾的香水味，我猜那肯定不是兰身上的味道。兰就像学校食堂里的饭菜一样清淡，她从来不喜欢打扮自己，也许，现在就是她打扮之后的样子。总之，她不在乎这些，我也不在乎这些。

一圈过后，有人冲队伍里嚷道：“谁放屁了？”大家纷纷笑起来，但始终没人愿意承认，自己就是那个屁的主人。

第三圈结束，所有人都像太白金星一样，头顶冒着白烟。学生会的人站在队伍前头，拔高嗓门，冲人群中播报每个班级实到的人数。结果只有十班少了一人。教导主任恶狠狠地走到我们队伍跟前，指着跑道，说：“两圈。”

排头的女生刚要启动，我赶紧冲到队伍前头，对教导主任说：“老师，你这样做不对。”

听到我的话，教导主任被气得面红耳赤，呼呼地喘着大气。他问：“你觉得我怎么做才算对？”

我说：“你应该查出究竟少了谁，让那个人过来受罚。”

他若有所思地点了点头，说：“好，让班长看看谁没到，你陪他一起跑。”

我不解地问：“凭什么？”

教导主任说：“就凭你超凡脱俗的性格，还有直言不讳的精神。”

八

那天，我和教导主任发生了口角，差点还动起手来。当时，我们中间隔着几十号学生，他冲不过来，我也冲不过去，两个人只能踮着脚对骂。同学在一旁劝我，让我少说两句。牛自立则搂着教导主任的肩膀，像把锁一样，使他动弹不得。教导主任气急败坏地说："你他妈胆子太大了，居然还想打老师。"

其实我根本没想打他。班长确认完谁旷操后，学生们就可以去教室上自习了。一开始我以为教导主任是在开玩笑，所以其他学生走的时候，我也跟着往外走。行至门口，他将我拦下来，拉着我的胳膊，说："从来没见过这么不拿我当回事的人，你是头一个。"

说实话，我对教导主任的印象一直不太好，他总是仗着自己位高权重，对那些犯了错的学生大呼小叫，有时候甚至拳打脚踢。于是我甩开他的手，继续往操场门外溜达。

后来情况越来越恶化，他不但不让我走，还说我扇了他一巴掌。我心想：这人说起谎话来怎么能这么自然呢？他不依不饶，非要把那一巴掌扇回去。我偏不让。我又没做错事，怎么可能承认错误。我说："你为人师表，怎么是个瞎话篓子。"他追着我要与我理论清楚。我懒得和他纠缠，就绕着操场躲来躲去。后来他跑不动了，站在操场门口喘大气。牛自立和我的班长过去替我说好话，他非但不听，还把他俩也臭骂了一顿。我急了，隔着一堆学生谩骂道："我揍你怎么了？像你这种人渣，稍微有点正义感的人都想揍你。"

一听我说这话，教导主任就像着了火的炮仗，脸色更加难看了。

我们正吵得不可开交时，校长闻声赶了过来。他先把教导主任支到一边，然后上下打量我一番，问道："你是牛鹏吧？"

我说："是。"

校长指了指我的头顶，说："假发戴歪了。"

我整理好假发，问："校长，你怎么会认识我？"

校长说："我认识这里的每一个人，他叫刘洪涛，他叫耿存良，她叫张映雪……"

站在我身旁的学生吃惊地看着校长把他们的名字一一说出来，竟然没一个对的。我说："除了我的名字，其他人的你都说错了。"

校长不紧不慢地说："我就是想告诉你，别人我不管，我就记得你。"

不知谁向班主任通风报信，他也风尘仆仆地从家里赶了过来。班主任一到，先对我训斥一顿，然后又去向教导主任说情。

当时有几十号人在场，教导主任怎么肯善罢甘休。他说："今天的事必须严肃处理，牛鹏是害群之马，绝不能轻饶。"于是校长命令十班学生回教室上课，而我、班主任还有教导主任，都随他去了校长办公室。

我是第一次进校长办公室，那里面干净得叫人浑身一紧。门口站着一盆一人多高的滴水观音，再往里走是一张真皮沙发，沙发对面是校长的办公桌，办公桌上井然有序地摆放着各种文具书籍，办公桌后面的书柜几乎遮住了整面墙壁。一台立式饮水机羞怯地躲在角落里，咕噜咕噜地烧着热水。校长让两位老师坐在沙发上，而我只能立在地上。

水开了。校长不紧不慢地走到饮水机旁，一边往杯子里放茶叶一边听我叙述当时的情形。我的眼睛始终跟随着他的脚步来回转动，思绪也在自己的词汇里和他的举止间飘忽不定。我一边向他陈述事情经过一边提防着身后。有时讲到教导主任，猛一回头，发现他正像只狼狗一样盯着我。

没等我说完，教导主任就信口雌黄地接我的话茬道："他放屁，事情其实是这样的……"

我和教导主任各执一词，校长不知道该信谁的。于是班主任提议，把在场的学生叫来问一问。教导主任火了，他说："这事已经很清楚了，再怎么着他也不能打老师。这种行为极其恶劣。"他说我是个混混，是学校的寄生虫。应该叫我家长来，看看我究竟是个什么样的学生。

我使劲压制住心中的怒火，问道："要不叫我爸来跟你谈谈？"

教导主任得意地说："那样最好了。"

班主任在他旁边耳语："他爸刚去世。"

教导主任的脸一下子绿了，他倒抽一口凉气，说："你什么意思？我跟你讲，我身正不怕影子斜。我不做亏心事，不怕鬼敲门。"

班主任在旁边搭腔："牛鹏，再换个人，家里还有谁？活着的……"

我说："我爷爷活着呢，但是他身体不太好，一发火就容易背过去……前两天刚出院。"

校长听不下去了，说："就叫你爷爷来吧。"

我问他："用不用约个时间？"

校长愣了片刻，怒气冲天地说："相亲啊，还约时间。"

当天中午，我从公交车站接上我的爷爷，叫了辆"城内一元"，便向学校进发。一路上，爷爷安静得好像挂在墙上的时钟一样，眼睛直勾勾地盯着车窗外的行人。他身上有股被烟草熏烤过的味道，头上的帽子早已过时很久，腿边放着的烟袋锅子是他从农村的集市上收来的，其原本的主人刚刚去世不久。爷爷不喜欢抽烟卷儿，他说烟卷儿抽起来跟吸氧气没什么区别，不像旱烟，劲儿足。爷爷还说，那些抽烟卷儿把手指甲都熏黄了的人，一点儿也不讲究，看起来特别像妖精。

爷爷小的时候经常骑车到城里闲逛。来，两个小时；回，又是两个小时。他也不觉得累，高兴了还和同伴飙一段儿。等他上了岁数，汽车逐渐取代了自行车，他就不怎么上县城来了。所以爷爷对于这里的记忆只停留在青年时期。可他万万没想到，县城的变化如此之快，以至于他猛然间意识到自己乡下人的身份。着实让人不自在许多。

父亲还健在的时候，每逢节日，家里人就要带爷爷到县里逛逛，为他添几件新衣服。可爷爷每次都搪塞过去。他说，他一个老头子，穿新衣服容易让人笑话。虽然我家生活条件一直未能改善，但父母的孝心却不廉价。他们总是在私底下将所有东西给爷爷买好，都容不得他说不要。

父亲走了以后，爷爷更不愿意穿新衣服了，他干脆将别人给买的衣服统统放进衣柜最底层，好像这辈子都不会再翻出来的架势。可不知为何，他今天却穿了一双崭新的鞋子。

到学校时，已经下午一点钟。我和爷爷直接去了教导主任的办公室。

教导主任不在，只有一个看上去还算年轻的老师在办公室里吃着盒饭。我问他："教导主任干啥去了？"

他说："去撒尿了。"

我又问："多久能回来？"

他兴许是吃噎着了，所以往嗓子里顺了一口水，然后按着脖颈说：“他是去尿尿，又不是去跑马拉松，能多久？尿完自然就回来了。”

我回头看看爷爷，他正一脸茫然地盯着那个年轻老师，喉咙里使劲咽着唾沫。我说：“要不先去吃点东西，等会儿再来？”

爷爷点点头回答：“估计那位老师一时尿不完。”

我带着爷爷去了学校食堂。食堂里吃饭的人不多，大多数坚持到最后的都是些不学无术的人。窗口内卖饭的师傅只剩下一个，其余的都到后厨觅食去了。我和爷爷来到窗口跟前，让那人给凑两份饭菜。那人一脸愁闷地将饭盛好，说道：“不要钱，端走吧。”

爷爷茫然地看着我，低声说道：“为什么不要钱？”

我说：“吃完你就知道了。”

果然，饭后爷爷问我：“你们校长肯定不来食堂吃饭吧？”

我说：“对啊。”

爷爷说：“应该让他来吃一回。”

我愤愤不平地说：“一回？应该让他天天来才对。”

我和爷爷并肩走在校园里时，他对这里的一切都充满了好奇。看着三五成群的年轻人有说有笑的样子，阳光洒在他们的肩上，他的眼睛就湿润了。爷爷一边走一边磨叨，他感觉自己真的老了，这些无忧无虑的孩子让他想起了他的小时候。想起那些死去的同伴，和属于他的那个特殊的年代，就感觉自己在这个世上活得太久了。他说，对于他这么一个老家伙而言，这个世界永远都是新的，他已经没有机会再去跟随时代的步伐。就像煤油灯一样，早被淘汰了。我说，人总有老的那一天，谁也跑不赢时间。

重新回到教导主任的办公室门前，我敲了敲门，屋内相继传出两声“进来”。我挽着爷爷的胳膊，进到办公室里。

见到我爷爷，教导主任马上变得客气起来。他说：“您来啦？”

我说：“来了。”

他瞥我一眼，说：“路上累不累？”

我说：“我和爷爷在食堂刚吃过饭。”

教导主任又瞥我一眼，他将爷爷让到一旁的椅子上坐下，并吩咐那位年轻的老师给爷爷倒热水。然后他给校长打电话，告诉校长我已经将家人带来了。我问他：“要不要跟我的班主任也说一声？”

他说：“你的班主任正在阶梯教室开会。”

其实我知道他在说谎，因为我和爷爷刚刚经过阶梯教室时，里面一个人也没有。他这么做是为了不让班主任来替我求情，好让我孤立无援，腹背受敌。这人真阴险！

可让我意想不到的是，从始至终，爷爷都和我站在同一条战线上。

校长到了以后，先是向我爷爷寒暄几句，然后将此次叫他来的目的跟他讲清楚。接着，教导主任开始在我爷爷面前声情并茂地揭发我的罪行，言语中却不乏宽容大度之词。他说，他一开始就觉得我这个孩子不错，也相信我总有一天能出人头地，但是那天我做出那样的事情，实在令他失望。他希望把今天的这次会面当成帮助会，而不是批评会。他特别想帮助我这样一个差等生上进，他愿意和我一起把错误纠正过来。但是校有校规，做了错事就得承担后果。

爷爷瞪校长一眼，问他：“学校打算怎么惩罚我孙子？”

校长想了想，说：“学校是个纪律严明的地方，我们得为每一个孩子负责。如果学生犯了错，我们就得予以惩戒，好让学生分辨是非，走上正轨。这样进入社会才能成为有用之才。”

爷爷不耐烦地说："人家叫你盖个厕所，你倒好，顺手给盖了一座皇宫。"

校长不解。

爷爷说："你们讲的这些太深奥，我就是一个农村人，听不懂的话我不听。所以我更愿意你们能直截了当地把事情讲清楚，不要让我猜谜语。"

校长听出爷爷的意思后，和教导主任耳语几句，便扭头走了。校长走后，教导主任变得更加和善了。他说："像他这种情况，需要予以留校察看的处分。"我爷爷没听明白，叫他解释清楚。教导主任放缓语气说："就是人还在学校上学，如果表现好，什么事也没有。"爷爷这才松了一口气。他说："那就察看吧。"

后来爷爷又想起中午那顿饭，一脸厌弃地说："食堂的饭比我们家喂猪的猪食还难吃，学校领导也不管。弄得学生们都要揭竿起义了。"爷爷还说："人就是这样，吃得不好就得犯坏。所以穷人不好惹。我就是穷人，最懂这一点。"

教导主任说："校方在改善学生生活这方面做了很多努力，但也不是一天两天就能见成效的。这还需要像您这样的年轻人一起努力，才能使学校持续而又良好地发展下去。"

爷爷跟我小声耳语："教导主任这种人，根本没法跟他说人话。简直是驴唇不对马嘴。"我偷笑着捅了捅他的后背。爷爷又对教导主任说："我找不着回家的路了，你们得让我孙子送我回去。"

教导主任极不情愿，但也不能扔下我爷爷一个人在城里瞎转悠，万一迷了路，家里人到学校来闹事，那就太不值了。于是，他勉强答应了爷爷的请求，给我放了一天短假。

回家的路上，我对爷爷说："教导主任说的话没一句是真的。"

爷爷回答我说："能填饱肚子的人才有时间忙着说瞎话呢。"

九

学校的喇叭里总有新的内容来填补学生的好奇心。

周末那天，学生又可以自由活动了。我像往常一样，事先来到篮球场的网前，看那帮比我胖一圈的人，在一块二百多平方米的场地上撞来撞去。我身后的足球场上，有三十几个男生在追着一个足球跑。看他们玩得这么开心，我突然羡慕不已。我天生缺少运动细胞，别说踢足球，踢毽子都不拿手。但我还是希望自己能像他们一样，把无聊的时间放在一项无聊的运动上，并从中得到快乐。就好像我们村拾荒的小老头一样，他明明知道拾荒这件事没法给他带来财富（因为村子里捡不来值钱的东西），但他仍然在坚持不懈地做这件事。

忽然杨兰出现了。她站在我身后，如蜻蜓点水般拍了下我的肩膀。我回过头去，和她友善地打了声招呼。杨兰看上去比我想象的要健康，她两眼炯炯有神，双耳聪慧机警，她的长发已经染回了黑色，也不打卷了。这让她看起来更健康了。

和教导主任闹翻后，我便成了学校的风云人物。就连兰这种两耳不闻窗外事、一门心思好好学习的人都知道了我的"丰功伟绩"。可是我为什么总要靠这样的方式才能引起别人注意呢？我搞不明白。如果这世上没有了善恶情仇，是不是谁也不在乎谁了？真是那样，我相信人类的情商将会大打折扣，甚至连卓别林那样的大师都得隐居山林。可我始终觉得蹊跷，为什么人们会对秃顶“情有独钟”呢？还是他们对任何自己缺乏的东西都记忆深刻呢？

这是我第一次站在兰的面前时，居然一句话都不想说。我猜兰肯定能感受得到，所以她也沉默不语，呆呆地注视着篮球场上的男生。其实我想借此机会向她求证她和牛自立的关系，我想知道牛自立具体混蛋到了什么地步，但我始终没法开口。我害怕知道答案，无论结果是好是坏，我都没法再承受下去。自从认识她以后，我对爱情的看法一直在变。后来我发现，我从来没有达到过她的标准，她也始终像第一次聊天时那样，从容而淡定地站在原地。我们之间的距离既没有变远，也没有变近，还和第一次一样。

如果在她面前，我失去了那份悸动不安的心情，一切都算结束了吧？

后来校园的喇叭里播报了关于我顶撞教导主任的处罚通知。球场周围的学生开始议论起喇叭里说的“牛鹏”这个人的来历，突然有人插嘴道：“就是那个戴假发的。”别人问是哪一个。他说：“戴着假发谁认识，就是一般人。”杨兰在一旁，紧张兮兮地看着我。我摘掉假发，冲那人问道：“是不是这样你就认识了？”那人看见我，低下头去，不再言声了。围观的人则肆无忌惮地大笑起来。

我手执着假发，转身走了。杨兰这次没有替我出头，去和那些人据理力争。我也不希望她这样做，因为从转身离开的那一刻起，我的内心已经释然了。

回宿舍的路上，我将假发扔进垃圾桶，让自己的头顶彻底沐浴着太阳洒下来的暖光。微风仿佛木梳子一般将我原本凌乱而潮热的头发梳理整齐，它就像母亲慈祥的手指一样，在我的头上温柔地抚摸着。来往的人群给予我最细心的关注，在他们的目光里，我又找回了最初的自己。

然而这种喜悦只坚持了几分钟，又消失了。

当我再次碰到牛自立时，我本打算将过去所有的怨恨一笔勾销，与他重修友谊。然而他却在我和我的舍友面前又一次提到杨兰。这次，他的话里无不透露着对兰的侮辱和鄙夷。我疑惑不解地问他："你不是挺喜欢杨兰的么，怎么这会儿又说起她坏话来了？"

他说："我看走眼了，杨兰就是个货真价实的贱人。"

我不知道是什么事改变了他对杨兰的看法，于是问道："你这话什么意思？"

他眼中充满了怒火，说道："没什么意思，我就是讨厌她。"

我正惊讶于牛自立的态度转变之快时，他却对我说："行，你现在算扬名立万了。敢跟教导主任作对，以后谁还敢惹你。"

我说："我做了错事，怎么还受表扬啊。刚才学校都通报批评我了，你还在这里吹什么。又不是多光彩的事。"

牛自立对我的舍友说："看见没有，刚牛×了就装腔作势。"他转向我，又说："别跟杨兰学，弄得自己多高傲似的。我跟你可是一个战壕里的人。"

我不屑地说："你跟我不一样。我应该还算个人，而你他妈的绝对不是人。"

就这样，我们俩吵了起来。牛自立一直不明白我说那些话的缘由，他说我这两天一直不对劲，好像吃枪药了一样，看谁都不顺眼。我说你别拐带着其他人，我就看你不顺眼。他问我为什么针对他，我毫不犹豫地回答，因为你不会干人事。牛自立讲起我和吴有才打架的事，他说他为了我和吴有才撕破脸皮，然后又去教导主任那里替我求情，好事做尽，最后却落得一身不是。

我猛然间想起刚刚在操场上发生的那一幕，觉得自己实在没有必要为过去的事情再伤脑筋，于是对牛自立说：“算了，不聊这些了。刚才是我不对，我跟你道歉。一会儿请你吃饭去。”

至于牛自立侮辱杨兰的事，后来在和他一起吃饭的时候我才听说，我送爷爷回家的那天晚上，他向杨兰表白了，结果杨兰拒绝了他。杨兰对他说，她已经有喜欢的人了。于是牛自立心中由爱生怨，开始对她口诛笔伐。

后来我和牛自立又成了形影不离的好兄弟。关于杨兰的那个神秘心上人，我们猜来猜去总也搞不明白她究竟会喜欢上谁。牛自立说，杨兰是来祸害人间的。我说，被她喜欢的那个人才是真正的人民公仆。虽然嘴上这样说，其实我心里清楚，不管那人是谁，能和兰在一起，这辈子绝对赚了。

十

我和父亲吵过很多次架，最严重的一次是在我上初中那会儿，那回父亲扇了我一巴掌。他说我生下来就是为了和他作对的，我信以为真，觉得自己不和他作对就不算是他儿子。尤其当他夸奖别人的孩子，拿他们和我作比较时，我更加坚定了自己的立场，并且随时准备和他称赞过的人断绝来往。

等父亲去世一段时间后，我才真正懂得，他在这个家庭里所承担的责任之重，那种分量是没人能够代替的，那种压力也是其他人所不能理解的。但这些看似没法为他无端发火做出合理解释的压力，仿佛在中国千万个家庭里普遍存在着。而这些压力在家庭支柱消失的那一瞬间，就成了一个人命运的转折点。

譬如我，如果父亲还健在的话，现在应该正在读研究生，或者在一家不错的企业拿着薪水。然而父亲走了，家里的主要经济来源断了，我也就没法再在学校里继续待下去。

高一结束后，迎来了一个半月的暑期长假。而真正促使我决定从高中辍学的事情，就是在这期间发生的。

放假那天，已入七月。我和牛自立从大公路上下车，一股凶猛的热浪迅速将我俩围住。我和他躲在杨树下的阴凉里，久久不敢挪步。牛自立问我："还要等多久太阳才能落山呢？"

我说："等眼睛能看清楚前方。"

于是我们蹲在树荫下聊天，他说我不知道的，我说他不知道的。说得差不多了，我们又开始数经过的车辆。我和他打赌，从南往北来的第十辆车的车牌号是偶数，他说肯定是奇数。结果第十辆车还没开到我们跟前，就拐进了路边两米多深的水沟里。

我和牛自立蹲累了，就干脆坐在路边，一人拿一根狗尾草，在地上写字。牛自立的语文成绩很好，他知道几乎所有三叠字的念法。后来写着写着，我情不自禁地画出了杨兰的名字。因为字迹十分模糊，牛自立看到后，皱着眉头问："你写的是什么字？"我说："我自己造的，你不认识。"牛自立刚要上来仔细研究，我赶紧用手擦掉，说："该回家了，走吧。"

我和牛自立都没带多少行李回家，所以路上走得很快。刚刚动身时，我们还三言两语地交谈几句，后来谁也不说话了，只顾着往前走。炽热的阳光踩着微风撞到脸上，汗水被烤干，然后又冒出一层新的汗珠。泥土被烤焦的味道从地上翻腾起来，就好像灶膛里的浓烟一样呛人。我告诉牛自立，如果实在受不了了，就想想杨树顶上掠过的大风，如果站在那上面，肯定特别凉快。牛自立说我是阿Q附体，竟然学会了精神胜利法。

大约二十分钟后，我们各自回到了家中。刚一进屋，我就大口大口地往胃里灌凉水。母亲怕我生水喝多了拉肚子，赶紧拦住我说："你是牛啊，喝这么多水。"

我说："我姓牛，当然能喝了。"

母亲笑了，她说："我宁愿你姓朱，能多吃点儿。"

进到里屋，我问爷爷去哪儿了，母亲支支吾吾地说不出他的去向。我问她爷爷是不是去串门了，她说不是；我又问她，爷爷是不是去姑姑家了，她说没有；我说爷爷是不是出去遛弯儿走丢了，她说你别逮着什么说什么。我忐忑不安地问："那我爷爷到底去哪儿了？"母亲这才向我交代了实情。

母亲说："你爷爷为了你下学期的学费，去镇上给人家看大门了。"

我说："这怎么行呢，咱家就是再拿不出学费，也不能让我爷爷出去挣这份钱啊。这要叫外人知道了，会说咱家闲话的。"

我当即向母亲询问到爷爷所在单位的地址，骑上自行车就往镇上赶去。母亲说的那个煤厂并不难找，就在我们初中学校旁边的一片空地上。煤矿周围种着玉米，玉米的叶子被煤粉染黑了。一到刮风天气，附近的路面就像阴郁的天空一样，变成青灰色。

我到煤厂时，天色已近黄昏。太阳在西山留下最后一抹微弱的霞光，热浪慢慢退去，只剩下一群光膀子的工人在叫苦连天地辛勤工作着。我走到煤厂大门前，向一位皮肤黝黑的老人鞠了一躬，然后问道："您知道我爷爷牛壮山在哪儿吗？我找他有事。"

老人徐徐地转过身子，说："臭小子，我就是你爷爷。"

看见爷爷骤变的模样，我吃惊地叫了起来，说："爷爷，你才来几天，怎么黑成这样了？"

"我本来就不白啊。对了，你咋上这儿来了？"爷爷借着微弱的灯光，看看我油亮的脑袋，并用他粗糙的手掌摸一把，"这才像个人。"

我会心地笑了，蹲下身子，挨着爷爷的肩膀，说：“我来接你回家啊。”

爷爷摇了摇头，说：“我不回家。回家能干啥？……我在这儿挺好的，啥事也不用干，人家就给发工资。”

我说：“那也不行，你都多大岁数了，还给人家看大门。万一真来个坏人，你也对付不了啊。”

爷爷高傲地看着我，说：“你这话听起来，好像我真成废物了。”

我坚持道：“反正你不能再在这干下去了。”

爷爷冲我甩了甩头，说：“去你爹的，你爷爷我已经六十多了，我想干啥就干啥。”

我威胁他说：“你再这样我就退学了，不去念书了。”

爷爷一脸不屑地说：“吹吧，你敢不去。”

那个时候我还不会说谎话呢，但是爷爷已经不相信我了。他知道我不敢顶撞他，因为他是我爷爷，是我老子的老子。我对他比对我父亲还要恭敬。

但是对于长辈来说，却还有另一种说法。这种说法是我从爷爷那儿听来的。当时我和父亲的关系极其紧张，爷爷跟父亲说：“孩子和你闹、和你抱怨，甚至和你反相，只能说明你自己没能耐，得不到应有的尊重，养活不了这个家。”结果父亲去世后，爷爷又跟我说：“其实你爸小时候也总跟我作对。”

爷爷是个老顽固，他认定的事就一定要做。他把这一点完美地嫁接到了父亲身上，然后父亲又在他有限的生命里将其淋漓尽致地发挥了出来。我希望它不会像秃顶那样，那么具有“吸引力”。否则……我也只能接受。因为这是我们老牛家唯一可以发光发亮的品质。

在打算退学的那一刻起，我便决定给兰写一封信，但却一直没想好要和她说些什么，终于熬到开学前的最后一晚才肯提笔。我写东西的节奏很慢，文思从未泉涌过。譬如，给大家同样的时间，别人写完八百字的作文，还能留出富余的时间睡一觉，而我却只能勉强写够五六百字。那晚，我一宿没合眼，并且几易其稿，最后只写了区区两千字。

漫长的假期终于结束了。

开学的第二天，舍友纷纷去教室上课，我却偷偷跑到学校门口，将写给兰的信塞进收信箱，然后回宿舍收拾起行李来。我坐在自己空荡荡的床铺上，双腿悬空，环顾四周，终究没有发觉出任何改变。我回想起许多本不该发生的事情。我猜，等我走后，也许人们能够记住的只有一道光。这道光如同电影画面一般，在他们的脑海里不断地浮现、错乱，然后远逝……

阔别，这一刻来得不早不晚。犹如世上所有发生过的事情，遵循着时间的轨迹，有条不紊地发生了。

十一

杨兰，我必须得和你聊聊了。

有些话如果现在不说，恐怕以后就没有勇气说了。

也许你会感到诧异，并且惊讶于一个和你毫不相干的人给你写这么一封信。但是请你相信我，相对于无数个陌生人而言，你已经算得上我的知己了。人们常常怀疑别人是否了解自己，可是这种怀疑是多么的微不足道啊。因为除了我们爱的人以外，我们还能期待谁来倾听自己的心声呢？

我一直在想，该用什么方式才能使你记起我。只要你能从记忆的角落里找寻出一丝有关于我的线索，哪怕我将自己最最丑陋的一面展现给你，我也心甘情愿。但我不打算那么做，我要把所有美好的印象留下，把不好的统统带走。也只有这样，当我再次想起你时，内心才能够无比平静。

高一开学那天，一个中年男人开车送你到女生宿舍楼下。那应该是你的父亲吧。你从车里走出来，兴奋得不得了。经过你身边时，你的父亲喊住了我，向我寻求帮助。我没有理由去拒绝一个成年人的请求，所以我欣然答应了。我拿着大包小包的行李冲在前头，你就匆匆忙忙地跟在后头。我们穿过幽暗的走廊，在纷杂的人群中间挤来挤去，一直走到五楼顶头的那间宿舍。我把行李放在门口，与你挥手告别。你害羞地对我说了声谢谢，然后将你仅剩的一包纸巾递给了我。

那是我第一次见你。说实话，你并不出众，我也没有刻意要记住你。后来你在军训中得到了优秀标兵的称号，如果我没记错，把证书拿到你面前的那个人就是我。当你从教官手中接过奖状和证书的时候，你的笑容如桃花般美丽。站在你身后，看着你在雷鸣般的掌声中与大家挥手致意，我心里十分替你高兴。

在正式开课的那几周里，我的学习成绩一落千丈。与此同时，我又遇到了其他令人苦恼的事情，心情简直差到了极点。后来我从同学口中再次听到你，听到了有关于你的一些故事。那个时候，我还不知道他们口中说的就是你本人，因为我根本不知道你的名字。但我几乎已经猜到了。再后来，我们在语文老师那里相遇，经她介绍，我才得以认出你来。

如果我不说，也许你一辈子都不会知道，你在我心中究竟有多重要。在我最茫然无措的那段时间里，你就像是一颗启明星一样，给了我指引。

我们第一次正式谈话发生在高一上学期。我曾经幻想过无数个和你相遇的场景，但是幻想总与现实相差甚远。无论如何，那次我从诸多矛盾的心理中将自己抛给了你。我全然不顾周围人的风言风语，彻底爱上了你。后来在篮球场旁边，我们也有过几次谈话。那里仿佛成了我们约定俗成的相会的地方。

那段时间，你无忧无虑、谈笑风生，像个孩子一样。我就在一旁全神贯注地凝望着你，直到你融化在我的眼中，然后沉入心底。

半年后，我的父亲死了，家里的境况一落千丈。为了我，年迈的爷爷挑起了家庭的重担。可我怎么忍心再让他吃苦受累呢？经过一个暑假的深思熟虑，我决定退学，出去打工。不管别人怎么想，我相信你一定会支持我吧。我知道，离开了这里，就代表离开了你。可我必须得走，哪怕最终没有出人头地，我仍然要义无反顾地去面对生活带来的种种困难。

杨兰，我认识你整整一年了。过了这么长时间，经历了这么多辛酸，我终于可以释怀了。说实话，我以为自己会始终不渝地爱着你，一直到永远。可永远究竟有多长呢？在现实面前，这根本经不起考验。

我要开始新的生活了。是的，没有人能够一直坚持下去。但也请你不要质疑我的真诚，我战胜了自己所能预想到的一切困难，向你毫无保留地诉说我的心声。可是每次提笔给你写信时，我依然会诚惶诚恐、心神不宁。

我曾经一度怀疑，假如没有你这样一个人去眷顾，我是否还能安然无恙地生活下去。我总在为往事郁郁寡欢，每件勾起我回忆的事情里，总少不了你。可真正的爱情是能够把两个人交织在一起的。你看我们现在，仿佛隔着天涯海角。就连我对你的思念都会大打折扣。

放假那天，你依然形单影只地站在篮球场旁边。你知道吗，我多希望自己还能像十八岁时那样，毫不犹豫地走到你面前，和你倾诉衷肠，或者聊聊未来，或者道个别。但我没有那么做。我的胆怯使我再次意识到自己的卑微与无助。

青春被我远远地甩在了身后，就像赛跑一样。可是每当我看到自己与它渐渐拉开距离时，我并没有暗自窃喜。相反，这种无休止的成长使我惊慌失措。我无暇自顾，不知道该怎样面对未来，尤其想到我的未来里不再有你，那些悲伤的情绪就会立刻涌上心头。

你还记得我曾经跟你说过，我想成为一个科学家吗？现在看来，估计实现不了了。以前，我总想用科学来解释这个世界上的所有情感，用一个完美的公式来验算我和你之间的关系。后来我发现，当我爱上你之后，这个世界就不存在科学了。那种怦然心动的感觉，也就变成了属于我一个人的伪命题。

现在我必须离开这里了。我要把自己的心事最后一次讲给你听。不管你能不能感受得到，这都将是最后一次。我再也不会站在你们班的门口，假装和谁聊天，然后偷偷地看你一眼。但我请求你，每当你望向教室门口的时候，希望你能用自己的想象力，在那里构建一个我，一个不断注视着你的我。

痛彻心扉的爱情才是真实的。那些曾经以为花好月圆的时光，只不过是命运设的一个局罢了。对你来说，也许它一文不值；但是对我来说，它却价值连城。而对于那些爱过的人来说，回忆本身是温暖的，遗憾本身也是无憾的。

我很庆幸自己的青春里有你出现。

珍重。

逍遥游

一

不是所有人都可以被称为老杨。粗略盘算，须具备以下三个条件：

首先，这人必须得姓杨，不然其他都是白扯；其次，这人得上了岁数；最后，这人最好没有到过长寿村。

杨国顺偏偏是长寿村土生土长的汉子，现年已过七旬，却仍然徘徊在老杨和小杨之间，找不准自己的位置。

长寿村生活着千余人，单单百岁老人就有十来位，八十往上的老耄有近半百。如果顺着巷子走一遭，你会发现，每家墙根底下摆着一个老人专属的马扎，有的甚至更多。这样的盛况在全国都属罕见，也就使得长寿村远近闻名，成了县里的重点优顾对象。后来县长亲自来到村子里，授予长寿村最年长的老人“模范寿星”的称号。老人接过奖牌的时候，热泪盈眶地说：“为了这我也得多活几天。”老人说话满嘴透风，需要牙齿咬合才能说清楚的字句，听起来就像一碗面茶，黏黏糊糊。县长捧腹大笑，纠正他说：“您老身体这么硬朗，以后还得为国家做贡献呢。”老人抹了把鼻涕，露出两排齐整的牙花子：“我能做啥贡献啊，就剩下一把老骨头了。”县长拍了拍老人的肩膀说：“人只要好好活着，就不怕没有用武之地，所以您老还得健健康康的。”老人点点头：“唉，我听上级的。”县长欣慰地笑了，村长老赵也笑了。等县长走后，老人眯缝着眼，慢条斯理地研究着奖牌，内心备受鼓舞。吃过中饭后，他竟要下地干活去，结果被儿孙拦了下来。

此事传到老杨的耳朵里，使他心生芥蒂、愤愤不平了许久。老杨在意的倒不是一块奖牌，而是县长的那句话。如果没有那句话，他的孩子不会指责他，说他游手好闲。

这天晚上，老杨坐在巷子口乘凉。房檐下的钨丝灯泡招来一群小飞虫，绕着老杨的脑袋飞来飞去。老杨挥舞着蒲扇，身手比大刀王五还要娴熟。

老杨手中的蒲扇有三个用途：一是扇风，二是扇飞虫，三是扇人。扇人是老杨从祖辈那里学来的招数，只对他孙子管用。老杨稀罕孙子，所以用蒲扇拍他，来表达自己的疼爱之情。

一到夏天，老杨就坐在巷子口，目光空洞地望着远方。老杨平时沉默寡言，很少与人打招呼。记得有一次，一人骑车经过老杨身边，跟他说了句：“您老在这儿待着呢？”老杨纳闷，叫住他：“你认识我吗？”那人刹住车子，脚撑地面，乐呵呵地回答：“我不是本村人。”老杨继续追问：“我知道，你到底认不认识我？”那人摇摇头。老杨挥了挥蒲扇：“你走吧。”稍稍停顿，老杨又问：“去哪儿啊？”那人想了想：“挺远的地方，得骑一天一夜才能到。”老杨失落地摇摇头，自言自语道：“啥地方这么远？”那人看看前方，茫然无措地问：“您老还有什么事吗？”老杨抬起头，被惊出一身冷汗：“我有什么事？让你这么一说，我又忘了。”那人走后，老杨又追出去老远，后来人没追上，还摔了一个狗啃泥。自那之后，老杨整天心事重重、闷闷不乐，见到隔壁老李的媳妇，也不再精神抖擞地同她言语了。

老杨用蒲扇扇飞虫的时候，老杨家的母牛站在牛栏里，甩着牛尾巴，屁股一撩一撩的，哞哞地叫唤着。好像是在抱怨老杨，为什么不给它支个蚊帐。老杨回头看看，心领神会地说：“别他娘地抱怨了，就你挨咬了，我就不挨咬。”说着，老杨往小腿肚上拍了一巴掌，扬起手来瞧瞧，“看你这回还往哪儿跑。”

老杨的大儿子杨金富从里屋出来，见老杨独自一人，就坐在旁边的砖摞子上，同老杨商量：“爹，你要不去银富家住两天？”老杨扭过头去：“你跟你媳妇刚才在屋里就商量这事来着？”老杨不喜欢大儿媳妇，觉得她鬼主意太多，一点儿也不像女人。杨金富回答：“没有，快到麦秋了，家里连只做饭的手都腾不出来。老二的儿媳妇刚怀孕不久，老二家不用下地干活，还能给你做碗热饭吃。”

老杨笃定这是大儿媳妇的主意，所以用蒲扇拍了拍杨金富的头：“老大啊，你什么都好，就是对你爹不好。”杨金富矢口否认：“爹，看你说的，我就是再混球，也不至于大逆不道啊。”老杨叹了口气：“老二的儿媳妇怀着孩子，挺个大肚子，我一个当爷爷的，这时候住过去，你觉得合适吗？”

杨金富不以为然地说：“有啥不合适的？他家又没啥活，在哪儿玩不是玩。”老杨怒火中烧：“听你这意思，我一直在你家玩来着，给你家添乱了。”杨金富赶紧赔不是：“没有，我本身也没指望你能干啥。你又不像老薛，人家八十多了，身体还像铁打的一样。”老杨耷拉着脑袋：“你这话是实话，但不中听。”

自从分家以后，老房子上盖了新房子，新房子归了老二，老杨就没了家。他从老大家搬到老二家，又从老二家搬回老大家，折腾几次以后，身体吃不消了，就在老大家住着一直没走。虽然他知道，不管搬到谁家，住起来都不舒服，都得蹑手蹑脚，但是唯一让他不愿意搬去老二家的原因是，老李住在老大隔壁，老李有个漂亮媳妇，和大儿媳妇走动密切，而老杨对老李的媳妇有种莫名的好感，他不愿意将这种好感搬到太远的地方，他怕这种感觉会生疏，会随着老李的媳妇逐渐衰老而消退。更重要的是，老杨不允许自己了无生趣地活着。

然而自打那天，那人和老杨打过招呼以后，老杨就有了别的想法。因此他觉得，搬到老二家住也未尝不可，或者说，无关紧要。但是老大的话深深刺痛了老杨的心。他突然意识到，自己果真是在了无生趣地活着。老杨想不明白，人究竟要奋斗多久才能算个头。现如今，连大儿子都在埋怨他，向他暗示着什么，他就更想不通了。他认为此事蹊跷在，作为一个年过花甲之人，他不该再被拿来和其他人作比较。显然，他的孩子是拿他当孩子看待了。同时，这也给老杨提了个醒。他觉得，老薛就是活到九十岁仍然活蹦乱跳的，也不一定是什么新鲜事。既然这事不新鲜，就算干了也是白干。

第二天，老杨收到另一个老杨的请柬。这个老杨叫杨万里，年方九十九，精神奕奕，走起路来脚下生风。杨万里的孙子杨建新在县里做买卖，正值风华，平步青云，家境一跃而起。此次杨万里过九十九大寿，便是他一手操办的。

在长寿村，六十大寿不值得过。只有到了七十岁，人们才开始在意起来，私下里铆足了劲，往更高的岁数上爬。好像活不过八十的人，就有点不好意思入土似的。而这里是不过百岁大寿的，因为一百岁太圆满，百岁之后的日子是上天忘记收回的，人们得提心吊胆地生活，所以他们情愿过九十九大寿。

老杨收到请柬时，杨金富刚好也在。老杨皱起眉头问他该不该去？杨金富瞪着硕大的眼说："为啥不去？不能光随礼不吃饭，这样不合适，也不划算。"老杨瞥他一眼："你根本不懂我啥意思，就我这体格，你还指望我把礼钱吃回来啊？我不想去是因为……杨万里家跟咱家有仇恨。"杨金富支楞着耳朵，脸上显出一种少不经事的神情："有啥仇恨？我咋不知道。"老杨慨叹："你太小，跟你说了也是白说。"

杨金富头脑一发蒙，一时语塞。他鼓励老杨，要放下仇恨，日子要向前看。老杨根本不吃他那套："你说得轻巧，让我放下仇恨，等我死了，到了地底下，如果你爷爷问起来，我怎么回答他？我告诉他，冤冤相报何时了？净扯淡！"

杨金富继续开导老杨："我爷爷死的时候都老糊涂了，他才想不起这些陈芝麻烂谷子呢。再者说，既然他杨万里主动给你发帖子，就代表这事已经翻页了。你再计较下去，显得咱家人不大度。"

这下老杨算被说动了，于是翻箱倒柜地摸出那身卡其布做的中山装，重新洗了晾上。后来他又跑到剃头匠老蔡家，让老蔡帮忙修了修头。老蔡问老杨："是不是准备去赴杨万里的寿宴？"老杨回答："头发到理的日子了，跟赴不赴宴没关系。"关于杨杨两家不和的事，老蔡多少也知道一些，但是他更清楚老杨的性格。老杨心里想着一，嘴上说着二，脑袋里其实藏着三呢。

老蔡哆里哆嗦地舞着剃刀，漫不经心地说："你不说我也知道。"老杨脑袋往前一闪，回头瞪着老蔡："你知道啥？"老蔡摆正老杨的脑袋："反正知道，你管我知道啥呢。"老杨不屑地"啧"了一声："你其实什么也不知道，就算你知道，别人也不一定信你的。再说，除去我，谁还来找你剃头？你都是黄土埋到鼻子尖儿的人了，说不定哪天一口气喘不上来，两腿一蹬，就去西天取经了。”

老蔡比老杨年长几岁，两人从小玩到大，他们一块儿逮过兔子、摸过鲫鱼、拉过野屎，三年级时还在大河里摸过女孩儿的屁股。虽然两人没拜把子，他们之间的友情却早已跨越了兄弟之份。所以面对老杨的玩笑时，老蔡抿嘴回答：“我要是去西天取经，肯定收你做二徒弟。”老杨一想，知道自己要变猪了，就哈哈大笑起来。

从老蔡那里回来，老杨一直闷在家里不出屋。他时不时踱到院中，摸摸中山装的袖口，然后表情凝重地进到屋里，一声不吭地盯着电视机。老杨似乎有些着急，生怕衣服干不了，打乱了明天的计划，又像在刻意躲避与明日有关的话题。尤其像老蔡那种看似漫不经心、实际暗藏深意的询问，老杨更难招架。

第二天，老杨刚到杨万里家门口，一辆黑色轿车从人群中挤了出来。老杨向周围人打听后才知道，今天早上一起床，杨万里的整张脸突然做不出表情来了。有人怀疑他得了脑血栓，就让杨建新驱车送往医院做检查。

寿宴没摆成，老头们攥着礼钱不欢而散。

老杨回到家后，倒头躺在炕上。杨金富追进屋，问道：“怎么这么早就回来了？”老杨叹了口气：“这人真是……说没就没啊。”杨金富疑惑不解：“谁没了？杨万里？”老杨挠挠头：“脑血栓，一大早就笑不出来了。”杨金富糊里糊涂地说：“他本身就不爱笑。”老杨怒斥他：“不爱笑和想笑笑不出来能一样吗？你也不看看今天是什么日子。”杨金富这才回过神来，觉得自己刚才的话不得体，便悄悄地退了出去。

杨金富走到自己屋内，见媳妇正在风扇底下凉快，就把她撵到一边儿，自己坐在正中间，唉声叹气地说：“这人真是，说没就没啊。”媳妇看看他，没搭茬。杨金富又慨叹道：“唉，人家是不爱笑，咱才是想笑笑不出来呢。”

二

老杨吃过无数次流水席，其中印象最深刻的，当属县长来村里视察那一次。从那天起，长寿村才叫的这个名字。

长寿村以前叫旋风寨。军阀混战时期，这里是有名的土匪窝，寨中平民大部分配有枪支弹药，他们以抢夺路人财物为生。那时，战乱纷争，有钱人家卷裹着金银财宝四处逃窜，一踏入旋风寨地界，就会被洗劫一空。有的人被劫后，心有不甘，既然身无分文，就干脆在寨子里住下来，跟着寨主打劫别人。后来寨子里的人协同八路军打过一阵日本鬼子，等鬼子战败后，他们就回来休养生息，以种地为业。建国后，枪支弹药上缴了国家，寨主改叫了村长，旋风寨的名字却一直沿用至今。直到那天，县长来寨子里视察，才得名“长寿村”。

县长为何要来长寿村视察呢？此事还要从敬老院说起。

为了促进社会福利事业的发展，县里兴建了第一所敬老院。可建成之后，却迟迟不见来住的老人，院里的床铺空了许久，招来的护工也都纷纷辞职离去，眼看就剩下院长和副院长两个光杆司令了。正当愁眉不展之际，院长老何从报纸上看到一则消息：旋风寨十位百岁老人安享天年。老何想，为什么不在这些人身上做做文章，或者，直接把他们接到敬老院来。这个噱头够足，够劲爆，不怕引不来社会的关注。所以他找到县长，向他哭诉。老何哭诉的不是敬老院的效益不好，他哭诉的是自己工作了几十年，却仍然没有为县里做什么贡献。

老何这人鸡贼，做事颇有风格。他知道，如果自己单纯为了敬老院的业绩不好而怨天尤人，这样的抱怨单纯是给县长平添苦恼。哪怕他县长再有能耐，也没法上别人家硬把老人抢过来，给安置进敬老院里。但是，如果他从自身原因出发，先检讨自己，把工作的困难杂糅进去，县长兴许会站在他的立场，为他谋出一条生路。到时，他再向县长提出将旋风寨的百岁老人接到敬老院来，事情就简单多了。

其实县长早就摸清了老何心里的小九九，但是他依然要听老何哭诉下去，这样不但能给他争取时间，想出更加行之有效的办法来，一旦事情没成，他这个做县长的也不至于为老何担太多责任。毕竟老何有言在先，但凡自己有一点能耐，也不至于来找他县长的麻烦。

后来县长对老何说："机会是有的，但要你自己把握住才行。"老何感恩戴德地谢过县长，就回去做准备工作了。

县长来长寿村视察那天，老何也跟了过来。老何不光来了，还带了十份慰问品，给十位百岁老人一一发放下去。

县长和村长老赵说起旋风寨，觉得名字有些陈旧，应当改。怎么个改法呢？县长提了一条意见，让老赵眼前一亮。县长说，这旋风寨出了十位百岁老人，说明这里的水土养人，适合人居住。所以，干脆将旋风寨改为长寿村，改完以后，再弄几个像样的农家院，搞特色产业。老赵一听，高兴得合不拢嘴，长寿村好，人长寿，大家就更幸福。老何一听不乐意了，冲县长使了个眼色，暗示他不要忘记敬老院的事。县长也向他使了个眼色，叫他要有耐心。

后来长寿村摆起了流水席，场地设在学校操场的正中央，头顶上就是鲜艳的五星红旗。人们自发地将桌椅板凳拼凑在一起，无论男女老幼，能到的都到了，场面极其壮观。此次宴席的目的，一为欢迎县长莅临指导；二为庆祝旋风寨正式更名为长寿村；三为长寿村找到一条发家致富的道路而鼓动群众，尤其那些快要跨过百岁的老人。

县长、老何、老赵，以及五位百岁老人坐在一桌。席间，老何不住地往县长那里发信号，让他提一提敬老院的事。无奈之下，县长便问五位老人："如果让你们去敬老院住，你们愿不愿意。"几人纷纷说道："不愿意。"老何见其中一位老人没完没了地摇头，就说："敬老院条件不比咱农村差啊，您一个劲儿摇头，得有多不愿意去啊。"

老赵忙向老何解释："他从九十岁就开始摇头，一直摇到现在，都十多年了。别人说啥他都不赞同。上次我选村长，还差点闹了笑话。我以为他对我有意见，就问他，是不是不赞同我当村长。他一边摇头晃脑一边说：'赞同，赞同。'"老赵把当时的情形演绎一遍，逗得县长哈哈大笑，笑完县长又说："这就代表，咱们这些为人民服务的领导干部啊，永远要牢记，群众说你不行你就不行，群众说你行你也不一定行。正因为工作难做，才要提醒自己，时刻进行自我反思。"

回去的路上，县长冲老何抱怨："老何啊，别说是他们，就是我，也肯定不愿意去你那里住。"老何觉得县长没有尽全力，但又不好意思挑明，所以随声附和："人家过得好好的，怎么会想到我呢。我看，这敬老院不是给别人建的，是给我建的，我一个人住着挺踏实。"听到他的话，县长的脸色一下子阴沉下来。

后来老杨到老蔡家串门，跟他说起这顿饭，激动得热泪盈眶。老蔡挖苦他，就见个县长，不至于这样吧。瞧把你感动的。老杨笑了，抹了抹眼眶上的泪痕，跟老蔡回忆起往日的时光。老杨的记性不太好，经常说到一半就说不下去了，老蔡就在旁边添油加醋。在老杨面前，老蔡只有一句口头禅："你没我记得清楚。"老杨曾经对老蔡的话深信不疑，后来他终于清醒过来，原来老蔡摸透了他的软肋，在他含混不清的时候，老蔡说的都是些胡话。然而他必须感谢老蔡，如果不是因为老蔡的胡话，他的人生就没法得以完整。

老杨吃过最痛苦的流水席，当属杨万里九十九大寿那一次。

杨万里被送到医院后，经过一番检查，医生给出的诊断结果是，他得的不是脑血栓，而是面瘫。听到这样的结果，杨万里的家人终于松了一口气。

在医院住了一段时间，杨万里就被接回了家。回到家后，村民们再次见到他，感觉如今的杨万里已经老了，和过去那个杨万里简直判若两人。

既然杨万里没死，人们就向杨建新提议，寿宴还是得办，不只要办，还得办得风风光光、热热闹闹，以此来庆祝他爷爷劫后余生。杨建新拿不定主意，便去跟杨万里寻求意见，杨万里嗡嗡哇哇地说了几句，嘴角流了好多口水。杨建新没听明白，就找来村里曾经得过面瘫，现已痊愈的老崔，让他帮忙听。老崔凑到杨万里跟前："老杨，你想说啥就跟我说吧。"杨万里冲老崔的耳朵咬了半天，老崔起身对杨建新说："你爷爷的意思好像是说，办不办在你们。"杨建新眼睛直愣愣地看着老崔："你到底听没听明白？"老崔一脸愁苦相："我面瘫都治好多少年了，哪还记得这外国话是怎么说的。"杨建新茫然无措起来："那这寿宴，我办还是不办？"老崔变个脸色，卷起一根旱烟："该办还得办。"又贴着他的耳朵说："世事无常，谁知道以后啥情况，这个节骨眼上，千万别让你爷爷寒了心。"他便听了老崔的话，重新给亲朋好友发了一回请柬。

老杨再次收到请柬时，替杨万里着实捏了一把冷汗。但他当天仍然赴宴去了。

这回老杨没穿中山装，而是便装。老杨心想：大热天的，穿得这么厚实，显然是在抽风呢；再者说，赴宴的人多数是村里的老头子，他们肯定不会穿得这么隆重，那他老杨也不能例外；更何况，杨万里刚刚出院，虽然寿宴是为庆生，但也难免叫人有些伤感，如果穿着中山装出席，他家必定会冒出其他想法。

老杨走到杨万里家门口，听见院墙内人声鼎沸、热闹非凡，心里安稳了一大半。他慢悠悠地走进门，看见杨万里穿一身红，嘴角立刻咧开了。杨万里的孙子正忙不迭地安排人们就座，杨万里则窝在一把崭新的太师椅里，眼睛直勾勾地盯着茅厕的方向，两片嘴巴好像干瘪的皮球一样，陷进颧骨里去。老杨来到杨万里面前，握着他粗糙的双手，脑子里想了很多，嘴上却挤不出半句话来。杨万里看见老杨，双眼焕发了生机，他的手紧紧地攥着老杨的手，嗡嗡哇哇地说了些什么。这时，老崔俯到杨万里身前，似有深意地点了点头，然后起身对老杨说，他说："小杨你来啦！"老杨莫名其妙地看看老崔："你咋知道他说的啥？"老崔骄傲地笑着说："我是他的翻译官，"又给杨万里擦了把口水，"兼保姆。"

老杨不屑地瞥了老崔一眼。

老杨不喜欢老崔，每次老头们一扎堆，那里面只要有老崔，老杨绝不掺和进去。老杨之所以不喜欢老崔，不仅是因为老崔和杨万里走得很近，而且他和像杨万里的孙子这样有钱有势的人都走得近。在老杨的心里，老崔是个唯利是图的人，谁牛×他就跟谁亲。

老蔡看见老杨，把他叫到自己身边坐下。老蔡眼神狡黠地盯着老杨："你咋来了？"老杨知道他在故意捉弄自己，于是还嘴："你以为我愿意来啊，这顿饭比下馆子都贵。"老蔡冲他笑笑，从腰间拔出一杆烟袋锅子，从皮带中捻出一点碎烟叶子，点上。老蔡一边往老杨身上吐烟圈一边指着十来桌白花花的脑袋，花钱看热闹呗。老杨被呛出了眼泪，从腰间也拔出一杆烟袋锅子：“瞧瞧，我这个袋嘴刚换的。”

这顿饭，老杨吃得顶不是滋味。桌上的鸡鸭鱼肉一块未动，人们只顾着嚼豆腐。那些有名的酒篓子，现在都已经怂了。老蔡看着桌子上的剩菜，满怀愧疚地杵了杵老杨的胳膊：“都糟践了。”老杨满不在乎：“糟践不了，人不吃的给猪，猪不吃的给地吃，早晚能消化得了。”

老杨看到杨万里呆呆傻傻的样子，心里起了恻隐之心，同时，他又想到了自己。老杨觉得，人不能这样活着，或者说，人不能这样死去。

老杨看着上百人的流水席，其中不乏比他年长的人，所以他在这些人中间，只能称得上小杨。老杨不想变成小杨，但却怀念小杨拥有的大好时光。尤其面对这些鹤发鸡皮、行将就木的人时，老杨突然想到自己，以后会是多么的悲凉啊。

三

吃完寿宴，各家各户又都派人去接老头们回家。老杨看着渐渐退去的人潮，将最后一杯烈酒饮干，起身也要离去。这时，杨万里已经坐到轮椅上了，他瞅了瞅老杨，好像什么东西没有嚼烂，嘴唇一直来回来去地蠕动着。老杨绕过几张圆桌，走到杨万里身边，将腰板压下去，安详地看着他细长的眼眉：“你好好的，我先走了。”说完他向门外走去。杨万里则伸着手，好像要抓住自己再也赶不上的脚步。

老杨是一个人走回家的，他事先就跟杨金富交代好，自己可以走着回来。这也就证明，他在这些人当中，的确只能算小杨。

老杨没有直接回家，而是沿着宽阔的土路，背着手，一直游荡到村边的杨树下。齐整的杨树林在微风中抱成一团，阳光透过摇曳的树枝散落一地，午后闷热的空气烘烤着干燥的地面。老杨刚走到杨树下就没了力气，他找了块干净的砖头，摆在地上，屁股沉沉地坐下去，好像把整个人都栽进了土里。

对面是油漆漆的公路，从天的最南端一直延伸到最北端，汽车从两端交叉驶来，然后远去，从不留一丝痕迹。老杨也曾在这段路上短暂行驶过，但他开的不是汽车，而是自行车，由于一直提不起速来，便被身后急促的喇叭声催赶着、超越着。直到有一天，老杨突然发现，他的自行车锈了，他就知道，自己已经不适合这里了。

老杨这次坐在路边，和以往的心境有所不同。以往是因为无所事事，靠听汽车路过的声音给自己的生活增加趣味；而今天，却是因为那顿寿宴让他明白了许多道理，他需要一些独立思考的空间，把这些道理消化透彻。坐在马路边，老杨以往看到的净是汽车，现在看到的只有他自己。

老杨看到的自己既不是老杨也不是小杨，而是一个活生生的人。既然是人，就得活得像个人，不然，长命百岁也是扯淡。所以老杨决定出去走走，不管去哪儿，不管用什么方式，都得去。

老杨不想在这个生活了七十年之久的村子里终老，况且村里的事情他比谁都清楚，所以他要背井离乡，去看看。看什么呢？他也不晓得。

正因为不知道远方有啥可看的，所以他才决定出门远行。

老杨的媳妇早就死了，具体什么时候死的，连老杨都不记得了，大概是在他还能勃起的时候。如果算的话，老杨的媳妇大概死于六年前。

这几年来，老杨第一次感觉肩上无比轻松，心里也不用再惦记着为谁负责任。老杨现在唯一的责任就是他自己，他要让自己活得舒坦一点。而关于舒坦的标准只有一条，那就是：我想干啥就干啥，只要不犯法，就没人管得着我。

想到这里，老杨心满意足地回了家。

见到老杨后，杨金富慌里慌张地走到他面前："爹，你上哪去了？害我找半天，差点就打110了。"老杨拐进自己的屋里："我能去哪儿？"拿起蒲扇，大把大把地往脸上扇风，"今天我就搬到老二家住。"杨金富掀起门帘子，心绪不宁地盯着老杨："为啥这么着急？又没人轰你。"老杨不予理会："搬吧，反正我在他那儿也住不了多久。"

杨金富没有想到，老杨说的在老二家住不了多久，意思并非是过段时间再搬回来，而是出门远行。所以他欣然答应了老杨，并将老杨的衣物送去了杨银富家。

老杨的衣物不多，但是往杨银富家搬时，却并非一件轻松的事。

据二儿媳妇的说法是，老杨原先住的那间屋子，现在堆满了乱七八糟的杂物，一时间腾不出空来；就算腾出空来了，给老杨准备的被褥还没拆洗，脏得很，根本没法用。

这和老杨一开始理解的分家可谓大相径庭。老杨以为，分家是为了将两兄弟分开，让他们自己过活。可他没想到，这会儿连他自己也被分出去了。自从老杨的屋檐被劈成两瓣以后，两个儿媳妇一下子变成了白眼狼，私底下计较起来，能够精细到一碗粥、一瓣蒜。

老杨站在门口，想进进不去，想走又走不得，就这么干耗着。后来杨银富拎起老杨身下的包袱，顶着媳妇的白眼冲进屋里。老杨则不好意思地冲自己的孙媳妇笑笑，从腰间拔出他那杆沉甸甸的烟袋。老杨刚要点火，二儿媳妇又冲老杨的孙媳妇摇唇鼓舌起来，赶紧回屋去，现在电视上都说了，孕妇不能闻二手烟。孙媳妇进去了，老杨把烟袋也收了起来。这时，二儿媳妇又堂而皇之地劝老杨："抽吧，你抽你的，让孩子躲着点就是了。"

几年前，老杨还是条硬汉，现在却成了软蛋，而且在两个生养了几十年的孩子面前，他竟然感觉自己有些委屈。老杨的委屈并非因为无家可归，而是在这两所房子里，他已经不再是主人了。老杨和自己生存的这片土地打了一辈子交道，抗衡了一辈子，到头来，竟然折在了两个儿子的膝下。这也就难免会使他认为，他现在就是个软蛋。老杨成为软蛋的第二个特点是，像他这样在困难的日子里熬过来的男人，却从没想到自己会因为不幸福而哭。也可以说，老杨聪明一世，后来惊奇地发现，自己竟然干不过两个小娘们和狗日的时间，以及时间给他带来的另一种衰老。所以老杨觉得，他自己简直软蛋到家了。

无论如何，老杨总算在杨银富家落了脚。接下来，就要考虑出门远行的事情了。

起初，老杨不敢把计划告诉两个儿子，却和老蔡商量了许久。老杨第一次跟老蔡提出这个想法时，老蔡正在磨刀石上磨他的剃刀。老杨握住老蔡的手腕，让他停下来，听自己说说心里话。老蔡着急用剃刀，因为他下午要去给村东头的老刘剃头。他挣开老杨的手："想说啥就说呗，干啥不让我干活啊？"老杨俯下身，好像地下党接头一样看看身后："你知道吧，我要出去了。"老蔡头也不抬："去哪儿？"老杨把声音压得更低了："出去嘛，能去哪儿，随便走走，我一个人。"老蔡不以为然："旅游啊？隔壁村刚修了一个水库，挺大挺深的，想不开了就跳下去，准能淹死你。"

老杨有些着急了，再一次攥住老蔡的手腕：“是去旅游，兴许不回来了。”老蔡难为情地看着老杨：“你小子混好了，到城里去住啦。”老杨摇摇头，失落起来：“你老糊涂了，我出去旅游跟老大老二没啥关系。”老蔡终于明白过来：“你这哪叫旅游，这分明是离家出走！”老杨眼中放着光芒：“对，就是离家出走，但我是奔着别人找不到我才出门的。”老蔡的表情由惊恐转为疑虑：“你疯啦？都七十多岁的人了，土都埋到脖颈子了，还学人家小青年。真是大姑娘坐花轿，头一遭啊。”

第一次和老蔡商量无果，竟然激发了老杨的斗志，使他坚定了出走的信念。他决定去试探一下杨银富的口风，听听他的看法，然后再和老蔡进行最后一次磋商。总之，老杨一定要说服老蔡，或者不是老蔡，而是另一个值得他信任的人。只要有一个人支持他，他就会义无反顾地走出长寿村。

老杨很少和杨银富商量事情，因为他觉得，杨银富是他两个孩子当中较蠢的那个。杨银富的蠢不在于理解事物不够透彻，而在于他理解事物往往有偏差。譬如他小的时候，老杨经常揍他，老杨揍他之前会告诉他为什么揍他。而杨银富则误认为，老杨喜欢揍人，以揍人为乐。但老杨根本不喜欢揍人，老杨揍杨银富是想让杨银富意识到自己犯了错。虽然错误有千万种，但是老杨揍他的中心思想永远会不变，都是为了他好。这个不难理解吧，可杨银富就是理解不了。

这天，刚吃过晚饭，老杨和杨银富坐在门外的马扎上乘凉，老杨用手里的蒲扇指了指远处的天空：“你知道那儿是什么地方吗？”杨银富一上来就被问懵了：“那不是乔庄吗？”老杨突然有点泄气：“我当然知道那是乔庄，我是说更远的地方，也不是王庄，再远……知道吗？”杨银富不假思索地回答：“不知道。”

老杨兴奋地抿起嘴："老二啊，你爹对不起你啊。"杨银富一头雾水："爹，你啥时候对不起我了？"老杨哭诉："你爹没有能耐，没去过太远的地方，能告诉你的事也少。"杨银富开导老杨："爹，我也没啥能耐，没去过多远的地方，照样挡不住我过日子。"老杨有些心酸："你说的过日子太简单，有个房子就够了，我说的不是。咱家就属你大哥的儿子有出息，到外地念大学，其他人呢，别说出省，连市都没出过。"杨银富更加听不懂："爹，我儿子没出息也不能完全赖我，是他自己太笨。"老杨像嚼年糕一样嚼着杨银富说的话，他有些着急，为什么自己的儿子这么不懂自己呢。老杨教导杨银富："老二啊，你什么都好，就是不了解你爹。你爹说一件事，其实是为了说另一件事，你得学会听话听音。"杨银富终于拨开云雾："那你直接说另一件事多好……我知道，你是想出去走走。"老杨顿时狂喜："你觉得怎么样？"杨银富回答："挺好啊。"老杨用蒲扇拍了下杨银富的脑袋："你其实一点也不傻，就是反应慢。"

在得到杨银富的首肯之后，老杨本可以一走了之的，但他还是去了老蔡那里，去向他炫耀一番，并最后一次寻求老友之间的默契，然后跟他道个别。

四

第二天，老杨去和老蔡道别，不承想，却遭到了老蔡的一阵奚落。

老蔡认为，不只是老杨疯了，就连杨银富也疯了。老杨不解，老蔡就继续跟他磨叨起来："杨银富根本就是个没头没脑的人，他的话怎么能信？就算你老杨也跟着没头脑，偏偏信了他的话，你一个七老八十的人，把自己丢到社会上，他杨银富就放心得下吗？如果他放心得下，就说明他彻底糊涂了。就算他糊涂了，你老杨也应该知道自己几斤几两，不该做这种傻事。”老杨还是听不懂，老蔡就继续说下去，“你一旦出了这个村子，吃住都得花钱，这钱从哪儿来？一，你不能要饭吧；二，就你这小身板，搬砖扛水泥的活又干不了，更别指望挣苦力钱；三，你一不会顶碗二不会吐火球，也不能靠杂耍挣钱吧；四，你又没什么家底儿，身上的钱摞起来都没有火柴盒厚。你说你能去哪儿？”老杨趾高气扬地回答他：“我身上还有一点钱。”听到这话，老蔡更加气愤了：“有钱你就瞎糟蹋啊，那没钱了呢？你连家都回不了。”一见老蔡急了，老杨也压不住火了，他扭头朝老蔡家门外走去，边走边振振有词地训斥老蔡：“你呀，不如我儿子开明。”

老杨这一走，两人的关系算是彻底掰了。但是老杨已经顾不得这些了，他必须尽快离开长寿村。为了路途上节省开支，他让二儿媳妇给自己蒸了一大锅馒头。起初，二儿媳妇不明真相，就追问老杨：“要这一锅馒头干啥？”老杨便把实情告诉了她，还刻意加上一句，老二已经答应了。听到这个突如其来的消息，二儿媳妇先是吃了一惊，然后话也不说地就去往灶膛里加柴火。老杨的孙媳妇却不干了，她冲到老杨跟前，挽住老杨的胳膊，好像下一刻老杨就要夺门而出似的。她忧心忡忡地看着老杨：“爷爷，三思啊。”二儿媳妇赶忙拉开自己的儿媳妇，把她吼回屋：“你一个孩子家，跟着瞎掺和什么。”老杨平心静气地安慰起孙媳妇：“听你妈的，爷爷等这一天已经等了很久了。”

老杨将冬天穿的棉衣棉裤放到包袱的最底层，上面叠一些夏秋的单衣，然后用烟袋杆挑起来，掂了掂分量，不轻。他又走到院子里，往那辆老旧的自行车的链条上滴了几滴润滑油，手把着脚踏板，向后一甩，润滑油立刻均匀了。摁了摁轮胎，气足得很。接下来，只等馒头出锅，便可启程了。

没多久，锅盖上腾起了白雾，水汽如同涓涓的溪流，顺着屋门的上沿飘向天空。老杨从屋子里钻出来，问二儿媳妇："熟了吗？"二儿媳妇不假思索地回答："熟了。"老杨便从自己屋里拿出一个面口袋，让她把馒头装进去。

等二儿媳妇把馒头装完，老杨也将盛满衣物的包袱拴在自行车后面的筐篮里了。老杨接过二儿媳妇怀中的面口袋，那温热的蒸汽仍然汹涌地往外冒着。他把面口袋扔到包袱上面，右腿跨过高高的车座，屁股刚好落在车梁上。老杨左脚一蹬地，身体立即撑直了，他坐上车座，感觉自己按捺不住的兴奋。

二儿媳妇站在老杨身后，像在给他加油鼓劲似的呐喊着："爹，路上注意安全，走到哪儿都记得这个家。"老杨一言不发地看着屋里的孙媳妇，孙媳妇急得直跺脚，老杨就冲她笑笑："回去吧，别送了。"

老杨上车走了。他先是碰上几个年长的老头，和他们逐一打招呼，然后越过一片绿油油的麦田，从麦田的小路抄近道上了大公路。大公路旁边立着一块石灰浇筑成的牌子，牌子上写着三个楷体的大字：长寿村。大字下面是一串长长的英文，上面写：Longevity Village。

老杨不懂汉语拼音，更不懂英文，但他知道，这一长串字母连起来，肯定就是长寿村的意思。让他不解的是，为什么牌子上会写着汉语拼音，或者英文，他在这里生活了七十多年，在马路边也混了六七年，从没见过一个外国人。他觉得立牌子的人这样做纯属脱裤子放屁，多此一举。是为了显洋气，但变得更丑了。

老杨将自行车撑在路边，到他经常小便的杨树林里撒了一泡尿，用一根细细的树枝挑起一摊泥，小心翼翼地绕到牌子前面，在那几个他不认识的字母上使劲画了几道。老杨心想，反正也不会回来了，就又在长寿村的“寿”字上也抹了一道。老杨这下心满意足了，于是重新上车，往更远的地方驶去。

杨银富和他的儿子杨开泰赶集回家，见客厅里雾气腾腾，便嘟囔起来，这也不到饭点，怎么家里像是着了火似的。杨开泰的媳妇从屋里狂奔出来，不好了，爷爷走了。杨开泰扔下手里的东西，扶住她的胳膊：“你慢慢说，爷爷去哪儿了？”杨开泰的媳妇慌里慌张地指着门外头：“追，快追，爷爷带着一麻袋干粮离家出走了。”

杨银富稳住情绪，把自己的媳妇也叫到院子里：“你说，咱爹去哪儿了？”杨银富的媳妇装出一副不知情的样子：“我怎么知道，爹腿上长着两只脚，他想去哪儿去不成啊。”杨银富又转向自己的儿媳妇：“爷爷说去什么地方了吗？”杨开泰的眼睛直勾勾地“钉”在她身上，“快说啊。”

杨开泰的媳妇只顾着摇头，却说不出个确切的方向，杨银富和杨开泰有些急了，拔腿就往门外跑。跑到村口，杨银富告诉杨开泰：“我往北走，你往南走，沿着公路找，肯定能把你爷爷找回来。”杨开泰刚跑出几步远，就又折回来，追上杨银富：“爸，找不着怎么办？”杨银富愣在原地，好像冻结在冰块里的蛤蟆一样，张着大嘴，瞪着大眼。听到儿子的话，额头上顿时冒出大颗大颗的汗水来，他倒吸一口凉气，指着南方正盛的日头，憋出一句：“先别想那么多了，找不着再说找不着的事。”杨开泰“哦”了一声，继续往南走。杨银富见他越走越慢，便冲他喊：“跑，快跑……”

跑了不知多久，杨开泰感觉头脑发晕，喉咙里突然像要吐出一团火球来，他的双腿好像被灌了水泥，沉重不堪。此刻已过午饭时间，杨开泰滴水未进，本就消瘦的肚子立刻瘪了下去。他站在路边，大口大口地往肺里吸气。路过的车辆掀起一阵阵热浪，整个人好像站在火堆旁边，身上的油脂逐渐被榨干。他看看周围，已经到了完全陌生的地方，于是走到路边的水果摊旁，问卖水果的人，这里是什么地方？那人回答，小李庄。杨开泰这才意识到，自己已经跑出五公里来了。面对眼前无尽的柏油马路，他突然有些迷茫，不知道自己还该不该继续找下去。他心想：如果爷爷往这个方向去了，并且在我前头的话，那我以这样的速度追下去，不但追不到他，自己反而会迷了路。所以他决定往回走，并且不能太早走到家。起码不能比杨银富早。

谁承想，杨银富还没走出一里多地就折回了家。杨银富折回家不是因为走累了，而是他觉得这个办法根本行不通。所以他回去通知大哥杨金富，让杨金富也跟着一块儿找。又或者，如果杨金富觉得可行，他们还可以发动更多的人参与进来。

当杨银富告诉杨金富老杨离家出走的消息时，杨金富从饭桌上跳了起来，他把手里的碗筷扔到桌子上，光着膀子，趿拉着拖鞋就往外跑。杨银富赶紧拦住他，大哥，你别追了，我追出三里多地去，照样没见到咱爹的人影。杨金富回屋穿好衣服，又往村长家奔去。

杨银富跟在他身后，就像跟班小弟一样，七嘴八舌地给杨金富出主意。他知道，他爹是在他家走的，虽然不清楚老头子哪根筋出了问题，但这事多半与他脱不了干系。所以他在寻找老杨这件事上，就显得格外卖力。

快到村长家时，杨开泰恰巧赶了回来。看到杨银富，他立刻精神起来：“爸，大爷……”杨银富紧赶两步，问杨开泰：“找着你爷爷了吗？”杨开泰摊开两只手：“没有啊，要是找着的话，我就把他带回来了。”喘了口气，他又问杨银富：“你啥时候回来的？”杨银富瞅瞅杨金富：“我早就回来了，这么大的事，得找你大爷合计合计啊。”杨开泰心里暗暗思忖：当爹的就是聪明。

从村长家出来，老杨离家出走的消息迅速传遍了大街小巷。人们纷纷到杨金富家询问情况，这让杨银富心里极不是滋味，感觉自己像个无足轻重的人。他觉得，毕竟老杨是在他家出走的，要询问也是来找他询问，怎么轮得到杨金富呢。然而，正当所有人都在着急慌忙地为杨金富出谋划策时，老蔡却悠闲地坐在自家门前大笑起来：“老杨啊老杨……你是要上天啊。”

五

老杨从来没有如此自由过。他骑着老式的二八自行车，从公路的岔道上拐入一条幽僻的小路，独自穿梭在田间。他的脚后跟踩在脚踏板上，脚尖朝外，背佝偻着，整个人看上去像只唐老鸭。他的嘴里哼着不知名的曲调，节奏和脚掌上下起伏的频率几乎同步。阳光毫不吝啬地洒在他的身上，使他完全忘记了饥饿与长途跋涉的疲劳，微风中夹杂着泥土的芬芳，好像渔人归航的味道，轻柔地匍匐在他的前胸后背。他放缓速度，使自己尽可能久地徜徉在这片无忧无虑的时光里。路边的小黄花拼命地绽放着，它们簇拥成一片黄色的海洋，在午后浓烈的阳光下，生机盎然地掀起一层层波浪。

老杨看什么都是美的，尤其看到前方充满未知的惊喜，心里更加欢畅。老杨认为，只要和自己的过去结算清楚，未来就一定是光明的。而至于光明所在何处，必须靠自己去寻找。寻找的意义在于不断地出发，从漫长的旅途中挖掘线索。所以老杨做的一切都是值得的。

经过几个小时的颠簸，老杨终于感觉双腿发软、口干舌燥，于是停在一座高架桥上，啃起了仍然软塌塌的馒头。老杨的水壶悬挂在车把上，好像一个巨大的铃铛，每次碰到车轴，就会发出砰砰的响声。这壶水是他的命，必须妥善分配才行。

高架桥仿佛竖琴一样横躺在大河中央，湍急的河水卷裹着幽蓝色的身躯，从桥梁下奔腾而逝。河尾送来的暖风夹有一丝湿气，犹如雨后的清晨呼吸的第一口新鲜空气，叫人感觉清凉无比。老杨一边嚼着馒头一边望着宽阔的河床，这可有老家那条河的三倍宽呢，看浪头就知道，水不是一般的深。

老杨从车把上摘下水壶，灌了一大口，然后又呷了一小口，心里总觉得有些不痛快，但还是将壶口拧死，重新挂在了车把上。

高架桥的那头就是县城了，县城里住着老杨的姐姐，自从老杨的媳妇去世之后，她就再没回过长寿村。老杨寻思，该不该去探望她呢？转念又想，按老家人的性格，如果不遇重要事件，大家是没有来往的。而他去找他姐，无非两种理由，要么他姐病重，要么到她那里借宿一晚。可他姐没有病重，他就不能以这种理由登门。至于借宿这种情况，老杨是这样想的，既然他迈出了家门，就不该再瞻前顾后，否则他所做的一切就都前功尽弃了。

趁天色未暗，老杨在县城里转悠起来。他不仅为了看风景才转悠，还为了找住处。老杨找住处的标准只有一点，便宜。老杨关于便宜的标准还是只有一点，对比。后来老杨绕着县城转悠一大圈，最后还是没有找到合适的。老杨认为，并不是最便宜的最合适，而是最心仪的才最合适。一开始，服务员不知道老杨心仪的价位是多少，等老杨说出“三十一晚能不能住”时，他们立刻笑了。他们笑不是因为老杨抠门，而是因为从来没听说过，住旅馆还有还价的，更何况一口气还到这种地步。

无奈之下，老杨只好再往高架桥的方向走。

途经一家发廊时，一个花枝招展的姑娘从门口的沙发上坐起来，冲老杨莺声燕语地发嗲："大爷，去哪儿啊？进来坐坐吧。"老杨顺着发廊的小门看进去，里面红红的灯光好像烟火一样。老杨停下脚步，支好自行车，走到她身边："睡一晚多少钱？"姑娘抚掌大笑起来。姑娘的笑不像服务员那么生硬，笑声里带有一丝稚气，甚至敬仰："大爷，您身体够棒的。"老杨也随之笑笑："还行。"姑娘把手搭在老杨的肩上，空气中立刻荡出一股香气："您要真能睡一晚上，我给您打八折。"老杨挑着眉毛，稍稍有些心动："八折是多少钱。"姑娘噌地伸出两根手指："八百。"老杨听到价格后，赶紧松下肩膀，使姑娘的手自然滑落下去。"不便宜。"老杨扭头走了。姑娘在他身后咯咯地笑着，那笑声已不再稚嫩。

老杨来到高架桥下面的一片平整的草地上，将自行车支在路边，又从包袱底层抽出一条褥子，铺在脚下。他疲惫地躺在上面，仰望着满天的繁星，心里突然有些沮丧。老杨想，天上这么好看，别人怎么就只知道低着头呢。微风贴着草皮流到他的耳边，一片树叶卷着嫩绿的草香爬到他的短发上。

老杨睡眼惺忪地挠了挠头，突然听到警笛声从远处咆哮而来，他坐直身子，错愕地看着警车开到身前。两名警察从警车里下来，走到老杨身边，用手电照照他的脸："大爷，你怎么在这儿睡着了？为什么不回家啊？"

老杨这辈子最怕的就是穿警服的人，哪怕自己没做坏事，一见他们盯着自己，就感觉跟做了坏事一样，马上心虚起来。他站起身，和警察打招呼："同志，这里不让睡觉吗？"警察笑笑："让睡也不能在这儿睡啊。你是哪儿的人？"老杨卷起铺盖，放进自行车的筐篮里：“我这就回家。”警察不解其意：“那我们送你回去吧？”老杨一听，马上摆摆手回绝：“我认识路。”警察仍然没有放弃：“那你家到底在哪儿啊？离这儿远吗？”老杨急着摆脱他们，就指着高架桥对面亮灯的那片区域：“我家住在那儿，我上这里来睡觉是图个凉快。”

等警察走后，老杨又按原路拐了回来。他猜想，肯定是路过的人报的警。为了不让这种事情再次发生，老杨往草地深处走去，直到一片灌木丛中，刚要停下脚步，却听见前方传来爽朗的笑声。老杨心想，莫非遇见歹徒了？他给自己壮了壮胆，朝更深处走去。

来到三个年轻人的身后，老杨不动声色地站在原地，看他们在做什么。三个人中间用几根树枝支起一个架子，架子上吊着一个不太明亮的手电筒，身后是三辆山地车，山地车的后车座上夹着几个布袋。他们一人嘴里叼着一支香烟，围坐在微弱的灯光下打着扑克。见此情形，老杨这才安心。为了防止他们受到惊吓，他悄悄地走到一个人的背后，轻轻拍了拍那人的肩膀。谁承想，老杨这样的行为反倒将三个人吓了个半死。

待他们平静下来，老杨赶紧向他们道歉：“不好意思啊，吓着你们了。”三个人齐刷刷地瞪着老杨，神情仍然没有从刚才的惊吓中恢复过来。其中一人好奇地问老杨：“您什么时候来的？”老杨和善地笑了笑：“我刚到，刚到……”另一人给老杨腾出一点空间：“大爷，您坐。”老杨便欣然加入到了三个人的队伍当中。

从老杨的描述中他们得知，老杨是个洒脱的人，活到七十岁了终于看破人生，准备重新上路，寻找生活的乐趣。他们还知道，老杨生活的村子叫长寿村，那里的村民人人长寿，光百岁以上的就有十多人。照这个算法，老杨至少还有三十年活头，也就相当于，他现在只活了人生的三分之二，就是中年晚期。

老杨从三个人零零散散的介绍中得知，他们一个叫严实、一个叫平安、一个叫朱大壮，七月份大学毕业。他们从北京一路骑过来，目的地是西藏拉萨。老杨不知道拉萨在哪儿，但是离长寿村一定很远。所以老杨向他们提议："我跟着你们去拉萨吧。"三个人惊叫起来。朱大壮——刚刚被老杨拍肩膀的那个人——冲老杨竖起大拇指："大爷，勇气可嘉。"老杨一本正经地看着三个人："我说真的，行不行？"

严实是这三个人当中最爱拿主意的人，他摆了摆手："不行，路不好走，您岁数都这么大了，万一有个闪失怎么办？"老杨向一边侧着身子，抽出别在腰间的烟袋："我告诉你们，岁数大不代表啥，你们不让我试试，怎么知道我不行呢。当初走的时候，你们仨就知道自己一定能到得了拉萨吗？"

三个人沉默起来。老杨见他们为他的话羞愧不已，心想：有戏。严实突然醍醐灌顶般醒悟过来，还是不行，这里离拉萨太远了。老杨将烟斗里的烟灰敲到地面上："得骑多久？"严实表情凝重地回答："差不多两个月。"老杨这下更兴奋了："好啊，两个月的时间，慢慢骑呗。"平安插嘴道："大爷，每天平均得骑一百公里，就是二百里地。"

老杨想起以前那个年轻人经过他身边时，自己关于远方的记忆，那人说要骑一天一夜才能到，现如今，遇到更猛的了，说什么也不能放过这个机会。他固执地说："如果你们不让我试试的话，也许到我死的那天都不会瞑目的。"三个人一听，又低下头去。老杨趁势继续吓唬他们："我可知道你们仨叫啥。"

朱大壮是他们当中胆子最小的，他赶紧跟老杨说好话："大爷，您这样就不仗义了，我们带着您还不成吗。"老杨用烟袋指着三个人："不许反悔啊，明天早上我要是看不见你们可不行。"

六

第二天，老杨起了个大早。他卷起被褥，伸个懒腰，走到三人中间，将他们一一叫醒。严实眯缝着眼睛瞅瞅时间：“还早呢。”老杨用烟袋敲了敲严实的肩膀：“不早了，我都抽完一袋烟了。”

自从五十岁起，老杨就有了早起这个习惯。那时老杨还是小杨，起来无事就到大街上溜达，碰见比他还早的老头，就停下来寒暄几句。从那时起，老杨彻底失去了睡够八个小时的能力。他十一点上床，五点半下床，先打扫院子，然后遛大街，遛够了再回家叫其他人起床。但是老杨的习惯对于其他人来说是件没法忍受的事。尤其分家以后，老杨把早起的习惯带到了老大和老二家，天还没亮，就听见院子里唰唰的扫地声和哐哐的摔门声。有一天，杨开鸿向他埋怨：“爷爷，你起得这么早，把公鸡的活都给抢了。”老杨开玩笑地说：“我怕公鸡睡过了，提前把它叫起来，这样才不耽误它打鸣啊。”

老杨将三个人叫醒之后，就回到自行车旁，啃起馒头来。由于太阳的炙烤和热风的侵袭，馒头中的水分以极快的速度被空气抽走了。老杨揭下外层的薄皮，使劲咬一口，感觉像在嚼石头。老杨摘下水壶，喝了一大口，把难以下咽的馒头送到肠胃里去消化，然后又咬一口，在嘴里咀嚼半天。

这要是别人，非得拿锤子把馒头敲碎了才肯往嘴里搁，但是老杨生得一副好牙口，至今还没换过假牙，嚼起东西来嘴里还脆脆响。对于他这么个烟酒不离身的人，这简直就是奇迹。

三个人将行李收拾利索，推着山地车钻出丛林，他们看见老杨的自行车，眼神一下子懵了。朱大壮抢先一步走到老杨跟前：“大爷，您这个车子比我年纪都大吧，后面还带着这么大一个铁筐。”平安又凑了过来：“连个变速器都没有，骑着多累啊。”老杨不懂他们在说什么，就跳上车子，满怀期待地扬了扬头：“出发吧。”严实赶紧拦住老杨：“等等……您打算骑着它去西藏吗？”老杨皱起眉头：“有什么不妥？”严实支好山地车，把住老杨的胳膊：“这可不行，如果真是这样，两年也骑不到拉萨啊。”老杨不屑一顾地说：“年轻的时候，我半天就能到县城。”严实看看平安和朱大壮两个人，一言不发。老杨就问他：“走不走，别磨蹭。”严实仍然纹丝不动地站在原地。

后来老杨妥协了：“如果路上我拖了后腿，耽误了大家的行程，我自己会慢下来，或者掉头往回走。总之，跟你们没有关系。”平安和朱大壮将目光转移到严实的身上，期待着他能够给出肯定的答案。严实抬起头，眼眶湿润地凝视着老杨沧桑的脸颊：“好……我们尽可能把速度放慢，多陪您走一段路。”

老杨终于出发了。他没有想到，自己和三个萍水相逢的年轻人能够走到一起。这或许是命运的驱使，使得老杨在自己孤独的旅途中不再迷茫。老杨有了自己的目标，他要去拉萨，去看看年轻人口中所说的布达拉宫和美丽的雪山，他要去接受一次心灵的洗礼。然而在这之前，他必须克服重重的艰难险阻，使自己在这漫长的两个月的时间里不被落下。

三个年轻人是善良的，他们一路上对老杨关怀备至，尤其上了108国道之后，更是放慢速度，刻意将就他。有时候，他们见老杨实在跟不上队伍了，就轮流和他换车骑。但过不了多久，老杨又要求把车换回来。老杨说，他们的车的确轻快，可是车座又硬又尖，硌得蛋疼。

每当看见一处美景，三个年轻人就情不自禁地大喊大叫起来。

老杨不敢喊叫，也没有年轻人那般高亢的嗓音，他就把手里长长的烟袋挥舞在空中，双脚在地上有节奏地跺着，好像中了六合彩一样。

一整天下来，他们四个人骑了足足七十几公里。除了在休息区吃午饭外，其余时间都是在自行车上度过的。老杨从未有过这样的经历，身体难免有些吃不消了。当严实说在前方的树林里过夜时，老杨终于如释重负。如果再这样骑下去，即便他的双脚不出问题，身上的骨头也该散架了。

天渐渐暗了下来，三个年轻人开始在树林里支帐篷。老杨把褥子铺在三个帐篷的中间，把冬天的棉衣拿出来，准备夜里盖在身上。等大家把帐篷搭好，老杨从包袱里掏出半瓶二锅头来。严实等人一瞧，心领神会地将自己的零食通通倒出来，摆在老杨的褥子上。

朱大壮关切地问老杨："大爷，怎么样？身体还顶得住吗？"

此时老杨的双腿已经有些浮肿，甚至无法站立了，他却隐忍着痛苦开玩笑道："臭小子，这话应该我问你吧。"

严实和平安听了，捧腹大笑起来。平安好奇地盯着老杨手里的那杆烟袋："大爷，这东西……让我试试？"老杨二话不说，递了过去。平安接过烟袋，好像研究古代文物一样仔细把玩起来。老杨却不高兴了："你抽是不抽？"平安犹豫着吸了一口，嗓子里马上像吃了一个炮仗，火辣辣地烧起来。他呛出一口浓烟，不停地咳嗽起来。严实一边嘲笑他一边抢过烟袋去，也吸一口，同样呛出一口浓烟来。

看见他们的表情，老杨对自己的烟袋也有些好奇了："有这么呛吗？让我试试。"老杨从严实的手中拿回烟袋，使劲嘬一口，好似神仙一般吞云吐雾："你们还小，架不住这个。"

朱大壮兴致勃勃地央求老杨："给我们讲点我们不知道的事情吧。"老杨想了想，说："我哪儿知道你们不知道什么呢？可能我知道的你们也都知道，但是你们知道的，我就不一定知道了。"严实怂恿老杨："那就说点我们没有经历过的。"老杨一下子被为难住了："我这一辈子都在养牛，养牛是为了耕田，耕田是为了养儿子，儿子长大以后，牛和我都老了，我就在村子里瞎溜达，每天的日子差不多都一样，根本没什么稀奇的。比起你们这些现代人来，我能说的太少了。就像这次，我活了七十年才弄懂的事，你们活二十年就全明白了。"

三个人颇有感悟地看着老杨。

后来老杨问他们，为啥到了拉萨，就叫洗礼？严实告诉老杨，因为拉萨神圣。老杨又问，啥叫神圣？朱大壮说，神圣就是能让心灵纯净的意思。老杨更加不懂了，这心里干不干净跟拉萨有啥关系？平安说，这个说不清楚，等你到了那里，自然就明白了。这是老杨第一次听说心可以净化。他想，也许等自己到了拉萨，也会变成跟以前不一样的人。

七

这两天，老杨一直在吃其他人的食物，因为他的馒头已经变得比石头还要硬。严实曾经鼓励老杨，赶紧把那些硬邦邦的馒头扔掉，不然会给他增加负担。老杨知道自己是什么出身，也坚信自己不会一直吃其他三个人的食物。有朝一日，这些馒头肯定会派上用场，所以一直没扔。

马上就要踏入山西境内时，严实刹住车，对后面赶上来的老杨说："大爷，再往前走就出河北地界了，您有什么感想吗？"老杨意味深长地看看身后，左脚一蹬地，车子继续往前滑行起来。

老杨不是无话可说，而是没法再说话了。此刻，他的肺就像被烧红了的铁锅一样，他的脚掌已经毫无知觉，在日光的暴晒下，他甚至难以分辨出公路两侧与自己之间的距离。老杨的速度明显降了下来，他的双脚每踩一下脚踏板，身体就会重重地俯下去，跟那头老母牛犁地时的情形一模一样。

三个年轻人在他身后紧紧地跟着，感觉老杨像在走钢丝，随时都有可能从自行车上摔下来。后来平安跟严实使了个眼色，小声说道："要不要跟他说一声？让他放弃吧。"严实思虑半天，语重心长地说："再坚持一下。"平安疑惑不解地问："坚持到什么时候才算完？"他又心急如焚地看看朱大壮，"你说句话？"朱大壮左右为难起来，他不想把自己的立场挑明，惹得任何一方不高兴。但他知道，如果就这么撇下老杨不管，他的内心一定会受到谴责。然而平安自有他担心的理由，此次骑行允许他们浪费的时间并不多，如果八月底没有到达拉萨，他们必须带着遗憾立即返回北京，去公司报到。

后来平安对严实和朱大壮说："你们都知道老杨是个累赘，有他在，我们永远也到不了拉萨。既然你们不愿意开口，那就我说。"严实虽然不赞成，但也没出声。朱大壮却在一旁插话："你要是觉得心安理得，那你就去说吧。"平安瞥了朱大壮一眼，然后骑到老杨身边："大爷，我们就在前面的镇上休息一晚吧，大家都累了。"老杨长舒一口气："好啊，我还以为就我自己累了呢。"

来到镇上，平安对大伙说："先找个旅馆，把东西放下，然后再去吃东西。"为了表示对老杨的尊重，平安又转向他，"您觉得呢？"

刚一下国道，老杨的双腿就像安了电动马达一样，不停地打起哆嗦来。按照他的想法，吃饭都可以省了，只要能有个地方躺着，就算荒郊野岭他也愿意。于是老杨点点头：“行，你们定。”

四个人开始沿街寻找便宜的旅馆。走着走着，平安突然指指路边的招牌：“大爷，带你进去潇洒潇洒？”严实在后面冲他骂道：“你还嫌自己做的孽不够多啊。”却不料，老杨接道：“这儿太贵了，换一家吧。”三个人用诧异的眼光盯着老杨，然后异口同声地问：“您来过？”

老杨抬头见“发廊”二字，又向里面望去，他虽然没有来过这家，但他看见屋内红红的灯光和衣着简单的姑娘，就联想到了上一家。那家打八折还要八百，不打折就是一千，老杨身上没带这么多钱。就算带了，他也不会住这种地方的。所以老杨回答：“我没来过这里，是在我们县城问的，贵得很。”严实毛骨悚然地说：“您道行不浅！都这岁数了，还不知道爱惜自己的身体。”

老杨被他们说蒙了：“这里不是旅馆吗？”朱大壮回答：“这儿倒也能睡人，就是明天起来更累了。”老杨还是不懂。不懂就不懂吧，反正跟他没关系。

后来他们在闹市区找到一家小旅馆，价格便宜，屋子又大又亮堂。四个人住两间屋，老杨和平安一间，严实和朱大壮一间。之所以这么安排，主要是为了给平安制造机会，好让他跟老杨摊牌。老杨对此事全然不知，他本打算和朱大壮一屋的，结果被平安硬拉了过来。

平安拉老杨过来，却不急着跟他摊牌，而是询问他，有没有特别想吃的东西。老杨思忖半天，竟说出个猪肉炖白菜来。平安擦着脑门上的冷汗，又问老杨，再换样别的，烤羊肉串吃不吃？老杨点点头，就怕他烤的不是羊肉。平安一愣，那就吃炒菜吧，这个肯定能看出炒的是不是菜来。老杨还是点点头，说吃啥都行，只要他用的油没问题就行。

四个人来到一家重庆菜馆，荤素搭配着点了几样，又要了一瓶二锅头。原本迷恋喝酒的老杨，今天却用手堵住自己的杯口，不让平安倒。老杨说："喝酒误事，明天还得赶路呢。"平安看看严实和朱大壮，又面向老杨，怂恿他："这顿酒您必须得喝。"老杨不解："为啥？"平安就给他分析起原因来："第一，您今天终于跨出本省了，七十年来的第一次啊，这个不值得庆祝吗；第二，您和我们仨在一起这几天，我们也没能好好照顾您，还净给您添乱了，可再怎么说，咱们也算是萍水相逢，因为缘分才聚到一起的，这个不值得庆祝吗；第三，是我个人的原因，我还有不到两个月就过生日了，虽然咱们以后有的是机会来庆祝，但是日后风餐露宿，不知道还有没有酒喝。"老杨一听，平安分析得头头是道，在情在理，自己已经没法拒绝了，于是把手挪开，任他将杯子斟满。

虽然老杨还蒙在鼓里，但严实和朱大壮却看得明明白白的。平安劝老杨喝酒，一是为了替他缓解情绪；二是为了待会儿好向他摊牌；三是为了明天一早好脱身。既然他们对此事一清二楚，这酒喝起来也就更加不是滋味了。

周围的人哇啦哇啦地说着听不懂的山西方言，跑堂的好像弹力球一样，在餐桌前来回忙活着。后来严实举起酒杯，脸上露出一丝可怜巴巴的笑容说："大壮，咱们俩一起敬大爷一杯酒。"朱大壮不解其意，手一动不动地放在桌子下面。平安戳了戳他的胳膊，快点啊。朱大壮艰难地扬起手，感觉这杯酒重若千斤。严实也在一旁催促他："赶紧，是男人就把酒端起来。"

老杨似乎察觉到了三个人的异样，就对朱大壮说："小子，酒可以不喝，但事情不能不办。你要是不愿意，拿茶水跟大爷碰一下也行。总之，情义到了，就不枉费你我相识一场。"朱大壮听了老杨的主意，端起茶杯来。

严实说："大爷，虽然我年纪小，但是我知道，有些事不能做，有些事可做可不做，而有些事必须得做。但我们人往往是这样，有些不想做的事，最终却必须得做；有些必须得做的事，基本上又都没有做过；大部分人是在忙一些做不做都无所谓的事，然后就这么过完一辈子了。所以我真心佩服您，因为您比我们都高级，您抛开了岁数和生死，把所有事情都看淡了。但我不得不说，有些事，等您做着做着，就不觉得它有多伟大了。就像有些人，等您爱着爱着，就不觉得他（她）有多优秀了。"

老杨激动不已地看着严实："小子，既然你明白这一点，就更应该坚持下去。"两人把杯子狠狠地撞在一起。老杨又找到朱大壮，面带微笑地跟他轻轻擦了一下杯口，"今天这顿酒喝得高兴，值了。"然后一饮而尽。

两人这番诚心诚意的交谈，反倒使得平安改变了想法。回到旅馆以后，他独自来到严实的房间，满怀愧疚地说，我觉得……还是先不跟老杨讲了。再怎么说，他也算我们的一分子。如果换作是我，你们应该也不会就这么轻易放弃吧。严实走到平安面前，和他抱在一起，老杨是上天赐给我们的福将，就是因为有他在，这件事才变得比以前更有意义了。

老杨掏出身上所有的积蓄，一张一张地清点完毕，然后算算日子，平均每天只有三十几块钱可供支配。在农村的时候，这些钱足以撑上半年，可一到外面，钱就不值钱了，吃碗面要十几块，住次旅馆，平均每人也要四五十。最让老杨气馁的是，原本二儿媳妇给蒸的一锅馒头，现如今，个个都像风干了的驴屎蛋子一样硬，嚼不动不说，带在身上还成了负担。

这还是次要的。老杨的双腿好像注满水的气球一样，肿得快要胀破了。手指头按在小腿肚上，陷下去一个坑，再按别处，又是一个坑。按来按去，坑越来越多，但怎么也消不了肿。直到这时，老杨才隐隐有些发怵。

老杨害怕的不单单是到不了拉萨，他更害怕自己以后哪儿都去不了，彻底瘫了。瘫了还不是最可怕的，如果仅仅是瘫了，嘴和脑子还能动弹，那会比瘫痪可怕一百倍，甚至一万倍。是真正的生不如死。

瘫在家里也就罢了，可他现在在外地，举目无亲，要是这时候脚不听使唤了，不光喊不来帮手，还有可能被当成要饭的，直接送到救助站去。这显然不是他当初决定远行的初衷。

越想越瘆得慌，老杨就跑到隔壁严实的门前，敲他的房门。严实一听，是老杨，赶紧把门打开。老杨神色慌张地冲进屋子，坐到中间的双人床上："我能不能不去拉萨了？"三个人的下巴都要掉到地上了，他们刚刚说好，无论如何都不能放弃老杨，现在他自己又要退出，着实让人有些手足无措。严实挤着两条眉毛问："大爷，出什么事了？"老杨便向他们透露出实情："我怕我到不了拉萨，就嗝屁了。"他掀起裤脚，戳了下小腿肚，你们看。三个人见老杨的腿肿得老高，吓得汗都冒出来了，于是纷纷建议老杨去医院瞧瞧。

老杨对严实说："我就是太累了，没什么大毛病，你们继续往前骑，等我好点了，再去追你们。"心里怕是怕，但老杨还没怕到去医院的份上。就算到了那份上，他也会像长寿村其他的老人一样，挨挨就过去了。

就在这时，朱大壮的电话响了。是他农村的爸爸打来的。朱大壮一听电话，先是沉郁着脸，严实问怎么了，他便放声痛哭起来。

三个年轻人当中，老杨最喜欢朱大壮，因为他看起来更像老杨的孙子杨开鸿。朱大壮一点也不壮，而是皮包骨般的瘦弱。他从小不在父母身边，是跟着爷爷长大的。十六岁那年，父母离异，他跟随母亲改嫁到北京，一个姓牛的人家。虽然离开了乡下，但是爷爷在他脑海中的印象却随着距离的变远而更加清晰了。

这次，他爸打电话来，是想告诉他，爷爷刚刚去世，要他回家奔丧。

八

按照老杨的处事态度，不管遇到什么事，男人是不能哭的。眼泪是一个男人软弱的表现。所以他对朱大壮说，哭得这么伤心，好像是谁死了一样。

朱大壮并不软弱，他跟所有年轻人一样，只是胆小而已。他害怕失去，因为这世上还有很多来不及做的事情。譬如，他的爷爷走了，除了清明节在遗像前面供上两盘水果以外，没有其他任何机会再向他尽孝道了。

朱大壮坐在椅子上泣不成声，孤独无助地看着老杨。老杨心想，莫非让我说中了？于是问他："谁啊？"朱大壮呜咽着说："我爷爷去世了。"

老杨没有想到自己居然一语中的，转念又想，即便自己不这么说，这事也是真的。既然是真的，那就不能怪他说错了话，怪只怪他说话的时机不对。为了安慰朱大壮，老杨继续追问："你爷爷得的什么病？"朱大壮摇摇头："到岁数了。"老杨长舒一口气，那还好。

老杨不能理解，朱大壮说的"到岁数了"究竟指的是多少岁。假如在长寿村，人们老死的峰值会很高，大概在八十岁上下。但在其他村子就不好说了。可话又说回来，老死总比病死强吧。不像老杨的媳妇，得了胃癌，治也治不好，死也死不了，最后几年遭了不少罪。她自己遭罪也就罢了，还连累老杨难过了很久。老杨的媳妇走后，老杨就对杨金富和杨银富说："等我老了，还得自己住。起码哪天我走的时候，你们不用跟着受苦。"老杨这么说，并非因为他不怕死，他只是觉得，死了也是走，活着也是走，谁和谁都不可能永远守在一起。既然如此，为何不走得潇洒一点呢。

严实和平安紧张兮兮地看看朱大壮的反应，又冲老杨使了个眼色，好像在跟他说，你怎么能这么说呢？人家老人都去世了，你应该悲伤一点才对啊。老杨见他俩冲自己挤眉弄眼，又猜不出其中的含义，就问他俩："我说的不对吗？"又转向朱大壮，"孩子，人都会死，谁也没办法长生不老。"

朱大壮止住哭声："大爷，我懂你的意思。"老杨说："懂就行，明天一早就回家吧，去送送你爷爷！"

朱大壮默默地点了点头，和老杨说："办完事我就回来。"

老杨感觉自己的肩上多了一份责任，他不知道自己还能坚持多久，可是在这个时候，他已经没有放弃的理由了。不但不能放弃，他还要为这个伤心的孩子树立榜样，让他看到生活美好的一面，教他学会坚强。

第二天一大早，朱大壮悄悄地离开了旅馆，带着自己所有的行李去了火车站。让他没有想到的是，在他走之前，老杨早早地起床，替他买好了早餐。站在旅馆门口，老杨对他说，一定要注意身体。朱大壮看着老杨递过来的早餐，心里纵有千万句感激的话，嘴上却连半个字也说不出来了。他和老杨抱在一起，又一次泣不成声。朱大壮告诉老杨，他爷爷一辈子没有什么能耐，就是对他好，可他连顿麦当劳都没带他爷爷吃过，所以他觉得心里内疚。老杨推开他，笑着说：“你爷爷想吃的不只是一顿麦当劳这么简单，明白吗？”朱大壮似懂非懂地答应着，他拍了拍老杨的肩膀：“一定要等我回来。”老杨欣慰地指了指远处：“去赶火车吧。”

朱大壮走后，严实和平安变得异常的沉静，俩人好像暗地里较劲似的，拼了命地往前骑。老杨虽然有心追赶，脚掌却像踩在泥潭里，吃不上多少力气。后来老杨冲他俩喊：“你们慢点，等等我。”老杨以为，冲他们喊完话，他们自然会在前面停下来，却不想，赶上前去，仍然不见人影。

这下可把老杨急坏了。他穿过一条条隧道，又拐过一道道急弯，山峦此起彼伏，公路曲曲折折，他像漂流在海上的孤舟一样，望不见前路，也看不到归途。他的脑子里只剩下一个信念：往前走，一直走下去，今天不行就明天，总有一天，他肯定能找到自己的伙伴。或者再也找不到他们，能走出这条使人茫然无措的迷宫也好。总之，他别无选择。

老杨像他家那头老母牛一样，吭哧吭哧地往前骑。风从山的那头吹不过来，这是最要命的。他的双腿已经失去了知觉，鼻孔里有汩汩的气流喷出来，他的后背紧紧地贴在汗衫上，在阳光的照射下，他的眼睛只能看见哗哗流动着的无数个白点。车子的分量在凭空加重，就像有人拽着车座往反方向拉扯一样。前后都不见人烟，老杨只感觉，他在和自己拼命地做着思想斗争。老杨的脚每往下蹬一次，身体就好像要顺势倒在地上似的。老杨知道，如果他现在倒下去，也许永远都站不起来了。所以他对自己说，现在还不是时候，再坚持坚持，还不是时候……

终于，在停下来吃午饭的时候，老杨追上了严实和平安。俩人还没看见他，他就赶上前去，把自行车摔在路边，怒气冲冲地说，你俩是开火箭的啊，也不等我。俩人没说话，把水和食物递给老杨。

老杨问他俩："你们是不是觉得我昨天说的话太没有人情味了？"见俩人低着头不言声，老杨继续说道，"你们两个小王八蛋，有什么话不当面说，背地里使阴招，想累死我啊。"严实急忙解释："我们不是这个意思。"老杨问他："那你们什么意思？"

老杨俯下身去，捡起从车筐里滚落出来的馒头，吹掉上面的尘土，然后慢条斯理地说："你们早晚会理解我说的话，感情深浅不是靠眼泪多少来评价的，当然，更不是靠酒量来衡量的。人在难过的时候，你得劝他一把，让他想开点，这样才是对他最大的帮助。"

这天下午，老杨和他俩进行了一次促膝长谈。他们坐在草地上，好像忘记了前途的漫长与艰险，从天明一直说到天黑。直到太阳落山，万物隐形，严实才想起时间，想起此处荒山野岭，前不着村后不着店，根本没法落脚。老杨说："没事，就在这里住一宿吧，反正你们都带着帐篷呢。"严实问他："那您呢？"老杨拍拍自己的车筐："我有褥子，还有棉衣棉裤，冻不着。"严实想了想，觉得这样不妥，便让老杨睡在帐篷里，他自己睡在外面。说到这儿，严实又叹息道："应该让大壮把帐篷留下的。"

朱大壮在的时候，严实他们仨还能凑在一起玩斗地主，现在他不在了，老杨又不会打扑克，几个人就显得格外的无聊。严实趴在褥子上，百无聊赖地和老杨说着闲话。突然他对老杨说："大爷，你这样伸着脑袋，特别像老乌龟。"平安在一旁不怀好意地笑了。老杨拿起帐篷里的烟袋，朝严实的头上砸去："你小子别以为我什么都不知道，你这是骂我脑袋像龟头呢。"严实马上警醒过来，和老杨连连道歉。

老杨钻出帐篷，严实以为他的火气没消，还要来打自己，就往远处跑。老杨笑呵呵地说："臭小子，我去撒尿，看把你吓的。"严实不信，说老杨诡计多端，不能上他的当。老杨啐了一口唾沫，便往山上走去。

刚走没几步，老杨就惨叫起来。严实问怎么了，老杨回答，我的脚扭了。严实怀疑老杨是在骗自己，就疑神疑鬼地问："大爷，自己能走吗？"老杨冲他破口大骂："你他娘的少废话，没大没小，都这会儿了还跟我开玩笑。"严实一听，赶紧叫起平安，打着手电向老杨跑去。

他们把老杨架到褥子上，用手电照了照，发现老杨的左脚脚踝已经肿了起来。严实急忙背起老杨："不行，得去医院。"老杨摁着他的肩膀，硬生生把他拽倒在地："去什么医院，我没事，明天早上就好了。"严实从地上爬起来，指着老杨的脚踝说："万一骨折了怎么办？"老杨若无其事地活动一下腿脚："这像骨折吗？这事我经得多了，怕什么。"

老杨之所以坚持不去医院，其原因有三：一是怕花钱；二是怕耽误大家的时间；三是怕小病被看成大病，最后去不成拉萨。

这天夜里，老杨翻来覆去、难以入眠，他的全部精力都放在了和疼痛作斗争上。他把棉衣垫在左腿下面，使左脚悬空，整个人只能以左腿为轴，来回转动，就好像烤全羊一样。即便如此，在改变了无数个睡姿以后，他仍然没法将意念从疼痛上转移出来。直到天色渐明，老杨才刚刚安然睡下。

早上醒来时，他的脚踝肿得和小腿肚一样粗了，不但不能着地，就连抬在半空都觉得疼痛难忍。严实急忙打电话，叫来救护车，将他们仨连人带车一块拉到了医院。到了医院，经过检查，医生对老杨说："你的脚踝有旧伤，但没骨折，至于骑着自行车去拉萨这件事，门儿都没有，想都别想了。"

九

听到医生的话，严实和平安沮丧地低垂着头，严实责怪自己说："就不该带你来。"老杨咧着嘴笑起来："你俩别紧张，我暂时还死不了。"严实轻轻拍了下老杨的胳膊："快别开玩笑了。"老杨感叹道："没办法，都这把年纪了，就剩下心态好了。"

老杨这一声感叹似乎带有一丝悲凉，因为他知道，自己没法再往下走了。他突然意识到，自从出了长寿村以后，老杨只能是老杨，永远也变不回小杨了。他看着眼前两个脸经暴晒而发红的年轻人，语重心长地说："我不能陪你们了，以后的路只能靠你们自己走了。"

严实长舒一口气："那还好。"

老杨迟疑片刻，继而大笑起来："你学得挺快。"

中午十二点钟，老杨和他俩吃过午饭，他坐在病床上，眼神坚定而决绝地说："你俩快走吧，不能再耽误时间了。"严实握着老杨的手，恋恋不舍地问："您确定自己能行吗？"老杨点点头，把平安也叫到身边，端详起来。

过了一刻钟，老杨推开两个年轻人的肩膀，冲门外挥了挥手。严实搀他起床，平安则把放在床脚的拐杖递给他，和他一同出了医院的大门。

老杨走得很慢，不知是因为年事已高还是脚踝受伤的原因，或者其他缘故。总之，在老杨的生活里，一切行为都在逐渐缓慢下来。严实和平安坐在山地车上，回头凝望着老杨憔悴的脸庞。老杨的确老了，虽然他曾经像个疯子一样，仅仅一天时间就骑了七十几公里。但衰老是件无法抵抗的事，即便你不愿意承认，它也在悄无声息地发生着。

两个年轻人走了。直到他们的身影消失不见，老杨也没能说出只言片语。他知道，现在是属于年轻人的时代，自己永远无法再赶上他们的步伐了。这次远行，老杨不只看了风景，还结识了几个小兄弟，如果不是崴了脚，他就能跨越三千多公里，去到西藏，一睹雪山的风采。让他唯一值得骄傲的是，在经历了一次次分别之后，自己终于可以坦然地面对生活了。

回到病房后，老杨将拐杖放在床头，整理好衣衫，悄悄出了医院。他骑上自己的二八自行车，沿108国道原路返回。他的左脚脚踝仍然没办法发力，只能右脚踩下脚踏板，左脚顺势将左边的脚踏板送到前面，右脚把脚踏板往前勾，勾到最高点，再使劲踩下去，这样完成一个回合。

行至一片连绵的山中，天空突然阴沉下来，原本洁白的云彩被乌云染成青灰色，远处的山顶上传来几声沉闷的雷鸣，满天的白光乍隐乍现。几分钟后，雷声变得紧凑，闪电犹如一把利斧，直直地劈在山脚下。狂风骤然四起，仿佛泄洪一般越过山脊，咆哮而至。此处离老家县城还有一百多公里，若按老杨现在的速度，至少还得骑五天五夜。他摇晃着身体，脚上不敢怠慢，好像最后冲刺的长跑运动员一样，铆足了劲头往前赶。

后来风停了，山中静了，天色从白昼变成黑夜，天空中落下的大颗大颗的水珠，似子弹般砸在路面上，拍出一连串紧凑的响声。老杨的脖颈上也落了几滴雨水，感觉像冰凉的钢珠，一直滚落到他的后背上。老杨不禁恐惧起来，四周漆黑一片，唯有稀疏的雷电能够为他提供前行的线索。

紧接着，大雨倾盆而至，连绵的山峰被雾气笼罩。老杨浑身上下被雨水浇得通透，眼前虚蒙蒙一片，什么也看不清了。他本想停下车子，在一块倾斜的山脚下避雨，稍一着慌，竟然忘记左脚踝还受着伤，左脚刚一撑地，剧烈的疼痛迅速传遍全身。老杨摔倒在滂沱的雨中，双手颤抖着按在受伤的关节上，他痛苦地呐喊着、叫嚷着，声音凄厉地攀爬到头顶，又被瓢泼的大雨冲散。他绝望地看着自己失魂落魄的样子，心中竟然冒出死的念头。

老杨爬到路边，朝下面看去，心想，山下便是死亡，它离自己只有一身之隔，只要纵身一跃，就什么罪都不用受了。可他终究没有这么做。老杨想到自己的孙子杨开鸿，想到两个年富力强的儿子，他还有很多话没和他们说，很多事没和他们交代清楚，他不能死。死了，这一切就都没有意义了。

于是老杨又爬回公路的另一边，将装在车筐里的那袋馒头拽到怀里，他解开口袋的绳索，馒头已经被雨水泡成了海绵状的粉团，手一捏，全都散成了碎末儿。他将衣领扣在脖子上，浑身蜷缩在一起。雨点不停地拍打在石壁上，倾泻下来的雨水形成一条透明的帘子，从老杨的头上一直扬到他的脚下。他从腰间扯出烟袋，中间连接着的皮兜里的烟叶尚可点燃。老杨抽着烟袋，极目眺望，天色已渐渐明亮，山峦的轮廓也像云雾之后的圆月一样变得清晰可见。老杨看着漫山遍野的白雾说："我终于成仙儿了。"

没过多久，一辆面包车从山西方向驶来。老杨看见橘黄色的车灯，全然不顾脚上的疼痛，兴奋地大喊大叫起来。他举着手中的烟袋，艰难地站起身，单脚蹦到路旁，冲面包车不停地挥手。老杨心想，命不该绝啊，以后可不能瞎折腾了。

面包车在老杨面前停下了，司机摇下一半车窗，问老杨，你在这儿干吗呢？老杨说，走丢了。司机看看老杨胸前，感叹道，家里人也不给挂个胸牌。老杨站在雨中央求司机，大哥行行好，捎我一段儿吧。司机摆摆手，上来吧大爷。

司机下车将老杨的自行车抬进后备箱，然后往河北方向开去。老杨上车后，嘴上连连道谢："活菩萨啊，谢谢，活菩萨……"

司机看上去有四十来岁，短发浓眉，皮肤晒得很黑，下巴上留着络腮胡子，他的颧骨很高，人很瘦，一看就是过惯了苦日子的人。老杨坐在副驾驶座上，一边看着车窗上流下来的雨水一边和司机交谈："你去保定干啥啊？"司机目不转睛地盯着前方，一丝也不敢懈怠："我就是保定人，去山西做买卖，今天回家，谁承想碰上大雨，又碰上你，巧啊。"老杨扯了扯贴在身上的汗衫："这就是缘分啊，我老头子不该死。"司机笑着说："啥死不死的，没那么严重。"

司机见老杨身上一直湿着，就从后排车座上拿过自己的外套，叫老杨穿上。老杨难为情地说："那多不好，别把你衣服弄脏了。"司机将外套塞进老杨的怀里："穿吧，衣服脏了洗洗就行，人要病了可就麻烦了。"老杨又是一番感激的话："活菩萨，谢谢，谢谢……"

再往北走，天气一下子转晴了，好像有一条泾渭分明的线，将两个截然相反的世界分隔开。老杨诧异道："这是啥鬼天气，挨得这么近，差得这么多。"司机颇有感触地说："这太正常了。有时候，越是挨得近，越是搞不清楚。"

车子进入县城时，司机问老杨："我把你放哪儿合适啊？"老杨想了想："我也不知道自己该去哪儿，你就随便把我放大街上吧。"司机犹豫半天："那可不行，你要真不知道去哪儿，我倒是知道个地方。"老杨问："哪儿？"司机回答："到了你就知道了。"

到了地方，老杨一瞧，原来司机说的地方是派出所。老杨纳闷了："为啥是派出所？"司机回答道："只有他们才知道你该去哪儿。"接着把老杨的自行车从后备箱抬出来，交给他："去吧，他们能帮你。”

老杨拍拍车座上的水滴，站稳脚跟，目送着面包车离去。忽然，一名民警出现在他面前：“大爷，有什么事吗？”老杨摇摇头：“没啥事，到城里来逛逛。”民警龇着牙笑起来。紧接着，一辆警车从远处呼啸而来，在老杨身边停住，几名威风凛凛的警察带着几个年轻女子下车。老杨从那几个女子中间认出那天和他打招呼的那个姑娘来，便问身边的民警：“她们犯啥事了？”民警往地上啐了口唾沫：“这还看不出来吗，肯定没干好事。”老杨小声嘟囔：“这倒也是，那么个小地方，要那么多钱，活该被抓起来。”民警问他：“你说啥？”老杨回答：“没啥。”

离开派出所后，老杨骑着自行车，直插进县城中心最为繁华的街道，他穿过一丛丛人群，跨过那座熟悉的高架桥，又来到曾经与三个年轻人相识的那片草地上。他伫立在路边，向草地深处望去，好像那三个年轻人仍然坐在帐篷中间，计划着一段艰辛而又伟大的路程。

十

正当大家为老杨的失踪一筹莫展时，村长突然站出来主持大局了。

村长出面主持大局并不单单是因为他身在其位，还因为县长。而县长能够在这件事中起到作用，却是因为敬老院的老何。当初，杨金富在电视台发布寻人启事时，老何正在家喝闷酒。看到寻人启事后，老何连忙给村长老赵打电话。

老何说，现如今，大家都在讨论幸福指数，那离家出走的老杨，幸福指数肯定高不了。因为不幸福，他才选择离家出走，去寻找幸福。县长刚刚去长寿村视察过，还对长寿村未来的旅游业寄予了厚望。没过两天，就出了这么大的乱子，这显然是在给本村的声誉抹黑，在为旅游事业的发展拖后腿。

老何这番话，好像当头棒喝一般，使村长老赵吓出一身冷汗来。老赵问他："那怎么办？"老何说："人肯定得找回来，但这不是问题的根本。其根本原因在于，老人和孩子之间有断层，谁也照顾不上谁。你也知道，在农村，娶个媳妇有多难。为什么？因为家里穷啊。人都五六十岁了，还在太阳底下啃那几亩地，哪还有精力照顾老人呢？"村长感慨道："是啊，连我自己都有紧迫感。可中国这么大，找个人不易啊。"老何笑笑："找人还是次要的，就算找到这个老杨，谁敢保证以后不会再出来个老牛，或者老驴，又闹出这么一档子事呢？到了那时候，你自己想想，后果有多严重。"

老赵要想的不仅仅是长寿村的发展，还有他自己的前途，虽说他一个村长，没有再往上升的可能了，但是他也不允许自己往下降啊。就像老何说的，人家都在创先争优，你却掉过头来往回跑，越弄越糟，那怎么行。于是他又跟老何取经，你给出出主意。老何沉默片刻，说道："既然话说到这儿了，我就勉为其难，替你支个招。我们敬老院正打算向农村老人提供优惠政策，你们长寿村也在列。这个政策我先透漏给你，超过七十五岁的老人，住进来不但不收费，还有生活补助。你今天下午就开个动员大会，跟大伙说说，一为鼓励大家，不要放弃寻找老杨的希望；二为向他们传达一下这个政策。"

老赵一听，心里豁然开朗。

当天下午，老赵便召集全村人到学校集合，在当初宴请县长的操场上召开了这次动员大会。与会的人群里，有一多半是闲来无事的老头老太。老赵说到寻找老杨的事情时，底下一片乱糟糟。有人疑惑，老杨是谁；有人焦虑，老杨什么时候丢的；有人坦然，老杨不是早就没了么。这些话传到杨金富和杨银富的耳朵里，使他们颇为震惊。杨金富心想，人的记性真不好，要是村长不说，我都快把自己丢爹的事忘记了。后来老赵又说起敬老院的事情，底下立刻鸦雀无声，比死亡还安静了。

会开完后，底下的人乌泱乌泱地散去。老赵和杨金富并肩站着，互相看看对方。老赵拍了拍杨金富的肩膀，义正词严地说：“你放心，我今天把话撂在这儿，你爸就是属蚯蚓的，咱们也得把他翻出来。”

杨金富有些失望。时间都过去一周了，找回老杨的几率也在逐渐降低。他觉得，即使老杨死在外面也不可怕，只要有个确切的消息，能让他的心消停下来就行。到了现在，他的心还得悬着，一刻也不能放松。最让他没法释怀的是，他的儿子杨开鸿从学校赶了回来，也在台下坐着。他本以为，把儿子叫回家就能找到老杨。可谁知道，一切都是徒劳无功。如果全家人都这么想，这徒劳也就变成了解脱，可他的儿子偏偏不信邪，非坚持说，一定能把老杨找回来。

杨金富和杨开鸿走了，他们沿着老杨经常遛弯儿的那条街，一直徘徊到家门口。杨金富刚要推门，就听见屋里一声喊叫，他和杨开鸿赶紧冲了进去。为了确保安全，杨开鸿甚至从院子里拎了一把铁锹在手上。结果刚一进屋，两人都傻眼了。

老杨回来了。

杨金富又喜又急地握住老杨的两只胳膊，跪在他面前：“爹，你什么时候回来的？你这几天都去哪儿了？害得我们这一顿找……都打电话报警了。”老杨指着杨开鸿手里的铁锹：“臭小子，上了几天大学，回来就冲你爷爷这样啊？”杨开鸿被老杨的装扮吓了一跳，一时竟忘记了手中还拿着铁锨，他走到老杨身前：“爷爷，你这是怎么了？头发白了这么多，人也瘦了。”老杨用手中的破蒲扇拍了拍杨开鸿的脑袋：“爷爷老了，不中用了。”杨金富拉起杨开鸿：“去跟你二叔说一声，省得他担心。回家的时候，顺便去一趟村长家，在大喇叭上喊喊，告诉大家你爷爷已经回来了，让大家不要再找了。”老杨打趣道：“再找回来的就是别人的爷爷了。”

换洗过衣服后，门里门外已经挤满了人。老蔡也在其中。老杨看着一双双充满好奇的眼睛，竟不知该说些什么是好。大家似乎是来庆祝他平安归来的，但是笑容里又透着一丝不满足。他们想知道老杨这七天都去了哪里、干了些什么，但是谁也不好意思先开口，于是抻直了耳朵，准备听听老杨的解释。

老杨没有说话，就又进了屋。人们惊诧地看着他的背影，互相耳语：老杨一定是哑巴了；老杨估计遭了不少罪，都不好意思开口，肯定是；老杨应该是被外星人抓走了，听说外星人特别爱把人抓上天；不不不，你看老杨的脚一瘸一拐的，兴许是被人绑架了，结果发现他家穷得叮当响，把他打一顿就又放回来了。老蔡对于老杨的事情一清二楚，可老杨为什么一瘸一拐的，他就有些搞不懂了。

等人们走后，老蔡慢悠悠地进到屋内。他和老杨打过招呼，小心翼翼地坐在凳子上。老杨问他：“你还没死？”老蔡一听，心想，还是那个老杨。他指着老杨的脚说：“怎么了？”老杨扭了扭脚踝：“崴了，不碍事。”老蔡又问：“上哪儿浪去了？”老杨眯眼笑起来，指了指围坐在一旁的儿孙：“说了你也不信，我跟他们说，他们都不信。”老蔡抽出一根烟卷，递给老杨：“你啊，就是个瞎话篓子。”

整整一个月过去了，老杨又像从前那样，和老头们聚在了一起。只是这次，他成了名副其实的焦点，成了那些从未走出过长寿村的人了解世界的唯一窗口。他把自己路上的见闻讲给大家，看他们惊讶的神态，内心得到满足。可是正当别人听得津津有味时，老杨的儿子杨银富又站出来说，老杨根本没到过山西，他就去县城的姑姑家住了几日，哪儿来的什么驴友。

此话一出，老头们纷纷指责起老杨来。他们说，都几十年的街坊了，老杨不该欺骗大家的感情，他这是在耍人玩呢。面对众人的指责，老杨百口莫辩，又拿不出证据来证明自己确实到过山西。既然没办法证明他到过山西，也就没法证明他要去拉萨。既然什么也证明不了，他就只好回家训斥自己的儿子。

老杨跟杨银富说："我的脚就是在去拉萨的路上扭的，我还在山西一个什么镇上住过院。我虽然没法证明自己去过，但你也没法证明我没去过。可要说我住在你姑家，那就太扯淡了。我们可以和你姑当面对质，我去没去过她那里。如果她说没有，你就得跟全村人讲清楚，我怎么就神不知鬼不觉地没了。"

杨银富自然知道老杨没去过姑姑家，因为老杨失踪这几天，他早去县城问过了。但他不愿意揭穿自己说下的谎言，或者为自己撒的谎道歉。在老杨失踪这件事上，全家人都受到了不同程度的关注，唯有他，像被隐形了一样，没人向他询问过任何事情。既然他不愿意承认错误，老杨也拿他没办法。更何况，老杨在乎的不是他，而是其他人。老杨认为，就算杨银富承认了错误，别人也不会再相信自己了。可话又说回来，别人越不信老杨的话，老杨就越觉得自豪，因为他知道，他终于做了一件别人做不到的事。在他看来，有些话，别人不是不信，而是根本不愿意听。所以他就得找个让他们愿意听的理由。

正当为此事发愁时，老杨突然收到一封来信。信中没有信纸，只夹着一张彩色照片，照片上的人正是严实他们三个，背面写着“拉萨”二字。老杨欣喜若狂，他们到拉萨了，终于到拉萨了。老杨拿着照片去给杨银富看，去给老蔡看，去给所有不相信他的老头们看。这是他曾经到过山西的最有力的证据。有了它，他老杨就不是瞎话篓子，更不是随便说说的人了。

十一

事情成真以后，老杨心里也就踏实了，别人对他的话也就无可厚非了。可是没过几天，老杨又不满足于现状了。他觉得，他的快乐来源于他在路上的经历，跟其他人看待自己的目光毫无关系。所以他决定带更多人出去，让他们也体验一把。

老杨把这个想法告诉老蔡时，老蔡已经不给人剃头了。老蔡不给人剃头不是因为他剃得不好，而是因为找他剃头的人都是马上要死的人。别人找他剃头，不是为了活得舒坦，而是为了死得体面。可老蔡认为，人终归就是一把黄土，埋到地里比什么都省心，何必费这一道工序呢？没用的工序。老蔡厌烦了给将死之人剃头，所以他把剃刀收进柜子里，来人请他剃头，老蔡就推辞说，老眼昏花，已经干不了这活计了，另找他人吧。就这么把人打发了。

老蔡听到老杨的想法，像打了鸡血一样：“好啊，我第一个赞成，什么时候走？千万别落下我。”老杨信誓旦旦地说：“放心，肯定带上你。但这事儿先不要传出去，万一事情败露了，咱俩就没法在村子里混了。”老蔡认真地点点头。

后来他们开始小范围地进行思想疏导工作。俩人专挑人少的群体，采取逐个击破的方法，让那些心动的人行动起来，使其队伍得以壮大。让老杨没有想到的是，村里的老头一多半只是羡慕他的经历，但要他们亲身实践起来，却都退缩了。老杨问他们为什么不敢去。有的人回答，腿脚不方便，蹬不了自行车；有的人回答，腿脚倒是方便，但没有自行车；有的人回答，腿脚方便，也有自行车，但是得听听其他人的意见。没过两天，老蔡跟老杨抱怨，工作不好做啊。老杨便鼓励他，不平凡的人就要做不平凡的事。什么叫不平凡？就是把不可能变成可能。

这话说得轻巧，做起来却比登天还难。

后来是杨万里解决了大家的后顾之忧。杨万里知道老杨的事后，差人找到老崔，让老崔给老杨带话，他说这事意义重大，就算搭上他那条老命也得帮他们把事情办了。老杨深情地看着老崔，好像老崔是杨万里一样："有他这句话，我比什么都知足。可这不是钱能解决得了的事情。"老崔把老杨的话告诉了杨万里，并以同样深情的目光看着他，等待着他的答复。后来杨万里嗡嗡哇哇地冲老崔说了一大堆，老崔却只听清楚一句，怎么死由天决定，怎么活由自己决定。老崔又把杨万里的话转告给老杨。老杨一听，感动地流出两行泪水来。

没想到，老杨走了这么远的路都没悟出来的道理，他杨万里，一个快要下不了炕的人，却能一语道破真谛。老杨把这话原原本本地说给那些拿不定主意的人听，竟然起了作用。他们说，既然杨万里有这种胸襟，他们也得赶一回时髦。老杨想起杨万里的身份，又联想到自己在村里人心中的地位，终于明白过来，原来大家不是冲着他去的，更不是冲着寻找生命的意义去的。

不管怎么说，有人总比没人强。更何况，生命的意义也不是一天两天就能体会到的。有些人，迟早会弄清楚，行走究竟有多重要。队伍逐渐在壮大，马扎越聚越多。大家开始对这次未知的旅行充满了兴奋和激动之情。又加上老杨在一旁吹耳边风，大家更是迫不及待了。

在确定好人数后，老杨便通知大家，于某日清晨准时出发，让他们的家人务必为其准备好一锅馒头。命令传达下去，大家开始紧锣密鼓地张罗起自己的事情。这几日，他们很少再出门了，遇到计划内的人，就互相点点头，表明自己的身份。

出走的头天晚上，大家兴奋得几乎要失眠了。一个个瞪着眼看着窗外，好像时间在月亮上越走越快，自己简直要从窗户里飞奔出去。老杨早早地把所有的积蓄重新揣进兜里，把衣物裹进一块一平方米左右的方巾里。他不敢再让家里人给蒸馒头了。他知道，蒸馒头是他离家出走的信号。更何况，依他之前的经验判断，馒头还是得软着吃，硬了就像石头一样，只能当累赘了。

第二天早上，大伙准时到村子的喇叭下集合。老杨清点了下人数，老崔不见了。老蔡跟老杨说，老崔经常打退堂鼓。老杨看看东山头微亮的天光，再等等吧。

没过多久，老崔推着自行车从杨万里家出来，车后的篮筐里什么也没放，就塞了一个杨万里。老杨看见老崔后，赶上前去问，怎么回事？杨万里嗡嗡哇哇地张手比划起来。老崔在一旁帮忙翻译，他说，人固有一死，要么重于泰山，要么轻于鸿毛。老杨握起杨万里的手，看着他蜷缩在筐篮里的消瘦的身躯，咱们都是老不死的，没人会在意了。可咱们要做的就是让他们在意起来。杨万里点点头，嘴巴张得大大的，口水不停地滑到下巴上。

其他人和杨万里打过招呼后，纷纷坐上自行车，满怀期待地注视着老杨，等着他发号施令。太阳露出了额头，一大片郁郁葱葱的玉米地好像一张绿绒毯一样，绵延至一望无际的天边。老杨向身后的人群看看，意气风发地说，我们不只是昨天下午落下去的太阳，还是今天早上升上来的太阳。出发吧，为了跨过今天的黄昏，去明天看看。大家将双手举在空中，备受鼓舞地叫喊起来。

就在此时，老杨的孙子杨开鸿从远处跑来，一边跑一边嚷："爷爷，你又要干吗？"大家看看老杨，似乎在说，还走不走了？老杨和杨开鸿说："你不懂，但是你应该懂了。"他骑上自行车，往前驶去。杨开鸿赶紧跑到老杨跟前，双手摁住老杨的车把："爷爷，你还想让别人再找你一回吗？自己受的伤自己不知道？"杨开鸿又看向其他老人，"你们千万别相信我爷爷的话，西藏没什么特别的，去了也是白去。"老杨一听，胸前像被烧红的烙铁烙了一下，登时晕了过去。这时，喇叭里响起了嘹亮的声音，它将人们喊醒，喊到村口，喊到一群将要离家出走的人的面前。人们向老头们涌来，试图阻止这次大逃亡的发生。

老头们像小羊羔子似的，被自己的孩子牵回了家。大街上只剩下杨开鸿和躺在地上的老杨两个人。杨开鸿摇晃了几下老杨的身体，终于将他唤醒。老杨缓缓地睁开双眼，和自己的孙子对视良久。老杨失望透顶，杨开鸿说的话竟然和杨银富说的如出一辙。可是，杨开鸿不是杨银富，而是严实、平安或者朱大壮那样的年轻人。他应该像他们一样，无论在什么情况下，都不能轻易否定自己，或者否定他人。他应该知道，人生来就有无限的可能。这个世界上，唯一可以限制一个人成长的，只有他自己的胆怯。老杨凝视着杨开鸿的双眼，感觉他的眼中有一股年轻的烈火正在渐渐熄灭。那是希望之火。后来杨金富和杨银富也赶了过来，他们扑到老杨的身上，嘴上不住地埋怨着自己。

再后来，老杨也被牵回了家。

十二

老杨在长寿村生活了七十多年，从来没有想过自己能成主角。他曾经幻想，说不定，在他有生之年，谁会再冒出来叫他一声小杨。如果真是那样，他就会失望很长一阵子。现在情况不一样了，人们看老杨比看钱包还紧。他们怕的不是老杨这个人，而是老杨随时有可能冒出一个想法来，然后鼓动自己家老人也跟着去实施。

自从老杨的计划失败后，杨金富等人好像神经错乱了一样，整天往老杨的屋子里跑，早晨天不亮，杨金富就守在院子里，等老杨起床，然后和他一起去遛弯。老杨跟他开玩笑说："要不你在我腿上拴根绳子？"杨金富回答："用不着，本来就有。"老杨瞪他一眼："你干脆把我送到养老院去吧，省得天天还得看着我。听说咱村的人去住还给发工资，正好给小鸿攒学费了。"杨金富气呼呼地说："您这是骂我不孝呢。"老杨挤着两撇眉毛说："就这么办，明天我就去养老院。"

老杨说去养老院住，并非是空穴来风。大逃亡之后不久，长寿村七十五岁以上的老人全都住进了养老院。只不过，老头们一开始还在抱怨，嫌钱给少了。不过他们得到的都是大家以讹传讹的数字，实际上，等他们都住进去以后，院长老何又有些反悔了。老何根本没想到，长寿村的人居然这么贪财，占了他这么多床位，尤其想到长寿村的村民特别能活的时候，后槽牙就莫名地疼起来。

后来在老杨的坚持下，杨金富带他去了一趟敬老院，找到了老何。杨金富把来由说清楚之后，老何拍案而起。老何对老杨说："我实话告诉你吧，我这养老院不是专给你们长寿村开的，就算是，也不能让你住进来。"老杨问为啥，老何继续手舞足蹈地说："你还不清楚吗？你老杨是什么人物？我这儿能供得起你吗？"老杨还是不明白："你说具体点，为啥他们住得，我就住不得？"老何舒缓下情绪，坐回椅子上："我不是怀疑你会闹出什么乱子来，我敢保证，你一定会闹出什么乱子来。老杨，你得知道，我这把椅子不好坐，现在你们村把我这养老院都快住满了。虽然带动了不少老人住进来，帮我解了燃眉之急。但是以后呢？我跟你实话实说，我已经决定对你们村子的人收取一部分费用了。你要知道，这里终归还是个营利机构，我总不能赔着钱干这件事吧。且不说这个。你以为我不愿意你再领着几十号人离家出走吗？我巴不得你这么做。可是事情不能这么办，人在我这里丢了，就是我的责任。丢一个两个还可以去找回来，可一丢就是一个排的人，这个责任我承担得起吗？更何况……你还不到七十五岁呢！"老何顿了顿，慨叹道："老杨，回家吧。家里比哪儿都舒服。"

听完老何的话，老杨终于明白了一个道理：永远不能随大流，没什么好处。

走之前，老杨见了老蔡一面，老蔡跟老杨说，这里的老人一点儿也不自觉，什么时候都敢放屁，那声音不像年轻人的，软软塌塌，有时候听起来像拉裤子一样。

实际上，他们确实会在这种情况下拉裤子。如果真的是这样，他们就得看护士的脸色行事了。表现好的，自己知道洗净了；表现不好的，就只能一边挨骂，一边忍受护士粗暴的行为。跟老蔡同屋的老张是个十分爱表现自己的人，可惜他腿脚不利索，又说不了几句完整的话，所以护士老爱骂他，说他是老不正经，总给社会添乱。护士的话彻底打消了老张积极表现的念头，他决定，就算自己能憋住，他也不憋了，直接拉裤子里，让他们骂去。

老杨对老蔡说："人在哪儿都得知足，你要是不知足，别人就觉得你特别假。你啊，好好在这儿待着吧。有人照顾还给发补助，我想进还进不来呢。”老蔡满不在乎地说：“我还是习惯在家里住着，到了这儿，人家也不让蹲在墙根儿底下唠嗑了，要唠就得围成一个圈，唠完了还得鼓掌。有病么这不是。”老杨笑笑，拍了拍老蔡厚实的肩膀：“走了，等你死的时候我再来看你。”老蔡目光呆滞地望着远方：“我已经死了，你看不见的是我活着的日子。”老杨怔在原地，眼里闪烁着泪光，他想起那三个朝气蓬勃的年轻人，想起自己去远方求学的孙子，低头看看脚下褪了色的布鞋，和他骨瘦嶙峋的双腿，终究没能说出只言片语。

公交车颠簸着驶离了县城，老杨的目光追随着车窗外逆向远去的一排山地车，朝身后眺望着，自言自语道：“我走五十步，能看见雪山；你走一百步，却什么也看不见。”

老杨刚回到家就坐不住了：“我去找老蔡待会儿。”“你不刚见过他吗？”杨金富提醒老杨，“在养老院？”老杨登时清醒过来：“哦，好像是。但我总感觉，上次跟他见面是几十年以前了。”

自此以后，各家屋檐下的小马扎统统消失了。每次老杨早起，再也见不到那些熟悉的面孔，见不到能凑上去攀谈两句的老人们了。更重要的是，没人会管老杨叫小杨了，因为他成了长寿村最最年长的人。

切莫声张

刘放是个坏人。

我们俩早就认识了。他爸和我爸以前是老相识。他俩就像小时候是穿一条裤子长大的。但是他们没有真穿过一条裤子，我只是想把这里面的关系讲清楚。他俩都在镇上的工厂上班，属于一个车间。当了几十年的工友，互相知根知底。但是我爸不了解刘放，我爸只是觉得他爸人不错，所以他也肯定错不了。我爸看人一向很准，偏偏这次看走了眼。

我跟你说的这些话，你可千万别声张出去。我倒不怕他知道，我是怕他知道了会打我。刘放是什么人，我最了解了。他动不动就动粗，下手又重，好像别人跟沙包一样，天生就得挨他拳头。

我为什么说刘放是坏人呢，自然是因为我有证据可以证明。如果没有十足的把握，我连说都不说。我不像刘放，他刚一开口嘴就瓢了。我说话一向求真。你待会儿如果听出半句假话，随时可以打断我。我绝对不拦你。但是我恳求你，不管怎样，千万别把我说的传出去。

……

好，那我就跟你形容一下刘放究竟有多坏。

在这之前，我想跟你聊聊刘放这个人。当然，你对他的外貌并不陌生，他跟一般人没有任何区别，同样长了一副人的嘴脸。但是我要跟你说的绝不仅仅是这个。你听好了，刘放是个性无能的男人，这个你肯定不知道。别说你了，就连我，都是和他结完婚才知道的。

我所说的性无能，并不是严格意义上讲的一点都硬不起来，他也能硬，但是随便弄两下就又耷拉了。我们第一天睡觉他就耷拉了。那天晚上，我以为他压力太大，在我面前不好意思硬，所以没太在意。可是到了第二天、第三天，甚至再往后，还是一个样儿，底下那东西就跟死耗子似的，而且是饿得精瘦的耗子。这个不难想象吧。至于他硬不起来的那些细节，我就不跟你讲了，无非是他在我身上爬上爬下，像只虫子一样。我只能说，他更善于节省时间，所以比正常人爬得要快。

算了，我还是跟你聊聊他硬不起来之后的事情吧。

结婚没几天，他就意识到自己那东西出了问题。怎么办呢？我叫他到医院去做检查，他偏不去，天天在家生闷气。我猜，他是怕查出什么问题来，他的面子没地方搁，而且又像判了死刑一样，永世不得翻身，所以他更倾向于自己生闷气。

生闷气不可怕，可怕的是，他非要拽上别人跟他一起不痛快。你一旦露出笑模样来，他就觉得你不在乎他，不拿他当回事。我跟他在一起生活了这么久，大部分时间都是在配合他，跟着他的情绪变化做人。

我是觉得，人这一辈子，一多半时间是在想办法变成别人。如果有了权势和地位，就会费尽心思地让别人变成自己。哪怕像刘放这样的一家之主，都会有他自己的想法和企图。说白了，他不过是在维护自己的尊严而已。

那天，隔壁许嫂来我家串门，刚坐下没说几句话，刘放就在院子里喊我，让我帮他浇菜园子。你要知道，菜园子就在我家大门南边，面积还没有睡觉的炕大，只要把水管拎到那儿，让它自己往里面灌水就行了。这哪用得了两个人呢。可他非叫我去，声调拔得老高，好像声音大就是对的，别人就没法不听他的。许嫂不好意思再待下去了，就跟我说，打扰你们干活了，然后往门外走。经过刘放的时候，他跟个木头似的，也不知道打招呼。

等许嫂走了以后，他又能耐起来。他说，你跟她有什么可聊的，一个臭娘儿们，天天就知道嚼舌头根子。我说人家许嫂来串门，我总不能晾着人家吧。他说，晾着又咋啦，她越热乎你越要晾着她。我问为啥。他回答说，她能在你面前说别人的坏话，就能在别人面前说你的坏话，这种人没啥劲，遇到事了还可能反过来咬你一口。

我倒没觉得许嫂会反咬我们一口，但我能察觉出来，刘放似乎是害怕许嫂这样的人，他认为这种人是信不过的，不定什么时候就把你的事捅到别人耳朵里，到了那时，你的面子就没地方搁了。

所以他拒绝和别人深交，尤其多嘴的妇女和村里的大夫。

我和刘放蹲在菜园子门口争执起来，刘放说我是个傻娘儿们，什么也不懂。我说我是不懂，但我知道，人本身没有面子这样东西，等别人让你脸上挂不住了，你才觉得它存在，而且至关重要。刘放听出我是在说他硬不起来那件事，就拎起水管往我身上浇。我赶紧躲开，往院子里跑，他就在后面追，一边追一边骂街。我哪儿跑得过他呢？我躲在犄角旮旯里，回头一看，刘放跑到我面前，一边骂街一边笑，一边笑一边又往我身上浇水。

那水是从地底下抽出来的，冰凉刺骨。我双手抱在胸前，蜷缩着身子，跟监狱里的劳改犯一样。我看见刘放笑了起来，就甩干头上的水珠，打掉他手里的水管，冲他骂道，你妈的，冻死我了。刘放盯着我不言声，我就更有底气了，在他脸上扇了一巴掌。我说，你是个什么东西。

刘放仍然看着我，屁也不放，就知道咯咯地笑。我纳闷，以为他得了失心疯，傻掉了，就拍拍他胳膊说，你可别吓唬我。刘放指了指我的衣服，我一低头，这才发现，全露出来了。我赶紧往屋里跑，刘放跟着往屋里追。我说老娘儿们换衣裳有什么好看的，他说别换，这样也挺好。我猜出他的心思，就站住脚步，问他想干啥。刘放像抗袋面粉一样扛起我，往卧室里冲。我挂在他后背上，像只羊羔子一样，动弹不了。我掐了下他的胳膊说，大门还没关呢。他说，就让他们看去。

那天刘放好像变了个人似的，对我特别温柔。等一切都结束，我瞅了瞅时间，这回及格了。刘放躺在我肚子上，浑身上下都是汗，用手一摸，就好像刚刚被冷水浇的人是他一样。刘放喘匀气说，以后不光得及格，还得力争上游哩。看到他那股得意劲儿，我竟然有点爱上他了，于是我说，这事急不得，但可以慢慢变好。

那究竟有没有变好呢？肯定没有，如果有的话，以后的事情也就不会发生了。而且那次是刘放唯一一次硬起来，再往后，他就又耷拉了，并且耷拉得越来越厉害，好像大力丸吃顶了一样。

后来刘放总结他硬不起来的原因，愣说我魅力不够，不像那天那么性感。我反驳他说，那天我不过湿了一身衣服，可我平时连衣服都不穿，这两者比较，肯定后者更性感。他说不对，事情是这么个事情，但理儿不是这么个理儿。我说有啥不是的，他不说话，思考半天，还是不说话。后来他提议，把那天的场景重新演一遍，兴许他就能硬起来了。我火了，现在是秋天，气温这么低，你想往我身上浇凉水，缺不缺德。他哪里管得了这么多，为了他自己能硬，哪怕是冬天，他也敢这么做。我死活不肯，他就拽着我的头发往外走，一边走一边还说，那天咱俩正吵架呢，这个也得演。我按住他的手，身子半倾斜着跟他出了屋。我说，当时许嫂也在，你把她也叫来吧。

其实我不是真想让他把许嫂叫过来，我只是想告诉他，这事行不通，而且他的手拽得我的头发生疼，我得找个机会让他松手。谁承想，他还真去叫了。听到这儿你就应该明白，刘放这人究竟有多浑。

我跟在他身后，来到许嫂家门口，我问他，你凭啥叫人家上咱家去？他说，这你甭管。我说，那你总不能……刚把她叫家里去，就给轰出来吧。他说，这你甭管。我拽住他的胳膊说，你别在这里丢人现眼了，回家再想想其他办法吧。刘放扇了我一巴掌，就又往回走。

回去的路上，许嫂正从我家门口经过。她问刘放，两口子去哪儿了？刘放说，没去哪儿，在大街上瞎溜达，看看谁能掉个钱包啥的。许嫂被逗乐了，向我们提议说，去她那里坐会儿。我说，不去了，钱包没捡着，还丢了一样东西。许嫂问什么东西，我看看走在前头的刘放，小声嘀咕，丢人。

回到家以后，刘放坐在卧室里抽烟，我就坐在屋外头揉脸。他只要不看我，我自然也不敢看他。我很想去镜子面前，照照自己的可怜相，但我又怕自己会一直恨他。我倒也不怕自己恨他，我是觉得，要想和讨厌的人生活下去，就必须无视他的存在。如果太在意他，他就会一直在我心里作怪，那样难受的还是我自己。

就这样，一直到天黑，太阳都落山了，我们俩也没想出什么好办法来。然后我就到院子里生火做饭，他又坐在炕上看起电视来。

刘放这人没啥大能耐，但要比看电视的话，谁也比不过他。他在电视机前面一坐就是两三小时，有时坐累了就趴下，仰着脖子看。你说他爸那么勤劳，天天起早贪黑地去上班，他却在家里待着，啥也不干。这事让谁听了不笑话。

这也许就是我为什么说我爸看走眼的原因。为这事，我没少埋怨我爸。但是我爸认死理，他始终认为，刘放他爸不会生出刘放这种儿子来。他甚至觉得，我对刘放有偏见，但他说那是内部矛盾，还没到不可调和的地步，而且两口子有摩擦纯属正常，日子久了，问题自然能解决。

我爸总是在用他那套颠倒黑白的理论来教导我，这也导致我一直忍到今天才把那些糟心事说出来。现在我突然觉得，就算把这些事情统统说出来，照样改变不了什么。但我必须得说，不然憋在肚子里难受。我知道，你可能不爱听这些，更愿意听牛鬼蛇神的故事。但是你仔细想想，如果没有说话的权力，人和鬼又有什么区别呢？在和你说这些话之前，我心里犹豫了半天，始终不知道该如何开口。当然，你有你的身份和职责，在我面前，你只能算一个局外人，很难产生共鸣。但我依然感到庆幸，能遇到这么一个愿意聆听别人心声的人。这种人太少了。

……那我继续说下去。

刘放二十几岁，面黄肌瘦，头发干得像冬天的草，模样看起来好像啃了好几年树皮的人一样。其实那时候我家生活条件并不差，但他就是吃不胖。他走起路来总爱踮着脚后跟，就像电视上的跳高运动员一样，又加上他身体瘦弱，我有时候都害怕，万一哪天他真走着走着就跳起来了呢。我以前跟他研究过这个问题，我说你不要踮着脚走路，看着就不踏实。他说他天生就有股要起飞的劲儿，起飞就得脚后跟离地，慢慢觉得身子越来越轻，最后整个人都能飘在空中。我说你这纯属胡扯，他看看我，脸色马上变了。我赶紧添一句，哪天在你脚底下栓块石头，让你飞不起来。他说他小时候腿上绑过沙袋，所以现在身轻如燕。我说那你飞起来的时候记得告诉我一声，我给你送行，等你飞回来了，我给你接风洗尘。

听我这么一说，他可笑开花了。他的笑声比野驴叫唤还难听，最后还得往上拉个短音，好像吹喇叭一样。

刘放这人好赌，但他从来不上大赌局，他知道自己的家底不厚实，所以不敢上。我们家离镇上不远，那里有很多棋牌室，晚饭一过，他就骑着自行车到镇上要钱。那天也是，吵完架我就开始做饭，刘放一看时间，都六点多了，他就催我赶紧把饭做好。我说我想快，锅不热怎么办。刘放着急了，他走到院子里，掀开锅盖，随手拿起一个硬邦邦的馒头就啃，吃相跟头猪没什么两样。

我给他端出腌萝卜，让他就着馒头吃。他白愣我一眼说，你现在知道给我拿腌萝卜，早点怎么不知道把饭烧上。我把咸菜碗扔到灶台上，继续往灶膛里添柴火。我蹲在一旁说，你挣钱不积极，花钱挺积极。他恼了，你别咒我，我这也叫挣钱，懂吗？他说他坐一晚上腰疼，吸一屋子烟嗓子疼，有时候输了钱心还疼，但他哪次都是冲着赢钱去的。

我说赌博就是败家。他还嘴硬，非管这叫投资。

等他吃完整个馒头，天上只剩下一个孤零零的大月亮了。他骑上自行车，手里拿着手电筒，出了门。我站在门口，看着他钻进夜里，心里又喜又急。实话实说，我觉得我们俩的日子跟走夜路没什么分别，都是两眼一抹黑，看不见个头。

等刘放走了以后，我彻底没了胃口，就到许嫂家去串门了。许嫂这人，嘴确实很大，但她说的都是真话。所以人们往往对她又敬又怕，又想接近又想保持距离。终归聪明的人还是占多数，大家跟她聊天时多半掺假，尤其涉及自己家庭的事，就更加谨慎了。他们认为，光说真话是没法跟许嫂相处的，因为她迟早会背叛你。然而他们并不清楚，许嫂是个观察细致入微的女人，她甚至能判断出你说的话哪句是真、哪句是假，这就让人觉得恐怖极了。

许嫂是村子里唯一的寡妇。也就是说，她之前是有过男人的，不然她也成不了寡妇。她身材丰满，个子不高，头发一半是红棕色一半是黑色。据说，自打她男人死了以后，她再也没染过头发，而且身上穿的衣服也不那么花哨了。她平时总是穿一件皮衣到大街上出风头。我说的“出风头”倒不是因为那件衣服有多贵重，而是她大大咧咧的嗓门。只要一遇到人，她就像杆机关枪一样，嘴上突突个没完。

许嫂的男人是开大货车的司机，村子里唯一一个走遍全国各地的人。他身材魁梧，虎背熊腰，说话带点外省口音。他每次和别人聊天，那种腔调拐得很特别。村里人问他，这是普通话吗？他说，这不是普通话，但比普通话全面。别人不懂，他就拿各地方言举例子，他说他能把普通话说得既像四川人又像陕西人，既像浙江人又像广东人，甚至东北口音里还能夹杂着点儿山东口音。别人都说他是个神人，他就更能吹乎了。后来在去往北疆的山道上，大货车偏离了公路，顺着山坡滑了下去，他就这么死掉了。

许嫂四十几岁守寡，生了一个儿子，现在在南方念大学。她的儿子无意中曾经跟她提到过，说是他爸一点儿没说谎，他到了念大学的地方，听了当地人的口音，马上就有种亲切感。许嫂觉得无比自豪，所以下定决心，她也要做个讲真话的人。

这天，像往常一样，许嫂正在给她远方的儿子打毛衣。我敲了半天门，她才听见声响。一到晚上，许嫂就不出门了。也说不上是什么原因，好像那些大白天可以和她聊天的男人，到了晚上就换了一种身份，成了危险人物。这种习惯是从她男人死后养成的。她男人活着的时候，哪怕出门在外，她也没这么干过。

许嫂踮着脚走到门口，问来的人是谁，我说是我。她听出我的声音，就把门开了，说话的嗓门也阔了许多。她把我让到屋里，嘴上还一直叨叨个没完没了。她问我刘放去干什么了，我说干他的老本行去了。她就笑着说，男人想干吗就干吗，女人管不住，也甭想管。

许嫂家很乱，杂物堆得到处都是，连个正经落脚的地方都没有。我刚一进屋，她还客客气气地让我随便坐。我当时心想，这地方也只能随便坐了，如果有个专门用来坐的地方，谁也不会那么随便的。后来许嫂给我倒了一杯热水，如果没记错的话，我从始至终都没碰过那杯水。我倒不是不渴，我是实在没法确定她的杯子到底干不干净。

但这些都不是重点，相对于她那张嘴，那个杯子算干净的了。可我还是愿意上她这来陪她聊天。我并不觉得许嫂的口风不严对我有什么损害，因为我根本没打算把自己的事情一五一十地告诉她。

我记得，那天正好赶上八月十四，月亮圆得像个瓷盘子。我问许嫂，你儿子怎么没回来？她说，儿子离家太远了，又放不了几天假，就算回来，时间也都浪费到路上了，这样既麻烦又没有意义。我说男孩长大了都留不住，她说是的。

许嫂说话时，织毛衣的速度比往常还要快，十根手指头倒腾起来好像练杂技的，看得人眼花缭乱。许嫂问起刘放，我知道她是在套我的话，所以我说，刘放就爱跟几个朋友打一块两块的小麻将，倒不至于把家糟蹋光了。许嫂一听就失望了，她说，那倒也是，不像村西头的李红春，一到牌局上就忘了妻儿老小，什么都敢往上押。

许嫂那天遇到李红春的闺女,两个人聊了起来。李红春的闺女这么跟许嫂形容，我爸从来不拿钱当钱，打麻将都是十块钱起底，再小的他就不玩了。李红春的闺女还说，家里一没钱了，我爸就拽着一头羊到集市上，卖给收羊的人。上午去卖羊，下午不耽误打麻将。

看着许嫂脸上露出来的那种表情，我心里突然有点替李红春的闺女抱不平。你要知道，李红春的闺女情商不怎么高，她跟所有人都是自来熟，拿谁都当朋友对待。对于这种天真的孩子来说，你许嫂不该在背后揭她的短，更不该出卖她。你这样做不就是想让更多人知道她是个傻丫头吗，可这对你有什么好处呢？挑别人的错只能让你显得比别人聪明，并不能让你真的变聪明。所以我跟许嫂说，过日子本来就是这样，要么养要么卖。

许嫂听不懂我的话，我也不指望她能听懂。因为她一直处于养的阶段，她心里的羊早就不成羊样儿了，但她还不打算卖。所以村里人才会觉得她低人一等。哪怕她嘴里掌握了大部分人的秘密，他们仍然觉得她是个没活明白的人。

我们村一直流传着一句话，听的是智慧，传的是累赘。我猜，这句话大概就是在说许嫂这样的人呢。

从许嫂那里离开时已经是夜里十点多了，我紧紧地贴着屋檐下的院墙往回走，突然蹿出一只野猫，吓得我起了一身鸡皮疙瘩，脚下一个趔趄，还差点摔了屁股。

我家住在马路边上，马路对面是一片看不到头的庄稼，那里面住了好多野生动物，一到晚上就能听见各种怪叫。有一回，家里爬进一条蛇来，刘放非要把那条蛇弄死，我赶紧拦住他，这条蛇来咱家不是为了害咱，也许是迷路了才到这儿的，你把它弄回地里就行了，何必伤它性命呢？刘放皱着眉头说，你说话怎么跟西游记里的唐僧一样，小心它是白骨精变的。我夺过他手里的铁锨，就算它是白骨精，咱家也没有长生不老的肉。他说，既然你这么菩萨心肠，那你自己弄吧。

那是我第一次近距离观察一条蛇，它身上的花纹很好看，一吐一吐的信子像根牙签一样细，它的眼睛比绿豆还小，身体比水管还柔软。它颤巍巍地躲在角落里，头往上仰着，好像在跟我说什么。我把铁锨轻轻送到它身旁，我说，走，我带你回家。它竟然乖乖地爬上来，盘成了一个麻花。

我把它放到地头，撅了下锨把说，走吧，别回来了，越有人的地方越危险。看着它一点一点地往玉米地深处爬，我心里突然有点说不出来的难过。我觉得它很像李红春的闺女。

一般白天听不见它们的动静，只有到了夜晚，它们才敢出来。所以走夜路的人特别小心，生怕脚底下踩着什么。那天那只野猫就在我脚底下，如果我步子再大点，兴许它的尾巴就断了。

等我走到家门口，摸了一把门栓上的铁锁，我就知道，刘放还没有从镇上回来。他一般会玩到很晚，有时甚至到后半夜。大部分时间我会给他留好门，省得他回来的时候还要把我弄起来。然而这样也存在一定的危险，如果路过的贼恰巧看到门没锁，家里的东西就会被搬空，如果那个贼又恰巧看到家里的男人不在，那事情可就闹大了。

你敢想象吗？不敢，我更不敢。跟刘放这样的人过日子，注定一辈子都得提心吊胆。这天晚上，我正准备睡觉，刘放他爸突然进来了。一开始我还以为是刘放，就继续脱我的衣服，脱到一半的时候，我往屋外走，刘放他爸往屋里走，结果刘放也回来了，这下可热闹了。刘放他爸扭过头去，正好看见刘放，刘放跟他爸打了个招呼，又正好看见我。我身上没穿多少衣服，谁也不敢看，就用手挡住脸。刘放一下子恼了，就开始骂我，臭娘儿们，发骚呢还是干啥呢？他爸一听也恼了，开始骂他，臭小子，当着我的面，你嘴里就不能干净点？

我赶紧一件一件地往身上套衣服，套完衣服又梳头发。整个过程都是在刘放的监视下完成的，而他爸就背对着我站在我面前。这种情形弄得我特别紧张，几次都没找到毛衣的领口。不一会儿，刘放冲他爸说，行了，没事了，回头吧。我心里这才踏实下来。

第二天就是中秋节了，地里的玉米已经抽穗。村里连续两个月没有见着雨水，地面干得翻起一层黄皮，玉米的叶子也打了蔫。不得已，人们只好用大河里的水浇田。至于谁先浇谁后浇的问题，村委会一向是用抓阄的方式来解决。刘放他爸这次来的目的就是想告诉我俩，他抓到了三号。

刘放他爸走了以后，刘放就发起疯来。他问我刚才是不是故意的，我说谁闲着没事故意脱衣服给别人看呢。他不信，指着我的鼻子，非说我勾引他爸。我说我就是再傻也不至于勾引自己家里人啊，他说我狐狸尾巴终于露出来了。他说他早就觉得我哪里不对劲了，要不是这会儿撞个正着，他还不知道被我骗到什么时候呢。

这不纯属无理取闹吗！

吵到最后，我也不言声了，就听他自己说，他说没词了我就往卧室走，结果我刚起身他就拉住我胳膊，跟我撕扯起来。

那时候都已经夜里十二点了，别人家早就没了动静，他就像大街上的疯狗一样，对我又打又骂，那话说得简直没法听，那劲儿使得叫一个重。他一边骂我骚货，一边扯着我的头发往墙上撞。

一开始我还知道还两句嘴，等脑袋在墙上撞了几下以后，我就晕了，话也说不出来，站也站不稳。我坐在地上，抱着他的大腿，求他别再撞我了。

刘放问我，以后还这样不？我糊里糊涂地说，哪样？他又急了，说我好了伤疤忘了疼，又要把我往墙上撞。我赶紧求饶，我以后不这样了，再也不这样了。他松开手，一把将我推到地上，然后自己进屋睡觉去了。

我们先不说他打我对不对，就说他该不该打我。反正我觉得不应该。为什么这么说呢？首先，他爸撞见我没穿衣服这件事本身就是巧合，谁也想不到他那么晚还会来我家；其次，如果我不给他留着门，他就进不来，如果我给他留着门，别人就有可能也会进来；最后，他不光不挣钱，还在外面耍钱，回来了也不干家务，这样的人有什么资格打我。

我坐在地上，越想越生气。等我理清楚这三点他不该打我的原因，已经是夜里一点多了，刘放躺在炕上打起呼噜来，那声音就跟打雷一样。我想叫醒他，跟他理论理论，但是我又怕他听不进去，万一再打我一顿就太不值了。

我爬到炕上，坐在他旁边。屋里漆黑，只有窗户外面圆圆的月亮还亮着。中秋节一过，秋天就到了，夜里一天比一天冷，身上的衣服一件比一件厚。我猜马路对面藏在庄稼地里的那些小家伙，好像乞丐一样，正窝到我家门前睡觉呢。我看了一眼刘放，他四仰八叉地平躺在褥子外面，枕头早就跑到地上去了。他的嘴半张着，露出一口烂糟糟的牙齿，呼噜声就是从那里面传出来的。他脖子上的喉结鼓得老高，像块肿瘤，往上一顶，就扯出一长串噪音来。刘放睡觉很死，再大的雷声也震不醒他，但是有几次他被自己的呼噜声吵醒过，睁开眼没几秒钟，就又睡着了。我死死地盯着他，就像盯着一只落在我胳膊上的蚊子一样。那种感觉真不好受！

第二天一大早，等我醒过来的时候，刘放正扛着扁担往外走。我不知道他还生没生我的气，就试探着跟他搭茬，问他去干吗。他头也不回地往外走，走到门口时又甩过一句话来，我能去干吗，去西天取经。我笑了，这声笑是专门给他准备的，是为了化解我们俩昨天晚上留下的不快，是为了提醒他我们还是夫妻，也为了鼓励我自己，好让我尽快原谅刘放这个混蛋。

刘放听到我的笑声，骂了句“臭娘儿们”，提着两个铁桶出了家门。我从炕上爬起来，头还是晕得不行。我摸了摸后脑勺，那上面鼓起一个鹌鹑蛋一样大的硬硬的包。所有的不适都是从那里散出来的，然后牵扯着我全身的肌肉，一块儿软塌下去。我走到洗漱台旁边，双手就这么撑着，既没有洗脸的力气也没有刷牙的力气，甚至连抬起头来看看镜子都十分困难。我的头发乱成一团，用木梳子梳一下，扯得我整个头皮发麻，然后从后脑勺一直疼到耳后根。我把凉水扑到脸上，想让自己清醒过来。可我发现，我浑身一点劲也没有，就像刚刚走完几十里路一样。

刘放挑第一担水回家的时候，我仍然没精打采地站在洗漱台旁边。他提着一桶水，左右摇晃着走到我旁边，问我怎么了。我当然说没事了，总不能一直跟他吵下去吧。结果他说，没事别在这儿挡路，赶紧做饭去。

你听听，他哪里会疼女人啊！我说没事他就信了。他可真会做男人！

我去当院烧火做饭的时候，许嫂又到我家来了。刚一进门，她就收起笑模样，蹲在我身边问我，两口子是不是又吵架了？她说她昨天晚上听到我们这边有动静，本想过来看一眼，万一我们真吵架了她还能劝劝，后来动静越来越小，她才放心。刘放这时候正挑着最后一担水回家，他看见许嫂在院子里蹲着，脸色马上变了。我跟许嫂悄默声地说，没吵架，搬家来着。刘放把水倒进水缸里，走出来冲许嫂说，你是不是吃饱了没事干啊！这话怎么听怎么别扭，许嫂却不生气，她站起身对刘放说，我一个老娘儿们，吃饱了可不没事干嘛，这很正常。可老爷们要是吃饱了也没事干，就说不过去了。

刘放一听就火了，他走到许嫂跟前，看样子就要动手打她了，我赶紧走到俩人中间，把刘放往后推了推。刘放问许嫂，你这话是什么意思？许嫂说，没什么意思，我就是见不得男人打女人。刘放问她，你哪只眼睛看见我打人了？许嫂拔高了嗓门说，我用不着看见，你打我妹子不是一回两回了。

本来这事没那么复杂，结果让许嫂这一闹，大家都下不来台了。刘放听见许嫂对我的称呼，哈哈大笑起来，他用手指着我，冲许嫂说，你真是占便宜没够，她是你妹妹，那我就是你妹夫啦。我劝刘放少说两句，刘放把我搡到一边，叫我别管。许嫂看见更来劲了，她说，那让你媳妇自己说，你到底打没打她。

刘放当然打过我，而且不止一次。但是当着许嫂的面，我怎么能把这话说出口呢。我如果承认刘放打了我，那么刘放在这场争论中就输了，日后许嫂的嘴也就更大了，也许刘放会因此记恨我一辈子。他们俩的眼睛直勾勾地盯着我，等着我给出一个答案。如果这事发生在你身上，你可能跟我的想法一模一样。我首先要考虑的是刘放的感受，毕竟跟我过一辈子的不是许嫂，而是他。我不能让自己的男人在外人面前丢了脸，哪怕他不优秀，甚至犯过错误。所以我跟许嫂说，我们俩真的没打架，您还是先回家吧。

许嫂愣住了，她看着刘放得意的样子，心里指不定多难过呢。忽然她又看看我，脸上的表情别提多绝望了，她冲我和刘放说，你们俩一个愿打一个愿挨，不关我的事，我走。但是我说的话绝对没有假，你们不承认也得承认。

许嫂扭头就走了，刘放看着她离开的背影笑个不停，我就蹲在灶台旁边继续往灶膛里添柴火。那些柴火就像烧着的骨头一样，闪着淡蓝色的光，发出噼噼啪啪断裂的声音。

许嫂刚走出我家大门，刘放就对我说，你以后少跟她来往，这种人靠不住。他伸直了脖子，把这句话甩到墙外，就为了让许嫂听见。我冲他小声嘟囔，知道了。他瞪着眼睛问我，说什么呢？你再大点声。我扔掉手里的柴火说，你耳朵聋啊，我说我知道了。刘放这才满足。

虽然他是我男人，但我还是要说，刘放这人就是欠，嘴欠、手欠，什么都欠。许嫂算不得什么顶好的人，这个我也承认，可我也不是不讲理的人。就事论事，那天早上许嫂过来，倒也不纯为了搜罗新闻，毕竟我和她走动密切，她还不至于那么不开眼，在那个节骨眼儿上站出来搬弄是非。

我继续往下说……

中秋节本来是团圆的日子，各家各户都在吃月饼、看月亮，我家却忙得热火朝天。我穿着雨鞋，打着手电筒，站在地头，随着水流的声音往远处看。水沿着划好的地界往深处流着，大河里的水泵嗡嗡地响着，周围一片漆黑，只有月亮冷冰冰地挂在天上。刘放刚到地里就什么也不管了，躲在远处的枣树底下抽烟，我叫他他也不答应。他就是这么个人，好吃懒做，看见脏活累活就躲得远远的，让我一个人干。我围着自己家的玉米地转悠了两圈，刘放这才跟我说话。

刘放说，你别像鬼似的来回走。我看不见他，就用手电筒往枣树下晃，他倒好，干脆躺在麦秸垛上睡起觉来。后来刘放他妈给我们送了一篮子吃的，她问刘放什么时候能完事，刘放说不知道，我说已经浇到第七棵枣树了。刘放他妈文化水平不高，对亩啊、尺啊的计量单位一窍不通，但是她也有她自己的计算方法。我跟她说浇到第七棵枣树，她就知道还剩下一半。

刘放他妈走了以后，我把水带拎到第八棵枣树下，就啥也不管了。我坐到刘放旁边，叹了口气，把剩下的东西吃光。刘放喝了口他妈给他带的烧酒，嗓子里一阵火辣辣。他问我还有没有东西吃，我说没了，我都吃光了。他咧着嘴骂我是头母猪。我说我忙活半天，吃点东西怎么了。他不说话了，咧着嘴直叫唤。

我和刘放根本没有共同语言，我俩坐到一块就像两个坷垃似的。后来刘放又说起昨天晚上的事，这回的语气跟上回不一样，他说现在想想也没什么，毕竟他爸也是成年人，早就见过他妈没穿衣服的样子。他说女人的身子都一样，谁也不会多长出一个奶子来，那样也不协调。他说他的确不应该因为那点小事就动手打人，他向我承认错误的时候，说话的语气变了，变得油乎乎的。我打开手电筒，看见他正龇着牙笑。我说，你用不着跟我道歉，因为你这个人太假。他说，假不假都是两口子，何必为了一点破事没完没了呢。

后来说着说着，我也不知道自己哪句话招惹他了，他一下子扑到我身上，开始脱我的衣服。我一边推搡他一边小声说，让人看见就完蛋了。刘放着急起来浑身有使不完的劲，他说他就是要让他们看见。他把我的裤子褪到膝盖，两条腿像皮鞭一样抽打着我的身体，他边使劲弄我边骂我小婊子，我在他屁股上拍了两下说，你胡说八道什么呢！他掐住我的脖子说，你别打扰我。

那天夜里风大得很，麦秸刮到皮肤上，刺得浑身发痒。我躺在刘放下面，仰起头，天上的月亮干净得有些不真实，风把我的快感全部带走了，我就感觉刘放像个擀面杖一样，一遍一遍地从我身上碾轧过去。我根本没心思欣赏月亮，我既不是诗人又不是科学家，更何况我得注意着周围的动静，万一有人来了，我好提醒刘放，叫他赶紧从我身上下去。

刘放这回照样没硬多久，但是最后那声叫唤，却好像给他带来了巨大的满足感。他叫完以后，世界马上平静了。他倒在我身上，说了个爽字，又喝了一口烧酒。我扫了扫身上的麦秸，提起裤子，头枕着胳膊，一门心思地研究起头顶的月亮来。

地浇到一多半时，刘放突然坐直身子，他拍着自己的脑袋说，忘了一件重要的事。我问他什么事，他说他早就和几个哥们儿约好了，今天去打麻将。我说这事可以往后放一放。他给我讲起什么不能失信于人之类的大道理来。我说，这会儿都九点了，别人早就凑成局了。他说，不管时间早晚都得去露一面，这样才叫会做人。我说，地快浇完了，你把我自己留在这儿收拾东西，这叫会做人？他说，不能因小失大。我死活劝不动，他就骑着自行车去镇上“做人”去了。

你说，他算不算是坏人？如果我把这事跟他爸讲了，他爸非得劈头盖脸地骂他一顿不可，但是我没有。我为什么没那么做呢，还不是因为他是我丈夫。我倒不是夸自己多么大度，可做事总得有个主次之分吧。

浇完地已经十点多了，我把水带卷起来，收到推车上，浑身脏兮兮地回了家。回到家后，刘放并没有像他自己说的那样，去去就回。我把推车停在院子里，又打着手电去了牛四家，他家抽到了四号，所以通宵都得在地里忙活。那个我就管不着了，我能管的只有我自己家的事。

牛四家也住在马路旁边，离我家并不远。我从他家出来的时候，天上升起一排烟火，红红绿绿，真叫漂亮。我就着那点光亮赶紧往回走，来到家门口时，一只野猫呼呼地从我身边跑过，然后钻到地里去了。我猜，它准是我差点踩到的那只野猫，它像李红春的闺女一样，总爱横冲直撞。我在院子里想起了许嫂，我觉得自己有必要把早上发生的事情向她解释清楚，但是她家已经黑了灯，所以只能以后再说了。

进到屋里，我连脸都顾不得洗，歪在炕上就睡着了。大概是凌晨的时候，我做了个梦，梦见刘放笑嘻嘻地冲我走来。梦里的他换了身行头，看起来像个斯文人，他冲我招了招手，然后从上衣兜里掏出一本唐诗，冲我念道，人面不知何处去，桃花依旧笑春风。

我也不知道他念的诗是啥意思，就觉着好听，我说你再念，他说以后有的是机会。我不高兴了，一跺脚，脚趾头正好戳到墙上，把自己给疼醒了。我伸手摸了摸旁边，刘放还没有回来，兴许他得玩个通宵了。他之前也有过这种时候，一多半是因为他自己输急了眼，不让别人下桌。有一天早上，我起床去上厕所，看见他在茅厕里蹲着，我就问他，你怎么起得这么早？他说，我根本就没睡。

我一般是不过问他输赢的，就算问了也是给自己添堵，他又改不了。结果那天他自己主动跟我说，他赢了不少钱。我说到底赢了多少，他说够吃一年白面馒头的。我初步算了算，觉得这事有点不靠谱，如果是小赌的话，一晚上赢不了那么多钱。我问他，你们玩的多大？他却说，高投入才有高回报。

你看，连你都笑了。赌博明摆着就是陷阱，迟早害得人连腚都输掉了。单凭我说你可能不信，那我就跟你讲讲刘放是怎么把腚输掉的。

那天刘放很晚才回来。哦，不对，不能这么说，我以为那人是刘放，其实不是。那人刚一进屋就来脱我的衣服，我睡得迷迷糊糊的，也看不清他的脸，就把他当成刘放了。那人脱完我衣服就把我翻了过来。我问他到底想干什么，他也不说，只顾着摸我的下面。他在我的屁股上抹了一手的唾沫，我说凉死了，他还是不说话，只顾着把底下那东西塞进去。

我疼得叫了起来，他扒开我的双腿，继续往里面塞，整个过程就像受刑一样。我说我快要疼死了，他不管，塞进去了就开始顶我。我趴在炕上，气喘得急，连句整话都说不出来了。他故意在我的屁股上拍出动静来，那声音就像抽耳光一样脆。我问他这是在哪里学的怪招。他不搭茬，把自己勒成一根鞭子，好像赶马的车夫一样，在我后面不停地抽我。我说，咱俩快成狗了。他就更用力了。

后来他又把我掉过个儿来，从前面顶。顶到一半的时候，我才察觉，那人根本不是刘放。我为什么这么肯定呢？大概说四点你就明白了。

首先，刘放是个蔫种，他坚持不了这么长时间；其次，刘放压在我身上时，我只感觉轻飘飘的，而那个人不是，他重得好像一袋面粉；再者，刘放根本不知道那些动作，就算知道，他也摆弄不好；最后，那人在我耳边说了一句话，那句话是永远都不会从刘放的口中说出来的。

那人贴着我的耳朵说，你跟别人不一样，然后又说，嫁给他可惜了。听到这话，我赶紧推开那人，大声喊起来。那人一听也慌了，提起裤子就往外跑。这时，刘放正好从外头进家门，我追出去，问他看没看见有人从他身边经过。他却拦住我，把我往屋里推，边推还边劝我，算了别追了。我问他，你知道那人是谁？他不言声，坐在炕沿上发呆。

我在刘放的胳膊上使劲捶了两下，然后瘫坐在地上，我的喉咙里好像堵了一截海绵，呼吸还可以勉强维持，想从肺里提一口气来喊出声音就不那么容易了。见我哭个没完，他也心疼了，就过来扶我。我死活不起来，他就跪在我面前扇自己的脸。

我哭累了，就拽住刘放的手，问他到底怎么回事。他犹豫半天才把事情经过说出来。

那天晚上，刘放回到家，把粜麦子的钱全都拿走了。等他到了镇上，人家早就凑齐了人手，可他非要玩，别人就给他让了座位。说是让，其实他也给那人塞了钱的。

刘放从摸牌的那刻起就开始输，最后输急了，他要求把筹码加大，别人肯定也没意见。说实话，凡是坐在那个赌桌上玩的人，哪一个不比刘放有钱。人家肯定不怕输，而且看当时的手气，三个人都在赢，就刘放一个人输。他们有什么不敢的。

结果刘放把身上带的钱全输光了，最后还欠了其中一个人两千多块。你可要知道，我们家种一年庄稼也就能攒这么多钱。刘放靠什么还钱？他总不能再去向他爸伸手吧，何况他还不愿意让他爸知道他赌博的事情。怎么办呢？他就跟那人讲了个条件，把欠的钱抵了。

我问他，你当时就在门外边听着？他倒吸一口凉气说，嗯。听到他的回答，我眼前一黑，昏了过去。

醒来的时候，刘放的爸妈已经在我跟前了，我和他们埋怨起来，我说我没法活了、没脸见人了。刘放他妈就哭哭啼啼地劝我，有法活、有脸见人。刘放他爸被气出一脸褶子来，在一旁吧嗒吧嗒地嘬着烟卷。

后来刘放他爸对我说，这件事全怪刘放，你想怎么办都行，你要是自己拿不定主意，就把你爸妈叫过来，大家一起合计合计，看看怎么解决。

刘放在旮旯里蹲着，像个闷雷子似的。我直直地盯着他，他妈就喊他，让他说句话，或者表个态。刘放抬起头，他的脸上黑黑亮亮的，像涂了一层炭，头发乱得像鸡毛掸子一样。他的手顺着额头往脑后一撩，然后说，离婚吧。

听见他说的话，刘放的爸妈腾地坐起来，他们骂他是畜生、混球，还说他是二百五，说话办事从来不经过脑子。

虽然他们骂他，但我知道，刘放能亲口说“离婚”这两个字来，起码证明他有悔过之心。如果他没完没了地跟我道歉、说好话，我可能更反感他了。而且这种事不是说句“对不起”、还句“没关系”就能解决的。女人的心都是玻璃做的，碎了就很难再拼回去。

第二天一大早，我爸妈闻讯从家里赶了过来。我妈刚一进卧室就抱着我呜呜地哭起来，我爸先是瞪了刘放一眼，然后摇摇头，和刘放他爸进了其他房间。他们聊了半晌，也听不见说些什么，后来俩人嘴角上沾了一丁点笑容，向我走了过来。刘放他爸把刘放他妈叫了出去，只剩下我和我的爸妈。

我爸走到我跟前，对我说，这事只能这么处理，要么你继续跟他过下去，要么你跟他离婚，不管你做哪个选择，我们大人都不反对。但是如果你俩离婚了，你就得考虑将来的事。离婚不是一件小事，尤其是在农村，女人进了一个男人的家门，就很难再进另一个男人的家门。而且……我和刘放他爸都商量过，我们呢……不建议报警。至于为什么，我这个当爹的肯定比你清楚，人一旦坏了名声，就得一辈子被人家戳脊梁骨，也可能不是一辈子，是好几辈子。你不考虑自己，也得考虑你爹妈吧，就算你爹妈老了，禁得住闲言碎语，那你也得考虑你的下一代吧。

我爸说的这些话真的是让我大开眼界啊！其实绕来绕去，他的意思无非就是劝我忍气吞声，和刘放凑合过下去。可我怎么能凭他几句话就把气消了呢，所以我说，让我再仔细想想，但是你们也做好我和刘放离婚的准备。

听完我的话，我妈点了点头，我爸却忍不住心里的火气了。他走到门外头，在刘放的脸上狠狠地抽了两巴掌，然后在他的大腿肚子上踹了两脚。刘放他爸站在一旁不吱声，他妈就上来劝我爸，她一边拽我爸的胳膊一边冲我嚷，秀啊，快劝劝你爸，别让他打了。

我坐在炕上也不吱声，刘放他爸就把刘放他妈拉到一边，沸沸扬扬地说，你让他打，今天就是把这浑小子打死了，咱们也没啥说的。

让他们这一闹，我的头都大了，彻底没了主见。说实话，我从来没有那么失望过。过去我相信我爸的话，是因为我不知道该相信谁。现在这事一出，我就算看明白了，敢情都是局外人，没一个真正理解我的。

我爸知道，如果他不打刘放一顿，我就永远过不去这个坎。为了给我出气，更为了这个家庭的团结，我爸不得已才当着刘放他爸的面揍了刘放。

刘放像个木桩子一样，低着头杵在那里，我爸刚把他踹倒，他自己就又站起来，继续不声不响地任我爸打骂。后来我妈推了下我的胳膊，让我说句话。我搡开她的手臂，冲我爸说，行了，别打了。

我爸停手后，就又和刘放他爸进了其他房间。刘放他妈赶紧凑到刘放跟前，问他哪疼。刘放看着我，眼里流出了他从未流出过的泪水。

后来我爸带着我妈走了。我妈走的时候还是哭哭啼啼的，我爸却似乎早就忘了我被陌生人强奸了的事，他和刘放他爸一边小声说着客套话一边往门外走。我气呼呼地冲他嚷，赶紧走吧。他们马上变了一种脸色，往大门外逃去。

自从出了这事以后，刘放就很少和我说话了，也不敢再有做那件事的想法，甚至连晚上睡觉的时候，他都故意和我保持着距离。倒是他妈，来我家的次数一天比一天多，帮我做饭、收拾家务，反正只要她能做的，她都做了。他们拿我像祖宗一样地供着，这反倒让我不适应了。

我从小到大都没有强势过，哪怕当着父母的面，我仍然不觉得自己可以没大没小、蛮不讲理。而现在刘放的爸妈这样对我，让我感觉我是在用自己受害者的身份“要挟”他们。所以我跟刘放他妈说，只要刘放以后能学好，我就不离婚。她赶紧向我保证，他一定能学好，我们一起看着他学好。

后来刘放再也没去赌过，他还答应我，等明年开春就去外地打工，赚钱养家。至于那件事，大家都不提，暂时也就这么稀里糊涂地过去了。我可真是哑巴吃黄连，有苦说不出啊。

我也不知道该说什么，但是如果刘放真能悔改，也算是值得庆幸的一件事。

真这样就好了，可惜不是所有事情都符合物极必反的规律，因为这个世界上不存在最好，更不存在最坏。

这事过去没多久，刘放就又开始在我身上爬上爬下了。他过去还总说我“好了伤疤忘了疼”，我看他比所有人都心宽。他干那事比吃饭还勤快，也不分时间和地点，只要他想，我就得乖乖地把裤子脱了。

有一天，我正在厨房炒菜，刘放跑了进去，说他想要。我说这会儿不行，脱不开身。他就把煤气关了说，脱不开身就脱裤子。我说去卧室吧，他说不行，他就想在那里做。我面向他，他就叫我转过身去，背对着他。

我看不见刘放的脸，就像那天看不见那个人的脸一样，这种情况让我害怕。刘放在我身后像只狗一样前前后后地动着，我时不时回过头去看他一眼，确认一下他还是他。我不得不承认，那件事在我心里留下了永远也抹不掉的阴影，我不光得确认刘放还是那个刘放，还得确认我还是那个我。

生活万一出了差错，人就会发生翻天覆地的变化。

我相信，刘放让我背对着他，并不是为了尝试什么新花样，而是羞于直视我的眼睛。他不敢看我的原因是，他不确定我有没有从过去里走出来。而他依然坚持和我做那件事，理由也只有一个，那就是，他想凭借一个新生的孩子来化解我和他之间的仇恨。

结果如他所愿，没过一个月，我就怀上了他的孩子。

为了保住这个孩子，刘放他妈天天守在我身边，想尽办法给我补身子。看到她那么不辞辛苦地伺候我，我心里特别不是滋味。但是想想未来，我又觉得自己早晚会变成一个可悲的女人。因为在他们看来，生孩子是女人唯一的职责。有时候，我甚至害怕，万一孩子降生了，我在他们老刘家的地位会不会一落千丈。

刘放在镇上寻了一份短工，给搬家公司扛东西，工资是日结的。他说虽然这份工作很辛苦，但是每天都有薪水拿，这样就能给他爸减轻不少负担。地里的玉米已经收回了家，要等到开春价格回升以后，才能卖掉。

那时候我已经怀孕三个月了，肚子仍然不见变化，刘放他妈担心之前的诊断有误，就让刘放陪我去医院又检查了一遍。结果医生说孩子在我肚子里活得好好的。回到家后，刘放他妈拿过拍的片子去，上下颠倒着看了又看，她说她怀刘放的时候，两个月就已经不能下炕了。她担心我会生出个小不点来，刘放他爸就冲她笑呵呵地说，你懂个球，肚子小了不容易磕碰。这老两口真够有意思的。

唉，好景不长，没过几天，刘放就又犯起浑来了。

人家都说，流言止于智者，我看这话一点没错。刘放不是个聪明人，别人一说闲话，他就听到心里去。那天，也不知道他是从谁那里听来的，说我肚子里的孩子不是他刘放的。刘放不信，就和那人扭打在一块儿。刘放身体瘦得像根旗杆，他哪打得过别人。那人踹了刘放一脚，刘放就跪在地上哭爹喊娘地说，你踢到我命根子了。那人一听吓傻了，就要走。刘放赶紧追上去，抱着那人的腰，死活不让走。

刘放在那人身上挂了一阵，头死死地顶在他的胳肢窝里。那人急了，你不要跟我争执，这话我也是听别人说的。刘放问他，别人指的是谁。那人蒙了，别人就是瞎传的，谁还记得从哪个狗娘养的嘴里说出来的。刘放失望地松开双手，冲那人“呸”了一下，就回了家。

刘放回到家后，坐在炕上愣神，模样就跟得了绝症的人一样，脸往下耷拉得老长，眼皮就像窗户上融化的冰霜。我问他咋了，他说没咋，然后继续拖着脸。当时我就知道肯定有事，既然他不愿意跟我说，那么这事一多半和我有关系。

午饭过后，刘放思量半天说，我得去趟镇上。我也不敢问他去干吗，就回答他，去吧，早点回来。

那天下午，我整个人就像绷紧的弦子，不知道有多紧张。我本打算让我爸陪他去的，可是仔细想想，与其找个人看着他，不如让他自己去经历。何况别人也不能看他一辈子，大部分的路还是得他自己走。走好走坏，就只能看天意了。

至于刘放到镇上究竟干了些什么，我也是今天早上才知道的。

那天下午，刘放骑着自行车，急匆匆地往镇上赶。他经过南边的许庄，许庄之后是一片荒凉的田野，树上的叶子落了，地里的玉米倒了，一眼可以望见镇上那座化工厂。化工厂的烟囱直直地戳在地上，顶上冒着大团的青烟。天空阴沉着脸，好像有场雨要下，但又始终没下起来。刘放越骑越快，经过他的风越刮越急。

今天早上，刘放跟我说，他那天是去找强奸我的那个人。我心里一惊，才知道事情没有我想象的那么简单。我不敢问他原因，因为那里面牵扯到了我。起初刘放跟我讲这些的时候，心情还算平和，我就只能默默地祈祷，希望事情的结果别太糟糕。可是他越说到后面，我心里就越不踏实，后来我终于意识到，原来他不单纯是在向我叙述这件事情，他还要我为他的疑惑做一个合理的解答。

棋牌室开在街中心的一个台球厅里，总共有两间屋子，一间是给耍小钱的人准备的，一间是给耍大钱的人准备的。刘放赶到那里时，两间屋子里挤满了上了岁数的老头。他扫了一眼，不见那人的踪影，就去问老板，可知道那个脸上有刀疤的人的家在哪里？老板说，不清楚。他又问，那人今晚来吗？老板回答，这个更不清楚。

刘放给老板递了一支烟，就在沙发上坐下，等那人出现。后来老板觉得不对劲了，就问刘放，你找他啥事？刘放笑着说，没啥，找他叙叙旧。

台球厅里来了一堆十六七岁的毛头小子，他们一见到刘放，就上来给他递烟，嘴里还不住地喊他“哥”。我不得不说，刘放在这种地方认识了不少这样的人。他们初中没毕业就辍学回家，整天游手好闲，在街上晃来晃去。先不说为社会做贡献、为家庭减负担，如果脱离了父母，他们甚至连自己都照顾不好。

刘放看着那帮孩子，他第一次感觉到，自己离他们的生活居然那么遥远。他想起自己马上就要成为人父，心里的成就感一下子膨胀起来。他对那帮孩子说，以后别叫我哥了，我跟你们没那么熟。从今往后，我再也不来这里玩了，而且我劝你们也不要来。老板听到刘放的话，像变了一个人似的，对他说，你中午喝了吧，在这儿说胡话。刘放摇摇头说，没喝，我清醒着呢。老板嘲笑他说，我太了解你了，你平时来得比我都勤快，现在怎么……回头是岸啊！

为了向他们证明自己以后不再赌了，刘放还跟老板打赌，说以后再去就是孙子。老板知道刘放动了真格，就冲他嚷道，想不当孙子，那你现在就滚。老板的话音没落，刘放就出了门。那帮孩子在刘放背后哄笑起来，那笑声让他感觉浑身不自在。

刘放跟我说，他曾经也这么笑话过别人，等他想明白了，他才觉得这笑容背后隐藏着许多说不清道不明的悲哀。

对我而言，他的这种改变固然是好的，但是只要没有弄清楚他为什么要找那人，我的心就永远也消停不了。

天渐渐暗了下来，刘放在台球室门口蹲着，注视着大街上来来往往的人群，他要从人群当中找出那个奸污我的人，他要为自己正名，为他孩子的身份正名。街上的包子铺又生起了火，刘放看着笼屉上冒出的浓雾，肚子咕噜咕噜地叫个不停。刘放怪自己的肚子不争气，午饭的时候没有多塞点东西。他两脚发软，屁股往后一沉，直接坐到地上了。

大概夜里七点钟的时候，那人终于来了。刘放走到他面前，一把薅住他的衣领。那人被吓了一跳，待他看清楚，才镇定下来。那人问刘放，你来这里干吗？刘放说，我问你两件事，你如实回答。那人拨开他的手说，问就问呗，拽我衣服干吗？刘放拉着那人的胳膊，把他拖到一片空地上，冲他说，我问你，那天的事你跟谁说过没有？那人笑了，刘放推了他一把说，不许笑。那人不高兴地说，就为这事啊。刘放回答，对，就为这事。那人冲地上啐了口唾沫说，没有。

刘放点了支烟，那人也点了支烟。刘放问他，我怎么才能相信你。那人说，你用不着相信我，但是你得想想，你欠了我两千多块钱，我为了自己应得的东西，差点挨了你老婆的打，然后咱俩两清了，这种赔钱的事我跟谁说去，说了不让人笑话么。接着刘放又问他，你那天有没有射到我老婆肚子里。那人又笑着说，我那天慌了神，不知道射没射到她肚子里。刘放催促他，再回忆回忆。那人就说，我回忆得起来吗？早知道，你提醒我带套子不完了。

说到这里，刘放失望地看着我。我已经哭了起来。我对刘放说，如果我肚子里的孩子不是你的，你可以不要，但是你没必要再让我想起那件事。你考虑过我的感受吗？你知道我心里有多难过吗？

刘放替我擦掉脸上的泪水，他说，走的时候我已经骂过那人了，而且我提醒那人，今后跟谁都不能再提起那天的事。如果他敢多嘴，我就弄死他。刘放一边宽慰我一边又说，许嫂那里我也去过了，但是她说她什么也不知道，我猜这老娘儿们嘴再大也不敢造这种谣。

是的，他确实去过许嫂那里。像他这种人，什么事情办不出来呢。

关于刘放到许嫂那里质问她的事，我也知道一点，但是不完全清楚，刘放也懒得再跟我说下去。那我就把自己所知道的告诉你吧。

从镇上回来以后，刘放把自己关在卧室里，敲门也不应声，叫他也不答应，跟个聋子一样。我心想，兴许是太累了，睡着了？我敲敲房门，冲里面说，吃口饭再睡吧。刘放听到吃饭就有了精神，他从卧室出来，直奔餐厅，走到餐桌旁边愣了愣，问我，饭呢？我急忙说，你坐着，我去给你盛。

饭间，刘放他妈过来了。看见我们俩还在不停地往嘴里塞东西，她就问，这么晚才吃饭对孩子好吗？她把“……对孩子好吗”当成了口头禅，一会儿问“老弯着腰对孩子好吗”，一会儿问“总闻烟味对孩子好吗”，一会儿又问“管孩子叫刘头对孩子好吗”。

没等我回答，刘放反过来问他妈，你最近听见什么了吗？他妈被问懵了，就说，你想让我听见啥？刘放说，没啥。我试探着问刘放，啥东西？刘放假装没听见，拾起筷子继续往嘴里扒他的饭。

从他的反应里我就能感觉出来，这事肯定跟我有关系，而且已经在外面传开了。他越不说，我心里就越慌；我心里越慌，就越爱分神。我一分神，手里的碗就掉到了地上。刘放他妈看见整个过程，喊了起来，喊完就在桌子底下收拾碎瓷片。刘放被吓了一跳，他瞪了我一眼，耳朵两边露出几条像蚯蚓一样的青筋来。

我想跟他解释，我不是故意的。后来我又想，既然不是故意的，我还需要解释什么呢？他又不是不清楚，我这人一发呆就会忘记手里拿着东西。

刘放把饭碗使劲拍到饭桌上，冲他妈嚷，你别管，让她自己收拾。刘放他妈就说，怀孕的人都爱走神，你怀孕也一样。刘放被他妈这句话逗笑了，笑着笑着就又严肃起来。

等刘放他妈走了以后，刘放看看时间说，我出去一趟。我问他，这么晚了还去哪儿？他穿好衣服，回了句，你一个娘儿们，管那么多干吗。

你听听他这是什么态度！娘儿们怎么了？娘儿们就得低他一等吗？

……

后来刘放去了许嫂家。我之前也跟你说过，一到晚上许嫂就把门反锁了。刘放使劲敲了半天门也不见人答应，他从地上捡起一块砖头来，扔到许嫂家的院子里。许嫂听见动静，从里屋出来。刘放赶紧跟她打招呼。

许嫂问刘放，这么晚了，你来干什么啊？刘放说，问你点事，问完就走。

许嫂这人本身就胆小，更何况她和刘放有过节，自然不会轻易把门打开。她在门内跟刘放说，有什么事明天再说吧，我睡了。

刘放急忙说，许嫂，我就说两句话，你连门都不用开，说完我就走。

许嫂走到门前，冲刘放抱怨，什么事不能明天说啊。刘放赶紧凑过去，小声问她，最近村子里的传言你听到了吗？许嫂纳闷，什么传言，没听说。刘放不好意思把话挑明，就引导她说，跟我有关。许嫂还是不明白，你能不能说清楚点，你怎么了？刘放摇摇头，轻轻扣了下许嫂家的大门说，我没怎么，都是外面瞎传的，我以为你也听说了，所以过来问问你，知不知道是谁造的谣。许嫂犹豫半天说，外人说啥你可千万别听进去，如果你听进去了，就说明这事有一半是真的。

后来许嫂好像回过神来似的，又说，刘放兄弟，你这么问我，摆明了是在说这谣是我造的啊。刘放无奈了，他知道在许嫂这里问不出什么来，就变了个人，冲门缝里说，你不知道就算了。我以为是你传的，看来我还高估你了。

许嫂一听就急了，朝大门上踹了一脚说，你个王八羔子，你哪只眼睛看见我造谣了。刘放转身走了，边走还边嘟囔，我用不着看见，你嘴大不是一回两回了。

接下来的几天里，刘放就像丢了魂一样，也不去镇上做工了，天天围着院子走来走去。他妈看到他这样，开玩笑说，再给他戴副手铐，就更像个犯人了。他爸说，我看他不像犯人，更像个废人。

那刘放究竟是不是废人呢？如果让他自己说，他肯定不愿意承认这一点，但是假如我肚子里的孩子不是他的，那么他肯定会觉得自己是个废人。那我肚子里的孩子究竟是不是他的呢？原先我根本没考虑过这个问题，但是今天早上跟他吵过一架后，我又开始怀疑，这孩子可能不是他的，而且我甚至更希望这孩子不是他的。我的意思并不是说，我希望那天的事发生，而是像刘放这样的男人，根本没资格做我孩子的爸爸。有时候我甚至担心，假如我的孩子跟他一个德行，那我该怎么办呢？这样的种儿传不传下去又有什么意义呢？

很难想象吧！我作为一个孩子的妈妈，居然会说出这样狠心的话来。

你可能太恨刘放了，所以把这种怨恨迁怒到孩子身上，这样是不对的。

也许吧。

其实我愿意用最大限度的慈悲心肠去面对所有遇到的困难，但是你也知道，刘放是个顽固不化的人，生活给了他那么多的时间来改正错误，他却在忙着犯错误。从今天早上开始，我对他彻底失望了，我跟自己说，你不能期待一个坏人变好，就像你不能期待一个熟鸡蛋再回到母鸡的肚子里一样。人性是不可逆的。

早上的时候，刘放终于向我交代了实情，他说他再也没法忍受下去了，他觉得这个问题压在心里像石头一样沉重，像刀子一样尖锐。他跟我说了村子里的传言，又说了去镇上找那人理论的经过，还说了向许嫂问责的事情。他每说一件事，我的泪水就会更浓一层。直到我的喉咙里咳出血来，刘放心里的结仍然没有解开。

后来我说，你要真介意的话，我就把孩子打掉，这样总可以了吧。

刘放突然察觉到了事态的严重性，他就说，这事以后谁也不许提了，就当没发生过好了。我点点头，继续抹着眼泪，刘放就又说起宽慰我的话来。

刘放是个粗人，他从来不知道什么叫心细，做起事来像扬散沙一样，说起话来像吐钢钉一样。所以他哪里会说什么宽慰人的话呢？我坐在旁边，看着他东拉西扯，那种感觉简直比嚼草料还难受。

后来我和刘放是怎么吵起来的呢？这事还要从许嫂讲起。

今天早上，刘放本来是要去镇上做工的，和我这么一闹，他也没了心情，就说去他妈那里待会儿。等他走了以后，我本打算到许嫂那里跟她道歉的，我一直觉得自己对不住她，毕竟我们俩以往走得很近，让刘放这么一折腾，互相也不走动了。虽然她的嘴不严实，但心是正的。更何况其他人私下里都在孤立她，我就更加不忍心与她断了来往。

可就在我将要出门的时候，刘放又折了回来。一进门他就冲我嚷嚷起来，我之前怎么跟你说的，不让你跟许嫂这个多嘴的婆娘来往，你非不听。这回可好，全村人都知道那件事了，我的脸让你丢尽了。

我说你这是吃的哪门子枪药，刚才还好好的。刘放进到里屋，把门关了，指着我说，你自己干的好事，就不要在这里装了。我还是不明白他的意思，就叫他把话说清楚。

刘放说，刚才我遇见许嫂，许嫂跟我交代，她从别人那里听了一耳朵，这事是你自己跟别人说的。这下可好，日防夜防，家贼难防。你说以后我还怎么见人？我爸妈怎么见人？我孩子长大了怎么见人？

我一听，气不打一处来，就把茶几上的玻璃杯摔了。我说，你就没考虑过，我如果把这事传出去，我自己就不怕没脸见人吗？

后来刘放说出了这辈子都令我痛心的话，他说，你本来就是贱人，还不好意思让别人看见吗？

我当时一下子崩溃了，我说我要和许嫂对质。刘放不让，说还嫌不够丢人吗。

其实要想拆穿许嫂的话并不难，难的是刘放根本不愿意相信我。现在你应该知道，世上没有天衣无缝的谎言，只有天衣无缝的傻×。后来我骂他，你妈×的，这事说来说去怎么成我的错了。如果当初不是你把那人领到家里来，我能被他强奸了吗？如果再倒下去，就说说你赌博的事，你这么大个人了，不知道学好，净干一些败家的事情。如果再倒下去，就得说说我爸，当初要不是我爸觉得你爸人不错，怎么会把我嫁给你呢！但是我既然嫁给你了，我就认命了，嫁鸡随鸡嫁狗随狗，可我哪能想到随了你这么个没心没肺的胳膊肘往外拐的王八蛋呢！

我一边骂他一边摔东西，他就在旁边看着，什么也不管。等东西摔得差不多了，刘放迎上来扇了我一耳光，直接把我扇到地上。我的头发乱了，嘴角破了，牙龈里不停地往外冒着鲜血，我的肚子受到震荡开始痛起来，我的裤子湿了，那是尿，是我憋了很久都没撒出来的一泡尿。我的胳膊也在流血，那上面全是口子，是被我刚刚打碎的玻璃杯的碎碴子割出来的。

我趴在地上动弹不了，刘放就开始骂我。他说，你个臭娘儿们就是欠揍。老子赌博怎么了？老子败家怎么了？老子打你能怎么着？早知道我就不应该拦着那人，让他接着来弄你。反正我也玩腻了……你还不知道吧，别说我欠他钱，我就是不欠他钱也早就打算找人来弄你了。你是什么啊？你什么都不是。

说完他就又要来打我，我就身一躲，跑到厨房，拿出一把亮闪闪的菜刀来。刘放一看就吓坏了，他想往外头跑，被我堵在门口出不去。我家就那一个屋门，他哪儿也去不了，只能乖乖地在屋里待着。

他哀求我说，有话好商量。我举着菜刀冲他嚷，别出声，听着！刘放不晓得我让他听什么，就一动不动地站在对面，忽闪着两只大耳朵四下张望。

屋子里终于静下来了，听不见任何声响，我微弱的呼吸声也在逐渐消失。墙壁上挂着的钟表已经不再代表时间，它更像是一件家具，一件人人都缺少不了的家具。我注视着刘放，他站在我对面，神情有些慌乱，双手在不停地颤抖。刘放是我的男人，在我们结婚的这两年里，他对我说了无数句话，打过我不知道多少次，但却从来没有这么专注地凝视过我。

你都想象不到那一刻究竟有多宝贵。那就是我想要的生活啊，我希望它能多坚持一会儿。只要刘放不说话，它就能多坚持一会儿。

后来呢？

后来我就把他杀了。

其实我老早就讨厌他了，但是那种讨厌还不足以让我对他下毒手，可今天早上他对我说的那些话彻底激怒了我。

我从家里出来时，正巧碰上刘放他妈，她看见我手里那把沾满血的菜刀，捂着脸尖叫起来。我说，你快进去看看刘放吧。她就往屋子里跑。

后来我又去了许嫂家。许嫂一看见我就吓傻了眼，她瘫坐在炕上，双腿蜷缩着，眼睛里充满了血丝。我把菜刀扔到她脚下，我问她，我跟你说过什么吗？许嫂摇摇头。我又问，那你怎么跟刘放说谎呢？许嫂哭了起来，一边哭还一边跟我道歉。我让她把刘放找她的事原原本本地说一遍，她就哆里哆嗦地跟我讲起来。许嫂的嘴已经像冻僵了似的，说出来的话也是一抖一抖的，根本听不明白。

后来我也哭了。我的哭相难看得很，口水从嘴角流到地上，两条眉毛挤到中间的鼻梁上。我捂着不到四个月大的肚子，感觉它随时都有可能炸开，然后蹦出一个小刘放来。哦，不，这个孩子有他自己的名字，叫刘头。

我在许嫂那里哭了一阵就走了，走之前我对她说，你接着织你的毛衣吧，刘放爸妈那里，麻烦你帮忙照应着点儿。许嫂赶紧点头。等我从她家出来，她就把门反锁了，然后我就到了这里。

可你之前说，你怕这事传到刘放耳朵里，他会揍你。现在你又说自己把他杀了，这是怎么回事？

可能他还没死，我不知道。像他这种人，骨头贱，但是命硬。他现在还躺在医院里，一堆医生正围着他，往他身上插管子，给他缝伤口。如果医生能把他治好，那他肯定会来揍我一顿。其实我也害怕，害怕之余又有点想不通。我为什么会做出这种荒唐的事情来呢？我是觉得，哪怕他真的死了，谁也没法保证，我不会再遇到这样的人。也许，从古代到现代，男人心里的那股野蛮劲儿一直没有消失。即使刘放真的不在了，也会有另一个人冷不丁地站出来继续做坏事。刘放只有一个，但世上有许多像刘放这样的人，他们就藏在我们身边，随时准备着。

那你打算怎么办？

我更想知道你打算怎么办。

我不明白，这事究竟是谁传出去的？

这个重要吗？

跋山涉水

一

1982年。

王小哼的名字的由来颇有意思。王小哼的母亲生王小哼的时候，王小哼的父亲王春喜高兴得上蹿下跳、不亦乐乎。正当家里人为王春喜喜得贵女忙活个不停时，王春喜的母亲最为理智，她镇定自若地冲着被一群人围住的王春喜喊道："春儿啊，给孩子起个名字吧。好歹也得叫点啥不是。"

王春喜恍然大悟，像敲木鱼一样，不轻不重地敲着自己的脑袋说："对对对。"愉悦之情溢于言表。他的眼角挤满了皱纹，满满当当的一圈波浪跌宕排开。"对，是该给孩子起个名字的。妈，您说叫个啥呢？您给起吧。"王春喜为了彰显这个孩子的出生与自己的母亲有关，又像是出于礼貌，便把起名字的任务交给了没受过半天教育的母亲。

"哎哟，这个我可不会。我要是起了个不中听的名字，等小家伙长大了记恨我怎么得了？"王春喜的母亲谦虚地说。

“怎么会呢！等丫头长大了，她敢不满意自己的名字啊，”王春喜的嗓音愈加高亢，“我第一个不答应。再说了，您是小家伙的奶奶，又是咱家最大的长辈，您最应该给她起这个名字啦！”说完这话，王春喜话锋一转，“不过您要是暂时想不出来，咱就用我爷爷那时候传下来的办法，撞见啥听见啥，孩子就叫啥。”

“也成，反正孩子又不是靠名字活着，现在不比旧时候，非得叫出个名堂来才够显摆。”

“哎，那我打开电视机。”

王春喜打开自己结婚时置办的熊猫牌黑白电视机，屏幕“呲”一声亮了，满屏的雪花。王春喜的母亲把耳朵竖得直直的，方向也微调了一下。邻居生怕自己搅乱了这一重大事件，于是纷纷屏气凝神，狠狠地盯着电视机屏幕，好像自己的眼神能够刺进去，提前知道些什么。王春喜反倒被大家搞得紧张起来，他把电视机后面的两根室内天线有规律地扭转一圈，电视机里赫然冒出一个身影，随之，一个声音从喇叭里如洪水般咆哮着涌出来。

“哼、哈二将听命……”

王春喜急忙关掉电视机，回头环视一周，大家被这没来由的声音吓了个半死，伴随着脑海里突如其来的名字，一个个瞠目结舌、哑口无言。王春喜再看看自己的母亲，她似乎还没有弄明白究竟发生了什么事情，依然怔怔地盯着电视机黑掉的荧幕。

“春儿啊，你怎么把电视机关了呢？”

“妈，您刚才不是听见了吗？哼、哈二将听命。”

“那我丫头也不能叫哼哈呀！这几个字哪一个适合给女孩儿做名字啊？你再给我念一念，有什么字来着？”

“哼、哈、二、将、听、命，妈呀，这几个字，哪一个也做不了女孩儿家的名字。”王春喜无可奈何地摊平手掌，一脸苦闷地说。

“要不就叫王小哼算了，反正是她祖宗的意思。”

自打那时起，“王小哼”这个名字，便跟着王小哼一直生活到了现在。

王小哼所在的村子叫做王庄，王庄生活着八百多户人。据说在晚清时期，一个王姓的大户人家迁徙到这里，繁衍后代，然后建立了王庄。所以村子里土生土长的人都姓王。王小哼家香火旺盛，时至今日，已经比其他人家提前生出好几代来。也就是说，王小哼在这个村子里辈分最小，见到谁都得尊称“爷爷奶奶”。包括她的同龄人。王小哼的童年就是在这个说大不大、说小不小的村子里度过的。成年之前，她甚至不知道外面的世界是什么样子。

王小哼家所处的胡同是村子里最长的胡同，由北向南贯穿二百余米。幼时，王小哼最常做的就是提着酱油瓶子，从最北头跑到最南头的王顺家打酱油、买零食。当然，买零食的钱都是购买其他东西剩下的。然而王春喜的媳妇林月娥是一个精打细算的女人，每次王小哼把身上所有的钱递给王顺时，她总是气呼呼地看着王顺将钱全部收入囊中。偶尔有两次剩余，也不会超过三毛。这时，王小哼便会充分利用这些得来不易的资源，买些自己喜欢的东西，例如贴画、泡泡糖、发卡、皮筋，或者蛋卷儿之类的。

王小哼六岁的时候，全家老小生活拮据。所以她去购买生活用品时是没有一点报酬的。这难免会让王小哼失落。可是没办法，全家人都在节衣缩食，她必定也要做出让步。灾荒过后，林月娥仍然像个吝啬鬼一样过日子。起先，王小哼只是不高兴，但也没说什么。

眼看六一儿童节就要到了，王小哼酝酿已久的新发卡计划也将泡汤，她既着急又难过。思索了几日，她终于鼓足勇气，冲到林月娥的屋子里，说：“妈，给我三毛钱。”她尽量将这话说得平和而温婉，叫人听起来就像此类事情时有发生一样。

林月娥盘腿坐在炕上，一只手摇纺织机一只手缠线，她似乎没有听到王小哼说的话。但是王小哼确定她听到了。王小哼再一次鼓起勇气，低声细语地说："妈，给我三毛钱，我想买铅笔。"

那个年代，三毛钱足够打满一瓶酱油了，所以王小哼早就预料到，自己不会轻而易举得逞。林月娥回应她说："别闹，找她们玩去。"

王小哼不高兴了，这怎么能叫闹呢？再说，家里条件好了，我怎么就不能有一点小资产，做自己喜欢的事情，或者买自己喜欢的东西呢？虽然她心里又气又急，却依然没有表露在脸上。因为她明白，这时候闹翻了脸，只会对她自己不利。于是她继续央求道："妈，就三毛钱，买铅笔用。"

出于"做戏逼真才易打动人"的考虑，王小哼甚至哭了起来。她的眼泪在眼帘处打着转儿，颤巍巍的哭泣声伴随着纺织机"吱悠吱悠"的声音，绕着林月娥的耳朵来回地挠。

"妈，就这一次。"

林月娥了解王小哼，有第一次就有第二次。她甚至评价王小哼是一个得寸进尺、贪得无厌的人。虽然王小哼对此并无异议，但是她敢肯定，这个评价用到谁身上都不会有错，比如王大海和王小柱等人。那时候，人们都很拮据，人们对生活多少都存有一丝忧虑。

王小哼哼哼唧唧地哭了将近半个小时，林月娥已经把纺织机收起来，干其他家务去了。王小哼跟在她的屁股后头，继续嘤嘤嗡嗡地哭着。将近四十分钟的时候，王小哼止住了哭声，她已经没有泪水来鼓舞自己的士气了，只剩下抽泣，抽着抽着还会打两个哈欠出来。

这是王小哼生平第一次对自己的母亲失望：就算我拿这些钱买吃的也不至于不给吧，就算买吃的不给，我哭这么长时间也应该给了吧。从那以后，王小哼再也没有向她要过一毛钱。她改向王春喜要，王春喜见过世面，知道疼惜女儿，一次就给五毛。时间一久，王小哼还存了一些私房钱。她喜欢这种身上揣着好几块钱的感觉。就好像百灵鸟，不开口便罢，开口就有一副好嗓音。

可是人生也有乐极生悲的时候。王小哼八岁那年年初，她穿着王春喜给买的崭新的花裤子，兴高采烈地去学校报到。出门时，她往兜里装了三块钱，这些钱足以让她在小吃部买东西时更加有面子，当着同学的面也更有底气。

课间休息时，王小哼想和其他人结伴去买零食，结果手往裤兜儿里一掏，竟然摸了个空，再换另一个裤兜儿，还是没有。这下可把王小哼给急坏了，她围着学校操场，不留死角地找了足足三遍，可还是一无所获。上课铃声响了，她坐在教室里，心不在焉地坚持完一堂课，然后继续去找。直到放学，大家都回家了，王小哼这才极不情愿地接受了私房钱不翼而飞的事实。

在经历了种种得失之后，王小哼终于长大了。

不久就到了升初中的年纪，王春喜家由农村搬到了镇上。王春喜之所以这样做，主要是为了抓王小哼学习，同时家里挨着学校近便，能够及时为她添减衣物。当然也为了在村里人面前显摆显摆，告诉他们自己终于过上好日子了。

搬家那天，王春喜雇了五辆崭新的农用三轮车。临走前，却只有三辆装满了。后来他又把家里的铁锨和扫帚之类的一同塞进其他两辆三轮车里。当时村里人根本没有见过如此大的排场，所以全村人都赶过来看，场面极其气派。

大人们都在议论着王春喜：

“他家算是过上好日子了，你瞅见没有？”

“是啊，这就搬走了。瞧人家多气派！有钱人难道天天坐三轮车不成？赶明儿我也坐坐这不用牲口拉着就能跑的机动车。”

孩子们都在议论着王小哼：

“她什么时候还能回来呢？”

“别做梦啦，怎么可能回来？你干啥这么舍不得她？”

“我的漫画书还在她那里呢。老师发的，要还。”

“我和王小哼关系最好了，以后我替你要。”

“什么呀，我和她关系才是最好的。说起来，她还得管我叫姑呢。”

“你还得管我叫姑呢。”

王春喜张开双手，使劲掐着腰，他站在最前面的三轮车上向回望去，其余四辆车停滞在后面，蓄势待发。王春喜故意把头抬得高高的，好像自己能够望穿整个村庄，又好像自己的目光能够洒遍所有来送行的人的身上。

和王春喜从小玩到大的邻居王连生从人群中钻出来，扯大了嗓门喊道：“春喜啊，你还回来哦！”其他人也跟着喊：“就是，千万别和大家生疏了。”

从未居高临下过的王春喜似乎十分享受这种倍受瞩目的感觉，于是他摆了摆手，五辆三轮车发动起来，慢慢悠悠地向村口驶去。发动机轰隆隆的响声震彻天空，村里人依然站在原地，不忍散去。这时已临近黄昏，王春喜收回自己的架势，安安稳稳地坐回车厢。三轮车睁着明亮的眼睛，一路颠簸着向前爬行。王春喜想起陪自己度过了小半辈子的人们和临走时王连生冲自己喊的话，眼角不由自主地流出了泪水。柔和的晚风徐徐吹来，鼓荡进他宽阔的胸膛。他的衣襟向后撩去，他的泪水跟随风的方向，如同断了线的水晶珠子一样不断从眼帘中扯出来。

后来王春喜再也没有回去过。一到春节，他便让农村的弟弟带上母亲来镇上过年。虽然日子未见起色，可王春喜心想：既然我当初毅然决然地选择了离开，又怎么能再搬回去呢？走了就是一辈子的事。

二

自从搬到镇上以后，王小哼花费了足足两年的时间才适应了这里的生活。后来回忆起这段时光，她语重心长地说，她是那种为了安逸的生活宁愿一辈子都不挪窝的人，但是时代在变，她不得不把自己弄得更像一个现代人。

为了免受低年级学生的打扰，初三年级的学生被安排在了教学楼的最顶层上课。一到课间，王小哼就站在走廊的窗户前眺望远方，她的眼神飘忽不定，一会儿落到高高的信号塔上，一会儿落到三五成群的低年级学生身上，一会儿又落到一望无垠的麦田里。

中考前，学校组织了最后一次讲座，学生被班主任无情地轰出了教室。专家在台上神采飞扬地说着鼓舞人心的话，学生在台下认认真真地做着笔记。演讲过后，专家对女学生叮嘱道：要尽量避开月经期。男同学听后，队伍里一片哗然，女同学则脸色绯红地骂专家“臭不要脸”。虽说孩子们已含苞待放，但毕竟未到开时。可就是这个让女孩子们遮羞的问题，却偏偏让王小哼赶上了。

中考如期而至。数学考试刚刚进行到一半，王小哼的腹部如同刀绞般疼痛起来。她对监考老师说：“我要去厕所。”她尽量把声音压低，以博得监考老师的同情。

监考老师却不买账，说：“让你去了就得让别人去，那大家都别考试了。”

“可我不能往裤子里尿吧。”王小哼说话的口吻和她爸一样，总是显得居高临下、势不可挡。监考老师理直气壮地回答她：“你不要在这里大呼小叫，万一影响了其他考生，你负得起这个责任吗？”

经过几番口舌之争，王小哼的请求仍然被回绝了。于是她提前交卷，怒气冲冲地走出了考场。简单处理过后，王小哼从厕所里踱步出来，环顾四周，校园里空空荡荡、万籁俱寂，只有稀稀疏疏的如同闷雷一样的咳嗽声从教室的窗户里战战兢兢地飘出来。

每次中考都会碰到阴雨天气，这次也不例外。王小哼百无聊赖地走在大街上，头顶的天空阴沉着脸，好像遇到了比她还要惨烈的事情。刚刚下过一场小雨，地面湿漉漉的，坑洼处攒了一汪积水，街道两旁的榆树下泛着一股浓烈的土腥味。急速行驶的轿车打人身边经过，带出一帘脏兮兮的泥点。人们随即咒骂一声，引得身后两条流浪狗莫名地观望。

县城中心矗立着一座四层楼高的购物广场，出售家用物品的小商铺居多。王小哼辗转来到一家名叫“卧而买”的大型超市门前，她仔细研究半天，最终还是没能得出合理的解释，于是决定进去一探究竟。她走到超市里面，扫视一周，原来这里卖的是些皮具、厨具和床上用具。

从超市出来，王小哼不知道该去往何处，于是一直向西走。城市的交通彻底瘫痪了，十字路口的红绿灯已经无法控制这种局面。在车流的中央，一辆救护车鸣着长笛，车上的司机不停地摁响喇叭。王小哼向车窗内看去，几个中年人正焦躁不安地向外张望。忽然车上下来一位四十岁左右的妇女，她走到救护车的前面，冲其他司机哀号着说：“麻烦大家让让路吧，我孩子快撑不住了。”她甚至跪在路中央，对着四周的车辆磕起头来。站在一旁的轿车司机急忙将她扶起，说：“你冲我们跪没用，这事跟我们没关系，你得上前面去找那辆最先堵住的车，责任全在它身上。”妇女望一眼无尽的车流，脸上的表情僵住了。看着这个无助的女人，王小哼又想起那个监考老师来，他居然让她证明自己确实来月经了。脑海中只要一出现那个敏感词汇和他那张叫人厌恶的嘴脸，她就恶心得要死要活。

途中，王小哼看到一个背着吉他的男生。他的头发不长，大约十几公分，白衬衫像鹅毛一样贴在皮肤上。王小哼从来没有见过这么干净的男生。他的胳膊细得可怜，仿佛从袖口伸出来的两根骨头。王小哼心想：假如让他做几个俯卧撑，可能胳膊断得连医生都束手无策了。

王小哼也喜欢唱歌，每次参加六一儿童节都能拿一等奖。在很多人面前放声歌唱是她梦寐以求的事情，后来成年了，就不再有儿童节，不再有粉裙子和连环画。那些曾经幻想过的美好也随之烟消云散。

王小哼跟着他走进一家琴行。男生一边挑着吉他谱一边和店老板打趣，她则在一旁假装若无其事的样子，偷偷听着他们的对话。后来男生发现王小哼一直盯着自己看，便走过来问她：“你干吗老看我？再看我就报警了。”

王小哼从来没有见过警察，也从来没听说警察会管这种鸡毛蒜皮的事情。她惊愕地转过头去，嘴巴张得大大的，说：“什么？我以为警察就是为了保护考试的人，原来连没学上的孩子也要保护啊！”说完她又涨红了脸，从琴行羞答答地逃了出来。

男生追上她，问：“你叫什么名字？”

“你管呢？”王小哼说。

“我叫陈晨。”男生拦住王小哼的去路，向她自我介绍道。

陈晨是一名高一学生。由于中考要占用教室，所以学校给学生放了两天假。他告诉王小哼，他就住在县高中的家属楼里，假如她能考上的话，可以去他家玩。

王小哼随口答应："好吧。"她心想：我凭什么现在就不能去呢？去你家难不成还得拿着高中的学生证吗？

回到宾馆，王小哼问同屋的许如岚："我要考多少分才能去县高中上学？"

"480分左右吧，你这么优秀，还担心考不上？"

"我随便问问。"听到许如岚的回答，王小哼万念俱灰，失落地坐在床上。她的数学成绩肯定好不了，而数学又是给她增分的科目，这样一来，她自然就考不上县高中了。考不上县高中也就没办法再见到陈晨。她的眼睛湿润了，泪水如同草上的露珠一样镶嵌在眼角，滴不下来也收不回去。整个中午，王小哼对此都耿耿于怀、心有不甘。

许如岚察觉到异样，问她："你怎么了？"

王小哼揉了揉眼睛，默不作声。许如岚以为她数学没考好所以难过，便安慰她说："其实我数学也没考好，你也知道，今年的考题难得很，大家都好不到哪去。"王小哼依然沉默不语。

到了午休时间，许如岚劝说王小哼："小哼，眯一会儿吧。休息好了下午才有精神考试。嗯？你不睡吗？你不睡的话，那我先睡了？"说着，许如岚将搭在王小哼肩上的手拿开，回到自己的床上。

王小哼有个习惯，哭的时间长了就容易犯困。这次也是，许如岚刚一走开，她就呜咽着躺在床上睡着了。

等王小哼醒来时，许如岚正在收拾自己的东西，她削完铅笔，又去检查准考证，然后往事先准备好的杯子里灌洗漱用的自来水。

许如岚见王小哼睁开眼睛，脸上露出了笑容，说："你睡醒啦？赶紧看看自己还有什么没准备的，不要进了考场才想起来，到那个时候就晚了。”

王小哼捂着小腹的部位，慢吞吞地说：“我肚子疼，想吐。”

许如岚赶紧搀起王小哼，往厕所里拖。王小哼吓了一跳，为了不辜负许如岚的一番好心，她在马桶前蹲了半天。许如岚见她毫无动静，就出来继续收拾东西，继续往水杯里灌自来水。她对厕所里的王小哼说：“我爹说，自来水特别好，又解渴又解暑。他说花钱买的水里面都被人放了东西，不安全。”

许如岚的父亲中考那年，他和发小一起赶去县里参加考试。考语文这天，发小亲自掏腰包，给他买了一瓶矿泉水，结果他就在考场上睡着了。时至今日，他依然认为是那瓶水出了问题。他总对许如岚说，要是考上高中，你爹我也不会混到这步田地。就凭我给你起的名字也应该看得出，我的文化程度不低。

考完英语，初中生活彻底结束了。王小哼把教材统统扔进宾馆的垃圾桶里，其他人也一样。只有那些觉得自己有必要再复读一年的人，才会把教材完好无损地保留下来。王小哼不是那种人，虽然这次没考好，但她的实力摆在那儿呢。她将课本扔掉，是为了证明她不愿意为那次意外负任何责任。

王春喜终于盼到了这一天。他蹲在公交车站旁，回想起自己搬家时的情形，眼泪吧嗒吧嗒地掉个不停。车一到站，王春喜接过王小哼的背包，兴冲冲地往家的方向走。回到家后，他让王小哼坐在椅子上，自己蹲在地上。见王小哼脸色不好，又给她倒了一杯温开水。把水递给王小哼以后，他又回到原来的位置蹲下，问：“考得怎么样？”

王小哼故作镇定地说道：“得等成绩出来，现在不好说。”

听到这话，王春喜又开始抹眼泪,他哽咽着说：“哼啊，你爹是为了你才搬到镇上来的。我从自己出生的地方搬出来了，那也是你出生的地方，但是我比你岁数大，所以我对它的感情比你深。当时那么多人在场，别人可能觉得我王春喜风光了，可日子过得好不好他们怎么会知道呢。你爹我只盼着你能考上县高中，你知道吧。你要是真考上了，我就是再搬回去，也觉得脸上有光啊！”

王小哼听见“县高中”三个字，心里又一阵难过，“爸，你别说了，我困得不行。”

王小哼眼前一阵眩晕。她躺在炕上，头顶的风扇无休止地旋转着，大街上熙熙攘攘的人群从她家门前经过。她坐起身，使劲推了一把窗扇，窗户严严实实地关上了。听到门外的动静，她恨不得把窗户摔到大街上，将那些人吓个半死。

三

1999年的夏天，王小哼离家出走了。

自从与县高中失之交臂后，王春喜便对她没有好脸色，有时甚至会对她进行人身攻击。他说她在学校里不学好，交了男朋友；说她平时都是在欺骗家里人；说她从小就是个破罐子，别人捡起来也懒得摔。王小哼本来可以对王春喜的话一一进行反驳，可是她没有这么做。她只是惊讶于王春喜对自己的态度转变竟然如此之快。她心想：难道我考不上大学就不是你孩子了吗？

王小哼从邻居那里打听到，镇上有很多人都去电子厂打工了，主要工作是装配手机，管吃管住，工资还高。但是电子厂有辐射，对身体伤害很大，所以那种地方不能久待。王小哼心想：管他呢，不是有很多孩子去当海员了么，都说海上空气潮湿，容易得风湿病，可人们照样趋之若鹜啊。赚钱嘛！对身体没有伤害，谁给你开那么多工资呢？所以她毅然决然地坐上了远走他乡的大巴车。

电子厂坐落在一个农村里，村子外头渺无人烟。在这个鸟不拉屎的地方，娱乐是一件极其困难的事情。人们需要打车到市区才能找到吃喝玩乐的场所。在这里工作的这几个月里，王小哼越干越拼命，后来竟然当上了班长，领导让她带着一大群没有文化的农村妇女在装配区搞生产。

看着自己亲手制造出来的手机一部部地从流水线上被运送出去，她内心无比自豪，但又无比失落。她时常会想起王庄，想起那些熟悉而又逐渐远离的面孔。她把自己的村子比喻成一把伞。她对工友说：我要是真离开了家，连个遮风避雨的地方都没有，我迟早得回去。在这儿待着，心里一天都不踏实。

王小哼的工友来自几个邻县，一多半是留守妇女，年纪比她大很多。在她看来，这里更像个慰安场所，一到晚上，不上夜班的女人都出来做生意。她们有自己的领地，有自己的规矩，甚至有自己的行程表。

男人们一开始还有些羞涩，毕竟大家都在同一个地方上班，害怕提起此事时脸上挂不住。时间一久，彼此互相熟悉了，也就没什么值得顾虑的了。他们把自己喜欢的女人的联系方式揣在上衣兜里，随时准备约她们出来干一炮。后来在强大的占有欲的驱使下，他们又将自己喜欢的女人发展成情人，再也不允许她们和其他男人有任何牵连。

王小哼住在一个六人间的宿舍里，一位三十岁左右的舍友做了她初中同学的情人，这种关系让她在他们面前羞于打招呼。然而初中同学还曾经跟王小哼提过，要她做自己的情人。王小哼不但拒绝了他，还往他身上泼了一杯滚烫的开水。她没有想到，自己居然进了“鸡窝”。每次发觉某个男人注视自己的时间超过十秒钟，她就知道，这个人肯定不怀好意。

宿舍的邱阿姨是唯一一个看上去相对正常的人。王小哼刚刚进工厂的时候，邱阿姨负责教她工作流程。

“邱阿姨”是大家送给她的绰号，仅仅是因为她年近五十了仍然没有嫁出去。一到夏天，她总爱重复一句话：你们为什么老开着风扇呢？整天这样，我的腰和腿都受不了了。邱阿姨唠叨起来没完没了。宿舍的人对她的话根本不感兴趣，尤其是那些晚上出来做生意的人，更加无法容忍她啰里啰唆的毛病。她们在背后说她，这个疯婆子倚老卖老，迟早挨收拾。

时间一长，邱阿姨成了王小哼唯一愿意与之交心的人。有一天，王小哼把自己的经历讲给她听，听完以后，邱阿姨放声痛哭起来。她对王小哼说：“你这个孩子，聪明起来是真聪明，傻起来也是真傻。”

“几年前啊，”邱阿姨止住眼泪，又开始了她的老生常谈，“几年前来着？我也忘了，反正很久了。我跟着一个男人离家出走。后来他不要我了，把我扔到这里，自己跑回老家。我一边打工一边整日整夜地发牢骚。”泪水从邱阿姨的脸颊上滑落下来，她停顿一下，继续说道，“谁都有不顺心的时候。但那种感觉怎么就能比亲情还要强烈呢？一家人，能有什么解不了的仇恨！”

到了立冬，邱阿姨从楼道里搬回了宿舍。然而人们每次经过楼道的时候还是小心翼翼的，她们害怕脚下会突然冒出一个疯婆子来。舍友认为邱阿姨是个危险的人，每次和她在一起，就好像面对一个精神病人一样。而这个精神病人每天疯狂而不知疲倦地工作着。她似乎是为了赚更多的钱，晚上却不出来做。但话又说回来，即使她出来做，又有谁敢接呢？

莹白的雪花从天空中飘忽不定地落到凡间。风一吹，地面上便掀起一片雪浪。工厂不断招来新的工人，同时也有旧的工人离开。大多数女人离开，是因为她们的男人要返乡了。而其他女人离开却是因为，她们觉得冬天是享受生活的季节，不应该把自己的时间浪费到这里。她们离开是为了回家休养生息。等到开春，男人出去打工，她们还会回来的。这些女人不愿意和两种男人做生意，一种是长得丑的男人，一种是动作粗鲁的男人。

那些刚刚进来的留守妇女或者离了婚的女人，不断接受着这里的规则，她们惊奇地发现，自己的身体不光能造小孩子，还能挣钱。有一些傻女人，试图和熟人做生意的时候央求他们给自己买好看的衣服，或者漂亮的发卡。工厂规定，上班期间女工必须将头发束起来。所以发卡成了她们向别人炫耀的一种方式。可是没有一个男人给任何一个女人买过发卡，更不用说衣服了。

起初王小哼以为她们和男人日久生情，对物质享受早已置之度外。后来舍友吴琴向她抱怨："我再也不要和韩九亲热了，这个人太抠。"王小哼这才明白，原来这些女人一直不看重感情。男人就像女人的购物车，女人只在乎你能给她带来什么，从不在乎你能从她身上带走什么。

四

镇里的冬天异常凄凉，街上几乎没有人出没，厚厚的白雪将树木和楼房打扮成银装素裹。有几个包子铺刚刚把火生了，浓气从蒸笼的缝隙里冒出来，迅速消失在半空中。包子的香味逃窜到胡同里，勾引着人们的味觉。路灯的光亮慵懒地打在街面上，那些已经被人们踩实的雪地变得坑坑洼洼，路面上映射出成片的碎银子般的光芒。一轮弦月孤零零地悬挂在天空中，稀疏的脚步声更加映衬出月亮的无奈。王春喜一个人踱步在街中央，他那缓慢的步子总显得与外人格格不入。王春喜抽着烟卷，四下张望着前行。他的脸煞青，皱纹爬满干裂的额头，羽绒服包裹着他不胖不瘦的身体，但总也撑不起来。

这时，有人在背后把王春喜喊住。王春喜回头看去，原来是自己的媳妇林月娥。林月娥神色慌张地喊道："她爸啊，孩子来电话啦！"她的声音在冬日的寒风里绵软无力地回荡在街中央。

王春喜愣了片刻，继而转过身子，三步并作两步走到林月娥面前，他问她："你说什么？小哼打电话来啦？"他的双手使劲摇晃着她的身体，声音几乎是从喉咙里生生被扯出来的。

"对呀，你赶紧回家吧。孩子想你了，要和你说话。"林月娥拽着王春喜的衣袖往家的方向赶。途中，王春喜滑倒了好几次，爬起来，连裤子都来不及掸，继续在凛冽的寒风中忘我地狂奔。

"小哼啊，你奶奶的，你去哪儿啦？"回到家中，王春喜抢过电话，声泪俱下地问。林月娥双手搭在他的肩上，跟着哭了起来。

邻居贵叔赶忙抢过王春喜手中的电话，说："你急什么啊！孩子把电话挂啦。你再把这个号码拨过去，应该能找到她。"

"挂啦？那……赶紧拨，拨通了我非得骂死这个臭丫头。"他收住眼泪说。

"得了吧你，拨通了先问问孩子去哪里了。"贵叔交代他。

"哎哎，"王春喜毕恭毕敬地说，"问完了我再骂。"

电话拨通以后，一个陌生女人的声音传了过来，贵叔赶紧把电话交给王春喜。"小哼啊，你他娘的，你去哪儿啦？"王春喜哽咽着，眼睛里却已流不出泪水了。

"骂谁呢你！"电话那头说道。

王春喜怔住了，声音好像不对。他赶紧问道："那个，请问小哼在吗？”

“小哼？谁叫小哼啊？这里是公共电话亭，给你打电话的人早就走了。这样吧，你等会儿再打过来。也许她刚走开没多久，一会儿还回来。”

王春喜“嗯嗯”地答应着，表情略显失落。挂掉电话以后，他跟贵叔汇报：“小哼不在，那头说是公共电话亭。让我等会儿再打过去。”

贵叔说：“那你就等着吧，一会儿孩子就在了。记住了，捡要紧的说，别一上来就骂街，净整些没用的。”贵叔的最后一句话就像在下达命令一样。

贵叔走后，只剩下王春喜夫妻二人。这回，王春喜彻底兴奋了，连晚饭都顾不得吃，在电话旁边等候着，林月娥隔三差五就催促他“再打打，再打打……”可每次拨回去都无人接听。对面的电话就像那轮孤独的月亮一样没人理睬。

就这样，一整晚过去了。林月娥睡着了。睡梦中，她看见王小哼在家里吃着香喷喷的米饭，看着一个名叫“蜡笔小新”的动画片咯咯地笑。王春喜却守着电话足足抽了两包烟，他一边抽烟一边重复摁着回拨键。

第二天一大早，林月娥还在睡梦中，王春喜给她掖了掖被角，拖着疲惫的身子出了家门。刚和林月娥结婚那会儿，王春喜总是骂她像只猪一样，啥都不会干。现如今，他连说话的力气都没了，除了抽烟，他的嘴巴几乎没有张开过。

小时候，王小哼最讨厌王春喜这张嘴，什么话都能说，什么话都敢说。只要他在，别人充当的都是配角。在村子里，王春喜是焦点人物。王小哼每回遇到成群结队的人在聊天，大老远就绕着走，因为她知道，人群中间肯定站着一个叫王春喜的男人。

王春喜站在结冰的湖面上一动不动，双腿稳稳地钉住，好像整个人已经和湖面融为一体。湖中央是一个巨大的亭子，王春喜想走过去坐下，但又感觉坐下以后没什么意思。他挪动一下脚步，脚下打了滑，身体失去重心，向后躺了过去。王春喜感觉此刻无比轻松，就如同天空中飞翔的鸟儿一样。只可惜，那种快感带来的满足仅仅维持了一秒钟，便分崩离析了。王春喜的后背重重地拍在冰面上，发出来的声响先是沉闷，后来就像雷电一样强烈。湖面崩开一道口子，王春喜整个人都陷了下去。冰凉刺骨的湖水带来的不适瞬间侵袭了王春喜的大脑，他拼命挣扎着。破裂的冰块儿不听使唤地向四下散去。

岸边有对青年发现王春喜。他们声嘶力竭地喊着“来人啊，有人自杀了”。

王春喜心想：你们这群王八羔子，就会喊来一堆人看热闹。

岸上的人越聚越多，好像赶庙会一样热闹。王春喜偶尔浮出水面，就会感受到这种宏大场面的凄凉，仿佛他当年站在三轮车上俯瞰车下上百号人一模一样。但那次是欢送，这次是悲悯。

岸上的人继续冲湖中央喊着鼓励王春喜的话。就在这时，林月娥赶了过来。王春喜露出脑袋，看她一眼，心里登时美滋滋的。他这辈子唯一值得自豪的就是娶了一个漂亮媳妇。这个媳妇使他王春喜在十里八乡远近闻名。

林月娥在岸边急躁地跳了起来，她哭着央求身边的人，求他们救救自己的男人。她甚至对王春喜说：“小哼给你来电话了，孩子说想你，你快上来吧。”

王春喜知道她在哄骗自己，但他心里依然激动万分。他这辈子听了不少谎言，每一次都能轻易拆穿，唯独这次，他宁愿做个糊涂的人。林月娥往湖里探着身子，周围的人就像拔河一样拽着她的胳膊。林月娥声嘶力竭地哭喊着，她说，要是王春喜没了，她也不活了。王春喜听到她的话，终于心满意足，没白娶这个媳妇。但他不要林月娥死。所有的死亡都是无意的，如果林月娥有意要死，那她就彻底糊涂了。

再后来，王春喜累了，身上的力气已经全部消耗干净。此刻，他跟一块儿砖头没什么区别，身体的重量将他往死亡的深渊里狠狠地拉扯进去。他双腿一蹬，抬头仰望着天空中那个明晃晃的大太阳，脸上感到一阵史无前例的温暖。他笑了，在无端赶来的死亡面前，他已然心满意足，再无留恋。最后，他伸出双臂，触摸着天空的脸颊，缓缓没入水中。

五

王春喜死了，他终于还是没能听到王小哼的消息。这就像冥冥之中落到他身上的一种宿命。在他五十岁不到的年纪，便经受了活人无法体会的痛苦与释然，再往后，他就可以安心地睡去了。

王春喜又回到了那片他曾经热恋着的故土。直到他的尸体被埋进厚厚的泥土里，王庄的人仍然无法接受他死去的事实。他们说，命运不该如此，他王春喜更不该就这么毫无征兆地消失。可是谁又能预估死亡呢？

丧事刚过，林月娥就搬回了王庄。村里人过来安慰她时，只要问起王小哼的下落，她便一脸茫然地说，让她在外面飘着吧。

2000年的钟声即将敲响。大部分工人都已经回家过年去了，只剩下几个值班人员，还有邱阿姨和王小哼两人依然留在这里。宿舍已经停止供暖，弥漫在屋内的空气冻得像凝固一样。寒冷遍布全身，仿佛体内的骨头随时可能断裂。邱阿姨无家可归，所以无处可去，而王小哼却始终搞不明白自己为什么不回家。

王小哼和邱阿姨天天在宿舍里四目相对。后来，她花费了一天的时间，把自己的经历讲给邱阿姨听，而邱阿姨却用一句“我就是爱错了人”草草了事。王小哼有些失望，她觉得邱阿姨不应该藏着掖着，尤其别人不在的时候，就更有必要对她敞开心扉了。可她并没有意识到，以她的年纪和阅历，根本不足以理解这个可怜女人的不幸遭遇，不然她也不会离家出走了。

王小哼马上就要跨过一道无形的门槛，步入花季。十八岁的她，居然没有一个明确的地方来安置自己，这难免有些叫人伤怀。

“我为什么就离家出走了呢？”王小哼自言自语道。

“年轻不是你做错事的借口。每个孩子都会有叛逆期，但这不代表你可以为所欲为，完全不顾其他人的感受。”邱阿姨说。

“那你说，我现在回家……”王小哼踌躇不定地说，“我爸妈是笑脸相迎呢，还是抄起家伙来把我揍一顿呢？”

“哪个父母舍得打自己的孩子啊？你能回到他们身边，他们就已经谢天谢地了。”为了准确地表达自己的观点，邱阿姨还打了一个恰如其分的比喻：“你就像他们失而复得的一百块钱，你说他们会狠心撕掉呢，还是好好收着呢？”

“要我说，他们先把我撕成两半，然后用胶粘好了收着。”

邱阿姨哭笑不得地说：“你倒是挺会联想的。先别管他们撕不撕，钱不是照样能花嘛。能花就行。”

王小哼默默地点着头，心里却想：撕的时候谁也保不齐它以后还能不能花啊。

眼看十天假期就要接近尾声，王小哼有点耐不住性子了，她说：“时间像水一样，一盆泼出去最过瘾”。

邱阿姨吓了一跳，说：“小哼啊，你可别做什么傻事啊。”她又开始口吐莲花了。王小哼瞅着对面这个女人，心里总有一种冲动，想要上去抱抱她。邱阿姨说：“没有受过伤，就不知道错在哪儿。”王小哼懵懂无知地看着她散落在额前的长发，目光始终找不准聚焦的那一点，只感觉一片模糊的轮廓向四周散去。

窗外的景色被一层厚厚的白布遮盖住了，远处苍茫的大地与蔚蓝的天空衔接在一起，在王小哼目所能及之处，有一片浓浓的雾霭长年匍匐在那里，犹如天地间的一条焊缝，将万物包裹在其中。天上的云彩一朵一朵地盛开着。记得初中的时候，语文老师叫班里的学生以白云为喻体造句子，有说白云像棉花糖的，有说白云像老绵羊的，有个从小爱看《西游记》的男生说，白云好像筋斗云。老师严厉地批评了他，并反问其他学生：“筋斗云是不是云？”

大家用邪异的眼光看看那个男生，异口同声地回答道：“是。”

老师趁热打铁，继续追问：“那他能不能用筋斗云作比喻？”

“不能。”

“王小哼，你说一个。发散一下思维。”语文老师瞥了王小哼一眼。

王小哼信心满满地站起来，说道：“白云就像牙膏沫儿。”学生们哄堂大笑，语文老师略显尴尬地挥了挥手，说：“行行，你坐下吧。”

语文老师又指了指留级的王小柱，满怀期待地说：“王小柱，你说一个。”

“白云就像天空的精子。”

班里的女生大惊失色，讪讪地看着语文老师。男生则趴到桌子上哄堂大笑起来，一边笑一边还说：“我×，柱哥真有种。”

语文老师走到王小柱面前，怒气冲冲地朝他嚷道：“王小柱，我是让你发散思维，不是让你在这里耍流氓。什么东西！”

王小哼回忆着那些美好的青葱岁月，往事历历在目，犹如昨日般清晰。不知不觉，窗外灯火通明，远处的焊缝逐渐昏暗，并向近处赶来，直到黑夜降临，它便钻进了人们的眼睛里。王小哼趴在窗台上，看着玻璃上漂亮的窗花，她的手指在玻璃上重重地划下去，瞬间又会出现一层新的白色填充进划痕里。

邱阿姨拿着几根粗细不均的签子打起了毛衣，“今天能织两个袖子。”

“嗯？”王小哼转身看看邱阿姨，应声说，“哦。”她突然想起王春喜，心里泛起无数个与他团聚的场景。她知道王春喜是个小肚鸡肠的人，但她宁愿他可以念一回旧情。就像邱阿姨说的，风筝线断了是因为风筝挣脱的力太大，执线的人循着风筝远去的方向追逐，而风筝却顺着风的方向飞离执线的人。她说生气只是暂时的，没有人能够恨你一辈子。王小哼心想：如果我落了地，也许他会找到我。又或者风向变了，我会自己飞到他身边。

邱阿姨一边张罗晚饭一边感叹道：“幸亏有你在，我才觉得这里是个落脚的地方。都快2000年了，之前就怕这种数字，越想越害怕。我总觉得，‘一九九几年’听起来那么贴切。就好像什么事都发生了，但又发生得没那么快，不至于叫人慌张起来。”

邱阿姨说了一堆如何怀念“一九九几年”这个称呼的话，王小哼却心不在焉地凝视着夜空，心里暗暗思忖：明天就是除夕，我是不是该回家了？

六

王小哼终于回家了。假期过到第六天的时候，邱阿姨一大早醒来，便不见王小哼的踪影了。王小哼的铺盖还在，但是行李箱不见了，衣服和木梳子也都不见了。最能证明王小哼走掉的证据是她给邱阿姨留的一张纸条，上面写着：如果你想回去，就快点行动；如果不想回去，就死心塌地地留下来。

看完纸条后，邱阿姨的脸上泛起一抹笑容，内心如得解放一般舒畅。她早早地起床，收拾屋子，然后给自己做了一顿丰盛的早餐。清晨的鸟儿从巢穴中懒洋洋地钻出来觅食，忽而叽叽喳喳地追逐，忽而停留在电线杆上，用细如针芒的嘴巴啄一啄身上的羽毛。街上的行人簇拥着，活动着身体的每一处关节。天空中悬挂着的大太阳也格外开恩似的，将阳光洒满潮湿的地板。树冠上的雪花为这灿烂的阳光感动地流下了泪水，远山处，沉睡着的草木也都探出了身子。

邱阿姨继续织着尚未完成的袖子。她心想：等自己穿上这件暖和的毛衣，就再也不用惧怕寒冷的冬天了。到了那时，我也要回家。

中午时分，毛衣大概已经完工。邱阿姨感觉自己的胃已经开始闹情绪了，于是点着煤气灶，把昨晚剩下的饭菜放进蒸锅里热一下。所有工序完成之后，邱阿姨立刻将毛衣穿在身上，看看是否合身。

正当邱阿姨在镜子前兴高采烈地比量着自己的身段时，三个值班的工人闯了进来。邱阿姨知道他们要干什么，于是战战兢兢地向后退去。他们逼得她无路可退的时候，她便哭了起来。他们将她拖到床上，扯烂她的衣服，并对她进行了禽兽一般的蹂躏。邱阿姨的泪水打湿了床褥，她声嘶力竭地叫喊着、哀求着，可工厂里就剩他们四个人了，她的号啕是无力的，也是无用的。

其实这三个人早就对邱阿姨起了歹心，他们觉得邱阿姨是一个自命清高的人，这也正是她与众不同的地方。他们说，自命清高的人就应该被搞。他们只是缺少一个时机，而王小哼的离开正好给他们提供了有利的条件。他们确信，即使把她搞了，她也不会将此事说出去。其原因有三：

一、邱阿姨不是本地人，这里没人喜欢听她说话，也没人会帮助一个连家都没有的女人；二、邱阿姨爱面子，假如事情传出去，她的声誉全毁，更何况，清高的人是不会与别人分享自己的不幸的；三、她没有半点证据证明自己被强奸了，因为这里的事情谁也说不清楚，在其他人看来，说不定她更像个婊子。

理清楚这三点以后，他们恰巧看见王小哼提着大大小小的行李箱离开工厂。他们不约而同地将自己的方案说了出来，然后互相讨论每个方案的可行性。讨论到一半时，他们便冲进了女生宿舍。

办完事以后，他们甚至连半句警告的话都没有对邱阿姨说，就径自下楼了。

刚刚发生的悲惨遭遇反反复复地在邱阿姨的脑海里重现，她一边失声痛哭一边整理着自己的衣服和床铺，她脱掉身上的毛衣，平整地放进衣柜里。她把头发梳好，擦掉嘴角的血迹，一屁股坐到地上。她像个走丢的孩子一样，踽踽凉凉、孤独无依。

天空突然阴沉起来，麻雀的叫声非常刺耳。邱阿姨捡起地上的拖鞋，朝声音的源头扔过去，拖鞋不偏不倚地打在电线杆上，麻雀受了惊吓，仓皇逃走。她将蒸锅从煤气炉上端下来，把午饭端到宿舍中央一张公用的桌子上。她边吃边哭，米饭黏在嘴里无法下咽。后来，她干脆将饭碗放到一旁，趴在桌子上，任凭泪水倾泻而出。

她的身体缩成一团，呜咽声在整栋宿舍楼里悠悠荡荡。

尽管时至中午，宿舍里却依然昏暗不已。如果不凑到近处看，根本不知道角落里究竟堆了些什么。那是邱阿姨的杂物，上面有红红的毛线，绿绿的工服。但是这些色彩仅仅在强光下才能加以区分，现如今，都已随着灰暗的空气一同发乌。时间犹如阴云一样越发凝重，如黑夜一般越发坚硬。

冬日的阳光代表了太多的东西，当它躲藏起来时，人们便会失去，最先是体温，最后是生的希望。往往最难熬的也在于此，寒冷将时间拉长，对于一些人来说，越冬就显得格外困难。

哭过之后，邱阿姨将剩饭统统倒在楼道尽头的垃圾桶里。楼道里漆黑一片，只有对面的窗户投射进来的日光在告诉人们逃生的路线。整个楼道仿佛一条幽暗绵长的下水道一样，人在顶远处就可以闻见从垃圾桶里传出来的恶臭味。

邱阿姨回到宿舍，从梳妆台的柜子里翻出一张碎纸片和一根铅笔。她把铅笔削得尖尖的，木屑散落一地，如同女人的手指甲。她用铅笔在纸片上一道杠一道杠地画着。一、二、三、四……直到她把时间忘得一干二净，纸上已经排满了深深浅浅的黑色的竖杠。她趴在桌子上，小拇指一顿一挫地点着那些竖杠，口中慢条斯理地报着数目，她那细微的声音既不大又不小，大了怕被人发现，小了又怕自己记不住。数到42的时候，最后一道杠已被检阅完毕。她心想：那我应该有……42000块钱。

邱阿姨每个月都会将节余下来的一千元钱存到银行卡里。宿舍没人知道她的银行卡藏在哪儿，也没人见过她去银行取钱。她们根本不在乎她，她攒下来的钱越多，她们越要对她视而不见。她把王小哼留的纸条贴在墙角，再一次检查了自己的行李，并将那件“崭新”的毛衣穿在身上，然后锁门出了宿舍。她绕过值班室，将行李扔到高墙对面，从另一个人们开辟出来的狭小的出口挤出了工厂。

邱阿姨终于踏上了回家的路途，这个决心，她下了三年半之久。她惶恐不安地躲闪着人们的脚步，与她擦肩而过的行人犹如洪水猛兽一般可怕。谁都没法想象她内心无比庞大的恐惧感，这种恐惧不单单是因为刚刚发生过的不幸，还有她许久未回过的家，它们加在一起构成了一种莫可名状的威胁。

邱阿姨走到距离工厂只有几百米远的公交车站。车站里排起了一条条的长龙，赶车的人们焦急地等待着，有几个人向队伍前方探望，骂骂咧咧地说："这个人怎么这么磨叽呢？"

挪动了半天碎步，终于轮到邱阿姨了，她凭着记忆冲年轻的女售票员说出自己要去的地方，售票员细心地告诉她回家的线路，并帮她选好第一程车票，叫她去候车室等车。邱阿姨连连道谢，竟惹得女售票员不好意思起来。

此刻，王小哼已经坐在返乡的大巴车上了。车厢里的行李将所有人们能够想到的空间填满。有几个人甚至甘愿坐在行李上，也不想再等下一辆车了，他们在这几个小时的车程中需要起起坐坐折腾好几回。车上的民工居多，他们总是蓬头垢面，疲惫不堪的样子。从彼此的交谈中便能听出他们内心无法掩饰的喜悦之情。是啊，一年到头，再忙也该休息两天。他们总是三五成群，双手插兜，游走在看起来跟自己毫不相干的城市中，忙碌时依然谈笑风生。繁重的工作和生活的拮据经常让他们食不果腹，难以填饱肚子。唯有醉醺醺的日子才能使他们忘却生活的烦恼。王春喜曾经对王小哼说，酒是伴儿。直到今日，王小哼才真正理解到这句话的分量。

七

2000年春，王小哼20岁。

田里的麦子已经没过脚丫了，天空彻底放了晴。由于季节的变换，地里湿漉漉的。清晨的时候，晶莹的露水趴在小麦的叶子上打瞌睡。放眼望去，一整片绿色将大地覆盖。有几只早起的柴狗跑到大街上撒欢。孩子们重新背上书包，往学校的方向奔去，村子里的学校已经被拆除，他们必须徒步两公里到邻村的学校上学。男孩儿兴高采烈地讨论着自己三十晚上吃过的种类繁多的食物和放过的花样百出的鞭炮，女孩儿则穿着崭新的花衣裳，有说有笑地互相询问着当天要交的作业。男孩儿听到女孩儿说的话，心里一阵发慌。

林月娥抱着一把柴火，蹑手蹑脚地进了屋。把门反锁后，开始做起早饭来。王小哼和奶奶在同一时间醒来，她们睁开惺忪的眼睛看看对方。王小哼把头缩进被窝，冲奶奶笑着说："奶奶，还不起啊？"奶奶也把头缩进被窝里，一句话没说。

王小哼被关在家里已经有一个多月了。在这期间，她连门外的景色都没看到过，单凭院子里飞进来的几只小鸟才得知春天到来的消息。王小哼不愿意待在家里，但是家人以为她还会往外跑，只能把她锁起来。除了看电视就是睡觉，王小哼的身体胖了足足有一圈。过了一段时间，家里人还是不放心，他们也不愿意再和她多费口舌，就这么跟她干耗着，心想多锁她几天，她也许就能断了逃跑的想法。他们认为，该说的话都已经说尽，王小哼也不小了，应该明白这些道理。

而在奶奶的心里，王小哼就是害死她儿子的凶手。一想到王春喜，王小哼的奶奶就会为自己英年早逝的可怜的儿子痛哭流涕。她一哭，鼻涕就会不住地往外流，擦鼻涕的手绢一天不知道要洗多少次。后来王冬给她买了一块崭新的手绢，她却拿来当钱包使了。她把钱放到手绢中间，双手像擀面杖一样把手绢滚上几圈，两头一系，钱就安全了。现在，王春喜的五七已过，王小哼的奶奶找来一堆上了年纪的老太太打麻将。无聊时，王小哼就在旁边观战。可是只要一有她在，奶奶总会输得很惨，然后就骂骂咧咧地不给她好脸色看，她便噘着嘴踱回自己的屋里。

屋檐上时不时有水珠滴落下来，毫无规律的敲打声透过玻璃窗户依然可以清晰地听到。屋檐下的地面被砸出一个个深浅不一的坑，最后又连成一条细细的沟壑。林月娥在家无所事事，整天以收拾家务度日。王春喜还活着的时候，她得纳好多双鞋底。她说王春喜长着一双费鞋的脚，一有空就在外面跑来跑去，一年下来，不知道穿破了多少双布鞋。现如今，家里连个男人也没有，王小哼又学他们城里人，穿起旅游鞋来，她也就没得可做了。

林月娥隔三差五就到王小哼的房间里翻找东西，这让王小哼十分厌烦。王小哼明白，母亲是怕她偷偷跑了。可她还能往哪里跑呢？如果想走的话，她就不会回来了。

王春喜的弟弟王冬比王春喜小四岁。王春喜的婚事刚刚过去没多久，王冬又要结婚。王春喜结婚的时候，家里的积蓄已经花得所剩无几，等王冬结完婚，家里已经负债累累。于是哥俩出去做生意，赚钱还债。旧时候，老家时兴做调味料的买卖，因为这个生意成本低，风险也低，即使赔了也不至于倾家荡产。他们也跟着赶时髦，到外地去卖调味料。

没过几年，他们就脱离了贫困，家里的债务也已经全部还清。当他们走出那条商业街的时候，有人问他们是怎么做到的，王春喜说，娶个媳妇你就知道我们怎么做到的了。其实不然，娶媳妇并非是激励他们早早脱离贫困的绝佳理由，他们只是在秤上做了手脚而已。按照王冬的说法，这是半斤八两的买卖。后来王小哼用初中所学的知识告诉王冬，他这种说法是错的，因为古代的八两就是半斤，古代人说的“半斤八两”是指没有多大差别的意思。现在的半斤和八两是两码事。从那时起，王冬便对王小哼心生忌惮。

王冬和王春喜一样，都想过体面的生活。同时王冬还想成为王春喜那样的焦点人物，他觉得那是有文化、见识广的象征，而王小哼却对他的这一想法构成了极大的威胁。后来王春喜搬到了镇上，王冬天天琢磨着要取代王春喜的位置，可是村里人都不愿意听他说话，更别提把他当成焦点人物了。

他为此事和自己论证了整整一上午。首先，他王冬并不比王春喜去的地方少、见的世面少；其次，王春喜没走之前，这帮能够蹲在一起说话的人也是他的朋友；最后，王春喜搬到了镇里，他们更应该通过他来缅怀王春喜没走以前的日子。总之，这件事合情合理，不然就是他们太低级，不够了解他王冬。

可王冬万万没想到，正是因为王春喜搬到了镇上，人们才不喜欢搭理他的。他们觉得，王春喜不仅是一个能说的人，而且是一个会做的人。而王冬在大家的心里就不同了，他也常年在外地做生意，心眼不比王春喜少，他哥能搬去镇上，他为什么就不能呢？

自从王春喜去世以后，王冬又开始在村子里游手好闲，四处游荡。每次见到一群人在墙根底下蹲着闲聊，他就凑过去，蹲在一旁。他终于如愿以偿地取代了王春喜的位置，成了人们竞相谈论的焦点。可他不像王春喜那样肤浅，什么话都说，他更擅长摆架子。每次扎堆儿以后一言不发，当人们聊得差不多了，他才像作大会总结似的说上几句。人们有些捉摸不透王冬了，不晓得他脑子里到底在想些什么。而这正是他要人们明白的“我和我哥的不同之处”。

王冬往王春喜家走动得越来越勤快。时间一久，他的媳妇就不高兴了。而每次王冬的媳妇不高兴的时候，王冬都会一脸愁容地说：“你懂个屁，我哥走了，我去照顾照顾我大嫂怎么了。”

这天，王冬又像往常一样去照顾他大嫂，途中遇见王连生的儿子王大海。王大海问王冬："冬哥，回头给我讲讲，王小哼好看了不！"

王冬脱下棉布鞋，做出"我要扔过去砸死你个小兔崽子"的姿势，骂道："叫你个小王八蛋再胡说。"

王大海被吓跑了。王冬嘴里嘟嘟囔囔地一边骂街一边往回走，走着走着转念又想：我怎么能让一个小毛孩子的话左右摆布呢？不行，如果今天听了他的话我就打道回府，岂不成做贼心虚、不打自招了吗？

到了王春喜家门口，大门依然紧闭着。王冬就像是接暗号的地下工作者一样，细声细语地冲门内探问道："嫂子，起了吗？"王冬撸起袖子，看看手表，都已经七点十分了。

林月娥睡觉轻，身边一有风吹草动就能从睡梦中马上醒来。也或许对她来说，这辈子都没睡过一回踏实觉。她听到屋外有人喊门，撩开窗帘，扫了一眼挂在电视上头的石英钟，然后从炕上爬起来，匆忙穿好衣服，冲大门应声答道："哎，来啦。谁啊，老二兄弟吗？"

"啊，大嫂，是我啊。我过来看看……"王冬犹豫片刻，"我来看看咱娘。"

"哦，老二兄弟可真够早的，娘还没起呢。"林月娥边说边将门打开。王冬的脸色千变万化，就像京剧脸谱一样。本来林月娥的回答是无心之谈，谁料王冬却被噎得头昏脑胀、无言以对。王冬心里很不舒服，但是门既然开了，他也不好意思不进去。他上下打量一下林月娥的装束，心想：一家人准是犯懒，都还没起呢。王冬撇下她，径自走到屋内。刚一进屋，他心里就发起慌来。这下倒好，被子都还没叠呢。王冬坐在沙发上抽起烟来。林月娥哆哆嗦嗦地跟着进了卧室，她问："老二兄弟，小秋自己上学去啦？"王冬唉声叹气地说："嗯，上学去了。"

王小秋就是王冬的儿子，出生在秋天。为了与自己这辈人区别开，王冬便给他取名叫"王小秋"。王小秋的学习成绩优异，个头却好像被那点小智慧压得一直没蹿起来。王小秋是全家人的希望，因为他是他们家除王冬以外唯一的男丁，所以家里人对他尤为重视。王冬也愈加感到肩上的责任重大，他天天盯着王小秋写作业，不管自己懂不懂，都得问上两句：这道题你弄会了吗？

八

转眼到了六月，春天的身躯在金黄色的麦浪中被太阳彻底烤糊。凶猛的热风吹过脸颊，人们好像发了高烧一样。村东头的河流被刚刚结束的一场大雨填满，村民们正商量着，等地里的土壤彻底干了，就联系收割机的事情。潮湿的空气蒸得人们皮肤发黏，额头和鼻尖始终依附着一滴滴的汗珠，总有口气像是还没喘完就被呷进去堵在喉咙里。

王小哼终于可以出门了，这个过程就像熬鹰一样艰难。由于长年累月见不到阳光，她的皮肤白了许多。最先告诉她这个现象的人是王大海。王小哼打小就招人喜欢，同学都愿意围着她活动，王大海也是。可王小哼从小到大都没有正眼看过王大海，倒不是因为他长得不中看，而是在王小哼的眼里，其他人都已经被隐形了。最先从王春喜和林月娥开始，后来是小学班主任和那个监考老师，再后来便是工厂里除邱阿姨以外的所有人。

现在王大海和王小哼在一起，不过是为了满足小时候便萌生的虚荣心而已，他觉得，在王小哼面前，自己反而有了一种优越感，这种优越感并非来自那些他送给王小哼的零食，大部分还是来自于王小哼仰视他的眼神。王大海从她的眼神里看出一种长度来，就像不断从山洞里钻出来的火车一样。

王小哼现在最喜欢和王大海在一起，但是王大海要去县城上班，所以他俩不常见面。王大海偶尔回来一次，就会带好多好吃的零食和好闻的香烟给王小哼，香烟统统被他俩在田间就地解决，零食则被王小哼带回了家。王大海为此埋怨过王小哼，他说王小哼吃独食，况且这些都是他掏钱买的，她更无权带走。王小哼对王大海说的话根本不感兴趣，所以不当回事，更何况他还处于隐形的状态。

他们无所事事地坐在田间，望着一簇绿油油的杂草环抱的麦地发呆。周围的几个村庄分散在一眼可以望到的不远处。地里的灌木异常繁多，茂盛的杂草已经能没过人的半截身子。王小哼经常藏在某个隐蔽的地方让王大海找，王大海每次急匆匆地转过身去再转过身来就看不见王小哼的踪影了。他总是故作聪明地冲着苍茫的草地喊“出来吧，我看到你了”，而王小哼就像只蚂蚱一样安静地趴在草窠里咯咯地笑。有几次，王大海实在找不到她，便独自回了家，王小哼则躺在草丛中睡起觉来。

有一天，王大海对王小哼说：“其实我早就不喜欢你了，但我还是要留在你身边。现在我觉得你和其他女人没什么两样，我看得太多了。每天上下班我都能看到一堆女人招摇过市，有的挤着公交车就被人占了便宜，有的脸贴脸被人摸了胸。现如今我爸爸，就是王连生——你爸爸的好朋友，他给我找了个漂亮媳妇。所以我不能和你待在一起了，但我想和你在一起，小的时候就想。我必须得离开你，结婚这件事我做不了主。但我打算在离开你之前摸你一下，可以吗？”

王小哼看着王大海深邃的目光和他下巴上浓密的胡楂愣起神来，等王大海说完他的肺腑之言，两个人发着呆，互相对视良久。

后来王大海起身要走，王小哼拉住他的胳膊，把他硬生生拽倒在地上。王大海坐直身子，再一次不出声响地盯着王小哼，这次王小哼没有让“多年前的他”失望，而多年后的他看上去明显坦然了许多。王大海看过无数个女人在各种情况下被摸，却从来没有摸过女人。可就是因为他看过无数个女人被摸这件事，他才更加坚信了另一个道理：当他王大海摸女人时，他肯定会觉得，这根本没什么大不了。

王小哼把短袖脱掉，双手向后一扣，胸罩便从胸前滑落下来，那过程快得简直让王大海吃惊。除了几个月大时看过自己母亲的身体外，这是他第一次看到其他女人的身体。王大海看着王小哼高高隆起的乳房，手掌缓慢地伸过去，他的眼睛死死地盯在那上面，心脏提到了喉咙中间。那东西充满了诱惑力，好像馒头上点了一颗小枣，叫人禁不住想去狠狠地咬上一口。王小哼看着王大海吃力的表情，心里有些替他着急，于是身体缓缓地凑上前去。

王大海的手终于够到王小哼的乳房了。他再也按捺不住，兴奋地手舞足蹈起来，他的鼻孔不停地往外流淌着温暖而鲜艳的血液，他的心脏如同疯跑的兔子一样，跳得又快又没有节奏。

王冬仍然像往常那样，频繁地去王春喜家串门。到了收割小麦的时候，他就更加有理由了。家里连个男人都没有，地里这么多脏活累活，他这个当弟弟的应该去帮衬着点。如果这个时候他不去，那才叫人笑话呢。

王大海和王小哼分手这天晚上，王冬嘴里叼着雪糕，向王春喜家走去。刚进屋门，他看见林月娥和王小哼还在吃晚饭，便将雪糕扔到门外，找一个小板凳坐下，狼吞虎咽地跟着吃了起来。王冬吃饭的样子让王小哼想起了小熊维尼，他的手握到筷子的最底端，每次把饭往嘴里送的时候，就像是用手抓起来的。

后来王冬对王小哼献殷勤道："哼，叔叔带你去买冰棍，怎么样？"

王小哼本来因为白天王大海对自己说的话，心情十分低落，听说王冬要给她买雪糕，就又活跃起来。她心想：这个一百年都不在别人身上花钱的主，今天终于主动奢侈一回，那我必须狮子大张口，挥霍他一回。于是她甩下饭碗，和王冬出了门。

在小商店里，王冬使出浑身解数逗王小哼开心。回来的路上，他又时不时地拍打王小哼的屁股。起初，王小哼只当是感觉不到，没理会他。后来王冬变本加厉，将手放在王小哼的屁股上不松手。王小哼回身打了一下他的胳膊，王冬马上兴奋起来，他一把抱住王小哼，嘴里说起不干不净的话来。大街上乌漆墨黑，什么也看不见，王小哼只感觉王冬强壮的手臂勒得自己喘不上气来。借着从其他人家飘散出来的灯光，王小哼顺着王冬的身体往下一溜，便摆脱出来。她疯了似的往家跑。王冬在她身后喊道："小哼，你干吗去？刚才差点跌倒，没事儿吧？"

王小哼边跑边回应："鬼才跌倒了呢。真是邪门，怎么世上还有这种人？"

王冬继续往前追，一直追到王春喜家。他跑进去坐下，看看林月娥，见她没反应，又走到王小哼的屋子里。王小哼正坐在炕上听音乐，她的音乐播放器是在打工期间买来消遣的，现在却割舍不下了。每次王小哼把耳机塞进耳朵里，就什么都听不到了，仿佛自己存在于另一个世界。在这个世界里，她可以肆意编造自己的情绪，给自己附上各种不同的故事背景。每当歌曲结束的时候，她又失落于没有声响的那几秒钟。

王冬悄悄走过去，这次，他守规矩地拍了一下王小哼的肩膀。见是王冬，王小哼把耳机摘掉，昂起头，不屑一顾地盯着他。王冬撇下刚刚发生的事情不谈，问王小哼戴的什么东西。王小哼把mp3塞进裤兜，继续目不转睛地看着他。这下王冬被盯毛了，他压低声音，凑到王小哼的面前说：“算了算了，刚才的事是叔叔不好，我跟你道歉。”

“你别烦我。”王小哼突然冒出一句与此事似乎并无多大关系的话。其实她早就把刚才的事情忘了，况且像王冬这样的人，根本不值得她伤脑筋。她只是在为王大海说的话难过而已，之前她以为，她不会喜欢上任何一个男人，当王大海恋恋不舍地跟她诉说苦衷时，她的心突然疼痛起来。那种痛感让她难以割舍。

王冬被她莫名其妙的叫喊声吓出一身冷汗来，他失落地摇了摇头，闷不吭声地从王春喜家走了出去。

第二天一大早，窗外传来此起彼伏的轰隆隆的响声。王小哼坐起身，冲屋外喊道：“妈，什么声音啊？是不是地震啦？”

“收割机，今天能下地干活了。”

“哦，那也不用这么早啊！装不进仓里就怕飞了。”王小哼倒头继续睡。但是无论她怎么转移注意力，这嘈杂的声音就是挥之不去，越是忽略越是清晰。一个鲤鱼打挺，她又坐了起来，问道：“那咱家的麦子什么时候收啊？”

林月娥蹲在屋外，边做饭边答应道：“快了，这两天吧。你叔已经把收割机联系好了。”

王小哼把薄薄的被子使劲往下一蹬，小声嘟囔：“他才不是我叔呢。”她将头发梳理整齐，从炕上跳下来，帮林月娥把饭菜摆好，“还叫我奶奶来吗？”

“不能叫，你婶子这人你又不是不知道，这时候再喊过来吃饭显得不合适。再说，咱家做的又不是什么好东西。”

“可我婶子根本不会做饭啊。”王小哼回答。

自从林月娥允许王小哼出门以后，王小哼的奶奶就搬到了王冬家。这难免会让王冬心灰意冷。王小哼最讨厌王冬这样的好色之徒，她曾经和王大海提起过此事，王大海把这事当成笑话听，听完就完了。他对王小哼的话根本不感兴趣，可是王小哼却觉得此事不容小觑，她对着王大海竖起的头发发誓："等以后我嫁了人，一定把我妈也带过去。"王小哼说，王春喜死了以后，林月娥就再也不属于这里了。唯一让她甘愿留在这里的原因，就是她王小哼。

那天王小哼对着王大海流了很多眼泪。王大海回忆起自己母亲的不易之处，也跟着哭了起来。王小哼一边哭一边劝王大海，王大海一边擦眼泪一边擤鼻涕。后来他们得出一个结论：我们必须要有改变别人命运的能力，即便是为了那些曾经爱过我们的亲人，也应该奋斗下去。因为他们是唯一愿意为我们无私奉献，并且真心实意地寄予我们厚望的人，所以更加不能让他们看见我们不幸福！

九

2001年冬至。

一个特殊的日子，王小哼必须在场，因为她要参加自己的婚礼。她的丈夫名叫张宝。

王小哼外面穿着雪白的婚纱，里面穿着厚厚的秋裤，她坐在自己家的炕头上，等着一个陌生的男人来接她去另一个炕头上生活。她对这个男人知之甚少，他们只见过几次面而已，后来她被带去他家见家长，然后一起买衣服。买完衣服以后，他们就结婚了。别人都说，王小哼天生丽质、冰雪聪明，就这么嫁了人，未免太过草率。而王小哼的奶奶和二婶认为，张宝有稳定的工作，家庭条件又好，虽然长得并不出众，但也没丑到妨碍生活的地步。王冬对此颇有微词，那天在王春喜家，他当着全家人的面说，像张宝这样的男人根本靠不住，时间一久就容易变心。他拿自己举例子说："我王冬身无分文的时候，照样有勇气娶媳妇，这才叫家庭担当。所以王小哼必须得找一个生活在贫苦的环境中却依然爱她的男人。"王冬的媳妇反驳他说："你自己没出息就不要反过来说别人，谁的心不会变，你的心不会变？"王冬看了看媳妇，气得火冒三丈，拔腿就往外头走。

婚礼这天，林月娥坐在王小哼身旁哭个没完。家里人劝她说，孩子长大了，组建了新的家庭，这是好事。而且婆家离这里近便，想见随时可以见到。其实谁也不知道，她是在为王春喜哭，因为王春喜没能看到自己的女儿出嫁。王小哼躺在她的肩膀上，看着熙熙攘攘的人群，心里突然有种说不出的憋闷。

原来这就是结婚啊，王小哼心想，一堆人陪着你瞎兴奋，结果上婚车的时候就剩你自己了。王小哼发现王大海也在场，他穿着一件棉衣，瑟瑟地站在屋外瞅着自己嘿嘿地笑。王小哼冲他做了个鬼脸，然后将头转向一边。王小哼的身边有个令人讨厌的摄像师在跟拍她的一举一动。有一次，王小哼被镜头惹毛了，于是穿上鞋子往外走。摄像师穷追不舍地跟她后面，她拿手掌顶住摄像机镜头，对他说："我上厕所你也拍吗？"

婚车终于来了，王小哼被自己的丈夫抱上车，然后与家人挥手告别。王小哼凝视着面容憔悴的母亲，眼泪扑簌簌地掉在车座上。这时，录像师也跟着挤进婚车，王小哼没好气地转过脸去，背对着镜头，默默地难过起来。

到了新家以后，张宝把王小哼背到屋门前，证婚人念了一大段证婚词，每一个到场的人都冻得瑟瑟发抖。男人们看着这个可人疼的新娘禁不住想凑上去摸两下她的脸蛋儿，然后闻闻她身上的香味；女人们嘴里嗑着瓜子，手上指指点点地谈论着王小哼的长相和脾气。待念完一箩筐的证婚词以后，证婚人宣布，他俩从今以后就是结发夫妻了，王小哼心里的石头终于落地了。张宝的朋友和同学一拥而上，变着法子地折腾他俩，他们向她提出各种滑稽的要求，王小哼忍俊不禁地站在一旁，偏不照做。为了化解尴尬，张宝就成了替罪羊，他像跳大神的巫师一样，在院子里翩翩起舞，逗得旁人捧腹大笑起来。

等到夜晚人已散去，王小哼这才慌了神，她突然感觉自己待在一个陌生的地方，有一群陌生的人生活在自己身边。她很不适应，或者说，她还没有准备好。

王小哼掏出手机，给母亲打电话。接通之后，王小哼哭着喊着说要回家。这时，王春喜家围了一屋子人，他们在填充着林月娥内心的孤独。她的心就像这座房子一样，完全被掏空了。

发完牢骚以后，王小哼疲惫不堪地瘫坐在炕上。她并没有做出任何回家的举动，因为她知道，这件事即使现在适应不了，以后也必须适应。

张宝爬到王小哼的身边躺下，他露出自始至终都那么憨厚的笑容，对王小哼说："累了吧？"他的手在王小哼身上蹭来蹭去，弄得她浑身发痒。张宝的父母住在之前的旧房子里，他们进屋向他俩交代两句就回了家。屋子里只剩下王小哼和张宝两个人，王小哼看着眼前这个土里土气的男人，心想：自己怎么就稀里糊涂嫁给他了？没准所有女人此刻都有这个想法吧。

在两个人共用一床被子还是各自用一床被子的问题上，王小哼纠结了半天，但她还是决定和张宝共用一床被子。王小哼"哼"了一声，把张宝的手推到一边，她把被子抖开，铺在炕中间。张宝笑着说：“等不及啦？”

王小哼没有理会他，自己钻进被窝。王小哼脱衣服的整个过程是在张宝的监视下完成的，她背对着张宝，将外套和内衣脱干净，脱完以后依然背对着张宝躺着。明亮的白炽灯将整个屋子照得异常的干净，家具上面的油漆仿佛古老的铜镜，反射出懒散的光晕。王小哼盯着墙壁上自己的身影，心里默默地说：如果单凭这个影子来看，我可以是任何一个女人。

午夜，没有几户人家亮灯，月光如同草叶上的冰霜一样冷涩，偶有电视机中绿林好汉与穷凶极恶的坏蛋交手的动静飘到街上，一辆无法辨认颜色的轿车开着远视灯由远及近驶来。一瞬间，发动机的轰鸣声扬长而去，身后的尘土一片欢腾。附近几个村落的狗前后呼应地叫唤着，像是在参加紧急会议，因为某事起了争执而破口大骂。两只发情的野猫在冰天雪地的草窠子里用打野炮的方式来捍卫它们之间的友谊，趴在前面的母猫时不时惨叫两声，好像在对后面的公猫说，你把我弄疼了，死家伙。

张宝脱掉身上所有的衣服，一丝不挂地坐在王小哼面前。王小哼转过头来，疑惑不解地凝视着他被冻得瑟瑟发抖的脸，说：“你不打算进来了？”

“我想进去，可你就留了一个被角给我，不够盖的。”张宝露出尴尬的笑容，仿佛躺在他面前的是个素不相识的女人。他的话随着寒冷的侵袭变得僵硬。王小哼往旁边移了下身体，把被子甩过来一半，说：“进来吧。”

张宝打着寒战，溜进被子里。王小哼让张宝跟自己保持距离，张宝就把被子拽得直直的，身子尽量往边上挣脱。王小哼和张宝四目相对，她心想：自己就要把初夜献给眼前这个男人了。而张宝心想：自己会不会把后背和屁股一整晚都献给屋里的冷空气。事实却并不如他们所想，王小哼眯着眼，两分钟不到就睡着了，张宝的身体也在三分钟之内就暖和了过来。他在犹豫，要不要把王小哼叫醒，然后做那件事。后来他放弃了，至于为什么放弃，张宝自己也不明白。他本可以在新婚之夜将王小哼最宝贵的一晚得到手的，但是这种唾手可得的东西根本不是他所期待的。他要征服王小哼，让她爱上自己，然后再和她做那件事。张宝思忖片刻，在王小哼的脖颈上亲了一口。

凌晨三点多，王小哼从噩梦中惊醒，她爬至炕头，将屋里的灯打开，回身看见张宝睡眼惺忪地望着自己。王小哼迅速钻进被窝，问他："你怎么还没睡？"

张宝帮王小哼擦掉额头上的汗珠，反问道："做梦啦？"

"嗯。"

"我已经睡着了，结果下面被你踢了一下，就又醒了。"

王小哼撩开被子问张宝："我踢你哪儿了？快让我看看。"

"别别，还是别看了。那东西有什么可看的。还能用……"这句"还能用"一下子刺激了张宝，再加上王小哼赤身裸体地在他面前躺着，张宝抑制不住地向王小哼靠去，王小哼的喘息还没从噩梦的恐惧中舒缓下来，就又变得急促起来。她的胸口一张一合，身体像火柴一样燃烧着。张宝嘴里不停地嘟囔，他希望王小哼能够跟他对话，可是王小哼的身体正在瑟瑟发抖，喉咙紧张得快要爆炸。她根本说不出话来了。王小哼平躺在炕上，张宝将被子掀起来，他想研究王小哼的身体，但被王小哼拒绝了。张宝颤巍巍地压在她的身上，他极不平衡的身体在王小哼的乳房上来回晃动，王小哼双臂紧紧地搂住张宝的脖子，张宝这才静止下来。王小哼叫张宝把灯关掉，张宝照做。

王小哼以为会有一场暴风骤雨般的男女之事发生，可是张宝摆出最为壮烈的姿势趴在自己身上，犹如战死沙场的士兵，再也没了动静。她双手抚摸着张宝厚实的头发，像安慰一个郁郁不得志的少年一样，在他耳边发出“嘘嘘”的声音。

张宝总觉得自己“牺牲”得有些仓促，可是他拿起自己的家伙时，发现它蔫得像一只死老鼠似的。王小哼的脸颊映衬着微弱的月光，由绯红变为惨白，她问张宝：“你打算这么待一晚上吗？”

张宝的确在她身上待了很长时间，而且他是想做出点什么来的，结果小老鼠硬不起来。等着等着王小哼就不耐烦了，张宝自己也觉得无能为力，于是从她身上艰难地爬了下来。

张宝躺回原位，说：“今天可能太累了，明天吧！”他那斩钉截铁的语气让他自己听起来都会信以为真，明天他一定会把这件事搞定。他尽量保持这种语气的完整性，而不会使王小哼听起来好像自己是在撒谎。可是他担心明天到底会不会还是这种情况，如果是，他肯定不能再说明天就会好的，那时候他该另找一个叫人信服的理由，这个理由必须任谁听起来都不会觉得它荒诞无稽。

使男人感到羞耻，是一个女人的特权。张宝有些失落，但又难以归咎于他人，于是只能自己生闷气。张宝生闷气的时候有一个明显的特征：他的眼神斜盯着一个地方，他的胸膛鼓得老高，张合节奏加剧，他会从喉咙里发出沉重的砸夯一样的喘息声。

此刻，张宝就像电影里的狼人一样，死死地盯着月亮，他脖子上那大大的喉结随着他的气息上下浮动。王小哼掰了下张宝的肩膀，叫他朝向自己。她发现，张宝的脸颊上已经挂了一行泪水，于是双手捧着他的下巴，将他脸上的泪水轻轻擦掉。张宝像个孩子一样，一头扎进王小哼的怀里，任凭泪水在这个二十来岁的姑娘面前肆意流淌。

就这样，王小哼带着一种被称作命运的东西重新开启了另一段生活，这次，她要耐着性子在这段生活里待很长时间。

张宝通过自己厚实的双手，终于赚到了大钱。这是一件体面又值得炫耀的事情。他决定在城里买一栋楼房，把家人送到城里去住。他说那里的教育好、环境好，是赚了大钱的人才能住的地方。王小哼当即打消了张宝的念头。她说她就想在农村有一座房子，能够过完一生足已。

十

或许这个故事还没有结束。对于一个人的生活来说，他所经历的一切也并非如此简单。我们所看到的事情，甚至所处的环境，是我们无法预料和改变的。它会像一个庞大的系统一样接踵而至。在这个系统里，人们受到命运的控制，做出让人意想不到的事情。你可以认为，王小哼组织了一个美满的家庭，过上了衣食无忧的日子；你也可以认为，像王小哼这种不安分的人，还会闹出什么乱子、闯出什么祸来。

林月娥仍然生活在王庄，她已经把自己种在了那里，那是她断不了的一条根。自从王小哼结完婚以后，林月娥的岁数正在按平方的速度急剧增加。每次回到王春喜家，王小哼都会察觉到发生在她身上的变化。这些变化让王小哼变成一个惜命的女人，那些不安分的冲动也随之消失殆尽。

林月娥经常在王小哼的面前讲起王春喜来，而王小哼在她那里总能够听到同一件事情的不同版本。她对王小哼说，王春喜爱干净、好面子，在谁面前都把腰板挺得直直的。王春喜对于王小哼根本不算陌生人，但是林月娥总跟介绍一个陌生人一样跟她讲他的故事。每当此时，王小哼就会靠在她身边，陪她一起回忆往日的时光，不管她如何唠叨，王小哼体会到的只有宁静。王小哼可以在这种宁静里整个下午都一言不发，也或许，她更热衷于一言不发。

一年后，王小哼生了一个女儿，名叫张念君。林月娥又开始跟张念君唠叨她姥爷的事情。张念君听不懂，只知道伸手拉扯她黑白相间的头发。

后来林月娥得癌症去世了。她去世那天，王小哼的第二个孩子也出生了。这个孩子给原本在绝望中一蹶不振的王小哼带来了一丝温暖。

林月娥与王春喜被合葬在了一个坟墓里。出殡那天，王小哼显得异常的平静，一滴眼泪也没有流。倒不是她没有泪水可流，而是爱到深处并非只能用泪水来表达情感。王小哼从产房出来后直接回了王庄，村子里的老老少少眼瞅着王小哼步履艰难地走到坟前。她跪倒在地，注视着缓缓落入墓穴的棺材，心里随着它变得沉重起来。

二婶搀起王小哼，说："赶紧跟你爸妈说两句吧，这是你最后的机会啦，以后再也见不着啦。"听到二婶的话，王小哼眼前一阵眩晕，她踉踉跄跄地走到棺材跟前，眼睁睁地看着两座棺材向地下沉去，却一句话也说不出来。她想再抚摸一回林月娥消瘦而布满褶皱的脸，听她讲讲王春喜的故事。如果可以，她更愿意在许久之前亲自跟王春喜多说几句话，哪怕跟他道声歉，告诉他自己已经长大成人，不会再做傻事了。只可惜时光不能倒流，错过的也无法弥补。

之后的日子里，王小哼时不时会盯着茶几上的杯子发呆，那是张宝从城里带回来假装高雅用的高脚杯。张宝一直想要搬进城里，可是这个计划被王小哼一而再再而三地否定。无奈之下，张宝只好将家里重新翻修了一番。这只高脚杯就是那时候买的。王小哼说：

“这只杯子像一个易碎的女人。”张宝说：“你也不做家务、不带孩子，总冲着一只杯子发什么呆？”

张念君五岁大了，她已经能够在一旁帮忙照看自己的弟弟。这样王小哼就有更多的时间来思考高脚杯如何像一个易碎女人的问题。

张念君已经到了上幼儿园的年龄，张宝在暑假期间就给她报了名，学校说幼儿园和小学开学时间是一样的。张宝跟王小哼交代清楚这些就又去外地赚钱了。过去他跟着自己的叔叔在外面干建筑，后来叔叔退休了，他自己也已经能够撑起一摊活了，于是把工作接了过来。现在是盖楼房的旺季，各个地方的高楼大厦仿佛一夜之间拔地而起，就连镇里都有不少五层以上的小高楼如雨后春笋般冒出来。建筑的工期比较长，所以张宝每隔几个月才能回一次家。回到家后，第一件事就是把赚来的钱让王小哼收好。

王小哼的工作是照顾孩子和把藏在沙发底下的钱看好。起初，她说要到外地打工，张宝不同意，他说他自己赚的钱足够一家人开销，而且孩子一旦离了亲妈，心理上就容易出问题。她不能因小失大。

王小哼并没有因此而埋怨什么，但是她对孩子们也没有做到全心全意，这一点张念君深有体会。有一次，张念君在一个水池子旁边玩耍，一不小心掉了进去。当时王小哼就在现场，可她却丝毫没有察觉到。后来张念君被路过的张村长救了出来，王小哼却说：幸亏这孩子水性好，不用学就会游泳了。还有一次，张念君帮王小哼端起刚出锅的玉米粥，王小哼没注意到她，一转身把她撞倒了，她的胳膊不偏不正地杵进碗里，烫伤的疤痕在她胳膊上一直留到现在。

开学这天，张宝故意给王小哼打了一个电话，让她不要忘记送孩子上学。她对张宝说：“没忘，放心吧，孩子的东西都收拾好了。”此时，张念君就在王小哼旁边站着，噘着嘴，眼泪顺脸颊流下来。王小哼看到此景，抱起张念君说：“念君，妈这就给你买文具去。你在家看着弟弟。”王小哼抹掉张念君脸上的泪水，扭头看看墙上的石英钟，应该来得及。

没多久，王小哼把东西置办齐全，回了家。张念君在屋里逗得弟弟咯咯地笑，她见到王小哼满载而归，脸上露出了得意的笑容。她接过自己的新书包，稀罕个没够。王小哼催促她把早饭吃了，把衣服穿好，她便乖乖地照办。

一路上，同行的伙伴冲张念君天真地笑笑，她的内心就无比兴奋。她心想：就你们能上学啊，我也能上，而且是幼儿园。张念君嘴里哼着不知名的歌曲，脑后的两个马尾辫随着自行车的颠簸像毛驴的蹄子一样尥着蹶子。

到了学校，张念君惊奇地发现，幼儿园在一个小角落里被孤立起来了，门口有滑梯、秋千和转椅等娱乐设施，旁边立着一个牌子，上面写着：高年级同学不许玩耍。张念君虽然不明白那上面写的什么，但她知道，这里是幼儿园小朋友的领地，其他人无权闯入。走进教室，张念君随便找个座位坐下。王小哼站在窗外朝屋内看去，眼神和张念君交汇到一起，她冲张念君挥手示意，自己要走了。张念君冲她点点头，她就真的走了。

九月的空气是清新的，人们透过窗户甚至可以嗅到绿色的气味。院子里鸭子嘎嘎的叫声尚显稚嫩，十点半钟的阳光直直地射入屋内，空气中漂浮着的灰尘清晰可见。回到家以后，王小哼依然在发呆中度过一整天。她打开电视机，却从不在乎里面的内容。她只需要听到声音，好让自己有存在感。

放在茶儿上的高脚杯始终没有用过，里里外外被王小哼擦得一尘不染。屋内的家具陈旧了许多，即使阳光再猛烈，那些褪了色的木头也没法再找回原先的新鲜感。结婚时从家里带来的鲜红的被子套上了素色的被罩，所有喜庆的气氛都已经褪去，只剩下平淡无奇的日子。王小哼的脸颊上添了几分成年人的风韵，她的身体也逐渐有了一个已婚妇女特有的曲线，屁股尖翘、胸部高耸、肤色暗沉。

傍晚时分，张宝又打来电话，询问张念君上学的情况。王小哼猛然意识到，现在早已经过了放学的时间。王小哼急忙挂掉电话，行色匆匆地骑着自行车往学校赶，她一边骑一边哭，一边哭一边喊着张念君的名字，路上只有零星的几个晚归的人影和一条静谧的河流。她想到自己离家出走后王春喜和林月娥心急如焚的情景，心里更加自责。她再次感觉到时间的冗长，仿佛一切过程都被按了慢放键。她想：哪怕拼了自己这条贱命，她也不能容许自己再有什么过失。

到了邻村村口，王小哼看见张念君正站在学校门前远远地望着自己，欢快地手舞足蹈着。心里这才踏实下来。骑到张念君跟前，王小哼从自行车上跳下来，一把抱起她，眼泪再次夺眶而出。

“妈妈，我就知道你会来接我。”

“当然了，我的孩子。”王小哼说。

庄生蝴蝶

一

男人们一直想不通，于凤为什么会嫁给龚并举呢?

眼看到了于凤摽梅之年，于革命左思右想，却也琢磨不出个合适的人家，能让自己的闺女嫁过去。其实来说媒的数不胜数，但是男方大多数条件虽入得眼，品行却有待商榷。嫁入这样的人家是要吃大亏、倒大霉的。思来想去，于革命突然记起八竿子打不着的远房表妹家。早就听说她家儿子生得机灵，又有自己的一摊活干，生活虽不算宽裕，但也不吃紧。

于革命随即骑上自行车，远赴十几公里外的表妹家。恰不逢时，龚并举出远门，还没回来。他只好戴着老花镜，细细端详表妹给翻找出来的照片一探虚实。他将身子歪到阳光里，照片上的人这才显出轮廓。那时，龚并举大约十七八岁的光景，穿一身灰蓝色的六五式的确良军装，手中端一杆大队给派发的步枪，脚下踩一双老式的解放鞋，英姿飒爽地站在墙边的老槐树下。

于革命的嘴闭得严严实实的，目光矍铄而坚定，仿佛照片里的人果真庄严地站在了他面前，叫他不得不谨慎、肃穆。

二

高春雨是于家村出了名的小混混，初中没念几天书，就被校长赶回了家。为了免遭家人的毒打，他在山林中待了两天两夜。后来于革命召集全村人巡山，才将他从一棵歪脖儿树上找回来。人们见到高春雨时，他蓬头垢面，身形消瘦，像个要饭的。他看见手执棍棒的父亲迎面走来，便往山上疯跑。只可惜，饿了整整两天两夜，他哪里还跑得动呢。多亏了左邻右舍阻拦，又加上德高望重的于革命一再叫停，不然高春雨的半条命非得在大山里交代了。

校方说什么都不让高春雨回去了，他就只能在家务农。平日里，高春雨一声不吭，也算老实。忍辱负重嘛！见到那帮比自己小的孩子，他又称王称霸、呼风唤雨。后来他自己养了两头牛，成了放牛娃，闲时就牵着母牛到河边放牧。那里青草漫膝，无人打扰，他在一旁怡然自得地躺着，有时犯了困意，干脆闭眼眯一觉，任那两头牛四处寻找可口的美食。

有一天，日头正盛，孩子们呜嚷呜嚷地涌向学校，高春雨又成了孤零零的一个人。他回到家，看看炕席上饶有兴致地打着鼾的父亲，悄悄牵着两头母牛去了河边。临走前，他在裤兜里藏了两块点心。点心正面嵌进去许多黑色的芝麻，被烘烤过的开裂的表面散发着金黄色的油光，手摸上去是湿的，在太阳的照射下，那些晶莹的芝麻粒儿仿佛一颗颗耀眼的明星。咬一口，嘴不能立刻松开，需要细细吮嘬后方能甘心，生怕香脆的一丁点碎末儿掉到地上，便宜了那群懒惰的蚂蚁。高春雨这辈子只吃过一种点心，他说他最爱吃这种点心，将来就是有钱了，买得起其他点心了，他也不会换口味。他对一件事物的热爱和偏执已经到了痴狂的地步。这种人最应该小心提防。

高春雨躺在满田野疯长的茅草中，远处飘来的悠扬而美妙的歌声钻过草丛，绕到他的耳边。高春雨不由自主地坐起身子，四下眺望。那如梦似幻的歌声仿佛一块磁铁，伴随于凤优雅的身姿映入他的眼帘。

于凤的衬衫上绣满了红黄相间的花朵，茅草恰巧没到她的臀部。她的头发被一个漂亮的蝴蝶结发卡扣在脖颈上，发卡上的蝴蝶逼真得如同随时都要飞走似的。微风拂动，茅草孱弱的身躯微微弯腰，仿佛在向这位美丽动人的姑娘行绅士礼。她手里的镰刀一直在忙碌，在铄石流金的气温下，依然没有放缓速度的意思。茅草半掩着高春雨的身体，他像只土拨鼠一样，两眼直勾勾地盯着于凤，那屏气凝神的姿态活像个以假乱真的稻草人。

于凤将自己深深地扎进茅草丛中，俨然一株粉过劲儿的牡丹。高春雨坐在远处轻声自语："真好看。"这话被一头母牛偷听到，回身冲他"哞"的一声，表示赞同。高春雨冲它狠狠地斜愣一眼，说："你懂个屁。"

他的声音不巧被于凤听到，他压低身子，生怕自己被于凤抓个现行。于凤停下手上的活，狐疑地望过来，问道："谁？出来。"

高春雨心里暗暗痛恨着那头母牛。他本想一动不动地躺在原地，等于凤自己离开的。只可惜于凤天生胆大，他越是不肯出来，她就越要赶他出来。高春雨只好乖乖地站直身子，同于凤打招呼："队长别开枪，是我啊。"

"高春雨，你藏在那里干什么呢？"于凤定了定神，把手里的茅草放到堆得老高的草垛上。

高春雨解释道："放牛，你呢？"

于凤将信将疑地盯着他，又转向他身后两头壮硕的黄棕色母牛，继而一言不发地割起自己的草。平时，高春雨一见到村子里的姑娘就变成话唠，今天头脑却有些吃紧，一时半会儿也想不出合适的话来，只好悻悻地坐回去。他并不明白什么叫怦然心动、什么叫一见钟情，更何况，两个人也不是头一回见，所以他更加没法理解，为什么单单见到于凤，他就变得言辞匮乏，像个哑巴一样。

于凤比高春雨大两岁，于凤二十二，高春雨二十。也许，这就是高春雨和于凤无话可说的原因。他时时刻刻都在提醒自己：我面对的是一个比自己年纪大的女人，我应该用她的方式和她沟通。假如说了一些幼稚的话，那可就菜了。

自此，高春雨决定和比自己年龄小的人划清界限。这个界限是他自己定的，凡是男的一概罢聊，女的就要看姿色，姿色一般的也不愿意搭理。

最终，高春雨还是鼓起勇气，决定和于凤说点什么。他提了提裤子，以一种从未有过的高雅的姿态走到于凤跟前，细声细语地喊了喊她的名字。于凤扭过头，用胳膊抹一把脸上的汗珠，说："怎么了？"她额前的两绺长发像两条乌黑的铅芯，高高隆起的乳房暗藏在花衬衫下尤为夺目。

高春雨再一次丧失了语言能力，这一点极不像他。为了掩饰自己的紧张，他一把夺过于凤手里的镰刀，忙不迭地割起茅草来。于凤被他突如其来的举动惊了一跳，迅速从他手中抢回镰刀，说："我割得差不多了，再多就背不回去了。"

高春雨眉头紧锁，脸上的表情跟当初被中学校长撵回家时如出一辙。于凤笑了笑，叫他帮忙把垛好的草用芦苇编成的要子捆到一起。高春雨接过于凤手中的要子，拆了重新编。他对于凤说："这样迟早要断了，得像你们女孩子梳辫子一样，交叉着编出来的才结实。"

于凤全神贯注地盯着高春雨，轻声打趣道："难道你还会编辫子？”

“不会，但我会编要子。”高春雨仔细摆弄着手里的芦苇，他胳膊上黝黑健硕的肌肉锃光瓦亮，好像刚刚被熏烤过的火腿。等重新编织后，要子看起来果然更像要子了。于凤拿过来，检验一番，说：“确实结实了。”

高春雨把事先垛好的茅草压了压，体积减去了一半，他束好要子，右腿使劲一顶，茅草像海绵一样，体积又减了不少。于凤这下有些失望了，她噘着嘴说：“要是我自己捆，肯定比这多。”

高春雨一听，腿上的劲头更大了。就像吃完菠菜的大力水手一样，他感觉体内的能量增加了好几倍，于是交叉的双手拼命一勒，膝盖用力一拱，“啪”的一声，要子绷断了。

于凤放声大笑起来，那笑声引得两头母牛好奇地观望，害得高春雨一脸羞愧。他急忙说：“你等着，我再拔几根芦苇，编个更结实的。”

拔芦苇是个技巧活，由于侧根繁多，根还没有拔出来，芦苇就已经拦腰断了。而高春雨恰巧是拔芦苇的高手。他连蹦带跳地穿过茂盛的杂草，来到河岸边，身手矫健地拔下好几根长长的芦苇。高春雨怕于凤等得不耐烦，一时心急，把鞋子还跑丢了一只。

于凤见他只有一只脚上穿着凉鞋，惊讶地问：“你那只鞋呢？”

高春雨把芦苇扔到地上，折身向岸边跑去。于凤觉得奇怪，心想：怎么问他鞋的下落，他却跑开了？不一会儿，高春雨又飞奔回来，这回他的两只脚上都有了凉鞋。他对于凤说：“这不，在这儿呢！”

高春雨的脸上露出了憨厚的笑容，他的牙齿微微泛黄，耳朵机灵地向外呼扇着。他那可爱的样子惹得于凤又是一阵大笑。高春雨并没有领会她的意思。或许，女人和男人本来就有着天壤之别。男人哪会觉得男人可爱呢？而女人就会。

高春雨弯下腰，小心翼翼地捆起茅草来。于凤笑累了，俯下身去帮他。不经意间，高春雨抬头瞟见了于凤的乳房。在被察觉之前，他迅速收回目光，催促于凤躲开，并强调："我自己一个人能行。"于凤不容分说，往后退了几步。

捆绑完毕，于凤冲高春雨连连道谢。高春雨哪里听过这种话，他竟不好意思地深深鞠了一躬，说："没关系。"当他低头的一瞬间，于凤的花裙子映入眼帘，他看见她的裙子上粘了几根细碎的草叶。他想伸手帮她摘下来，但又犹豫不决。最终，他不忍那几根草叶破坏了这身花裙子的美，手便大胆地伸了过去。于凤见了，赶忙闪到一边，疑惑不解地盯着高春雨。

"草，你的裙子上沾了几根草。"高春雨边解释边直起腰来。于凤低头一瞧，果真有几片细长的草叶趴在裙子上。她使劲抖了抖裙摆，一阵风随之泛起，从地表升腾出一股香味，那种味道沁人心脾，在青草幽涩的环抱中格外突出。

于凤和高春雨站在这条没有名字的河的岸边，河水里长满了大大小小的云彩，水草戳破云层冒出头来一探究竟。蹲在石板上的青蛙东一句西一句地拉着家常，两头母牛饱餐后已经盘腿打起了瞌睡，一条小鱼憋不住了，上来喘口气，荡起一环环如同枪靶子的涟漪。

高春雨找了些干枯的问题来填充快要熄灭的谈话，但也多亏于凤是个善良的人，不然高春雨还是要失望的。后来太阳累了，拖着沉重的身躯倒向那连绵不绝的黄土地做成的暖炕，天边的云彩被烫得通红。黑色的蚊子和白色的小飞虫却张狂起来，它们总爱绕着人的脑袋吵闹个没完。两头母牛睡醒一觉，起身"哞哞"地催促高春雨回家，两人这才分手告别。

于凤依然站在广袤的田野中，她的青春已经像这不败的茅草一样，疯长了二十几年。这么长的时间，有的人已经待嫁闺阁，有的人已经满面络腮胡，而有的人已经身归黄土。然而河水还是那样清，花草还是那样盛。时间的变化对人来说最是无情，而在最好的年华里，高春雨却窥见了于凤珍贵的容颜。为此，他心情久久不能平复，像是得到了瑰丽的珍宝，又像是听到一个令人振奋的消息。每到夜晚降临，他都不忍睡去，生怕睡眠会使记忆模糊，甚至衰退。他不能忘记，也不想忘记。在高春雨的世界里，于凤一直站在草窠中询问他，藏在那里干什么。这就是他所有美好幻想的构成。

三

于革命是块石头，钢铁都难以击碎的石头。现在他老了，如同秋冬季节的枣树一般老，他手上的黑斑越长越大，皮肤像一张被揉皱的宣纸。于革命真正意识到自己变老，是在他卸任村长那年，他的身体每况愈下，好像一夜之间就沧桑了许多。

有一天，于革命把于凤叫到身边，他告诉于凤，自己已经给她找了一个婆家，那家条件一般，但是人好。起初于凤不答应，以自己年纪小作为推辞。于革命就说：“我是老了，打不动了，但我的话你必须得听。”于凤终究还是拧不过于革命，所以遵从父亲的意愿，慢慢地和龚并举交往起来。

龚并举以极快的速度赢得了于凤的好感，他把这些归功于自己与生俱来的天赋。他说他一张嘴就能让女人笑。于凤嘲讽他不张嘴就已经够可笑的了。龚并举知道于凤是在和自己耍嘴皮子，因此他觉得，他们的事已经成功一多半了。

俩人交往的这段时间里，龚并举简直成了于家的人，整天待在于革命家，给他家干活比给自己家干活还上心，吃饭也随便，从不顾及吃相好不好看、优不优雅。于革命早已经拿龚并举当女婿看待，也不避讳，两人一到饭桌上定要喝两盅。后来于凤怕龚并举骑夜路危险，就不许他在家里喝酒了。

秋天将明晃晃的日头挡在云外，悬浮在头顶的空气像一扇厚重的玻璃大门，茅草的叶子上镶了一道金边儿，河里的青蛙也极少出来热闹了。这是衰败的迹象。高春雨再也不牵着母牛到河边寻找安宁了，他的母牛被卖给了屠宰场。按道理说是不应该卖的，因为母牛可以下幼崽。可是高春雨的父亲得了脑血栓，家里能花的钱都花光了，只剩几枚铜钱压锅灶和水缸使。无奈之下，他只好将两头母牛卖掉付住院费。

后来高春雨的父亲被接回了家，医院的大夫说，人只能治成这样，再在这里住着就是花冤枉钱。于革命当时也在场，他对高春雨的母亲说："听大夫的，大夫说得没错。看看老高这个样子，他也不愿意再在这儿住了。赶紧拉回家吧。"其实高春雨的父亲早已说不出话也做不出表情来了，他唯一的反应是嘴角不断有口水流出来。高春雨瞅着病床上的父亲，眼眶里注满了泪花。

这天上午，高春雨独自坐在河岸边。寒风将他的长发抚乱，河水一点一点分地退到泥土里。趁着周末，几个调皮的孩子在广阔的麦田上戏耍。远处有一只渔船，渔船上站着两个渔夫，一个掌握船的航向，一个使劲撒着渔网。河面上漂浮的雾气愈加浓重，仿佛一团凌乱的白绸从天空流泻下来。打鱼的身形渐渐消失，戏耍的笑声渐渐远去，只有高春雨感觉自己还未离开。他迟早是要离开的，他在这片土地上待得太久，对这里太熟悉了。所以他决定出去闯闯。

出去闯并不容易，没有特长就得卖苦力，可是高春雨哪有什么特长呢？借他父亲的话说：他的特长就是会玩。现在他没法数落高春雨了。每次高春雨喂他饭吃的时候，他的眼睛滴溜溜转得奇快，就像加了电机似的。他知道高春雨恨他，但他并不担心高春雨会伺机报复。他只是觉得，有些东西比生命还重要，尤其和他现在的一副臭皮囊相比，就更加显得弥足珍贵。

一声大笑拨开雾霭，直直地砸进高春雨的耳朵里。他回头望去，两个人影若隐若现地走进雾里。是于凤的声音，他确信那是于凤的笑声。他站起身子，向两人走去。茅草细长的叶子仿佛一把柔软的毛刷，叶端的露水将他的裤脚打湿，将他青灰色的布鞋染成墨绿色。

于凤他是认识的，只是于凤身旁站着的这个男人却是第一次见。于凤走上前去，首先询问了他父亲的病情，然后向他介绍自己的恋爱对象龚并举。龚并举友好地冲高春雨“嗨”了一声，高春雨也报以友善的“嗨”。听到龚并举的身份，高春雨有些想不通，又有些不甘心。于凤本应该是他的，而且只属于他。这种莫名其妙的情绪，就好像明知冬季临近，却硬要从地底下发出一支新芽来一样。

高春雨问于凤：“你们什么时候认识的？”于凤抿着嘴，羞怯地看着龚并举说：“没几天。”龚并举冲高春雨尴尬地笑了笑，说：“其实我们早就认识了，就是一直没见过面而已。”于凤听到他的话，放声大笑起来。

这话说得真好。高春雨寻思：我怎么就没有这种口才呢？

和两人攀谈几句之后，高春雨就明确了一件事，那就是，即便他有这种口才，也不会赢得于凤的欢心。为什么呢？高春雨认为，龚并举几句话就能把于凤逗笑了。而他呢，只能像个小丑一样，靠自己滑稽的行为来逗于凤开心。从这一点上看，龚并举比他聪明。

他从龚并举的身上看出另一种幽默的方式，就是智慧。再者说，龚并举有自己的一摊活儿干，而他呢，只是个放牛的。况且现在牛已经卖了，他连“放牛”这个唯一的职业都失去了。无论从见识或者经济基础看，他都不是龚并举的对手。

和两人告别之后，高春雨就下定决心，一定要让自己优秀起来。哪怕不是为了于凤，而是为了其他任何女人，他都应该这么做。

四

高春雨踏上了南下的列车。那趟列车一天只有一班，也或许一辈子只有一班。谁知道呢？村里人只能靠“听说是去了一个名叫浙江的地方”来形容高春雨的去向，因为谁也没有去过南方，不知道要往南走多远才叫南方，更不知道那个叫浙江的地方是否靠海，因为谁也没有见过海。

后来于革命终于落实了浙江的位置。在一摞账本底下，他翻出封面已经发黄的老地图，拿笤帚轻轻扫掉落在上面的尘土，小心翼翼地打开。于革命戴上老花镜，循着河北以南的省份挨个地看，终于在地图的东南角找到了。找到了也就踏实了。他告诉高春雨的父亲，浙江是个好地方，靠海。后来这事传开了，村里人说，靠海的地方都是好地方，浙江就靠海。

震惊全村人的不止这一件事，还有于凤和龚并举的亲事。村子里有资历的长辈们纷纷前来道贺；二十郎当岁的小伙子们免不了猜忌，因为看到龚并举后觉得他还不如自己有竞争力，因此愤愤不平的占多数；姑娘们则与于凤走得更近了，仿佛快要结婚的人总带着一股仙气，自己沾了也能早日寻个好婆家。

两个人的婚期定在腊月，龚并举的家里忙成了一锅粥，置办家具、装修房子，还要订厨子、戏子等。有一天，龚并举的母亲亲自带了几百块钱彩礼去于革命家，但是这些钱都被于革命原封不动地退了回来。他对表妹说："两个人过日子，吵架是难免的，只要并举懂得礼让、知道疼人就行，我不期望自己的闺女大富大贵，如果并举有上进心，哪怕于凤跟着吃点苦也无所谓。"

龚并举的母亲自然是把想到的好话统统往上码，但是对于一个不到四十岁就守了寡的女人，她能说出什么来呢？

数着数着腊月就到了眼前。于凤哭哭啼啼地上了一辆大发车，大发车后面跟了一长队的三轮车（农村人也管这叫"三马子"，或许是因为一个车轮能顶一匹马吧）。车到村头，从小玩到大的发小给龚并举扮了花脸，硬是让他徒手把车拉回家。龚并举那股憨实劲儿引得看热闹的人抚掌大笑，最后司机踩了一丁点儿油门，才把于凤慢悠悠地送到家门口。待仪式举行完毕，龚并举抱起于凤就冲进了婚房。从此以后，于凤成了真正的女人，龚并举的女人。

第二年秋末冬初的时候，于凤生下第一个儿子。龚并举请来村里德高望重的"总管"龚战国，叫他给自己的儿子起个响亮的名字。龚战国抱起孩子，全神贯注地看了又看，后来抑扬顿挫地说那孩子眉宇和印堂之间透着一股气宇轩昂的文人气质，就让他单取一个"文"字做名吧。龚并举思忖半晌，拔高嗓门叫道："龚文，好名字，这孩子长大了一定有出息。"第三年冬天，于凤又生下一个胖小子，可是龚战国已经在冬至的时候死掉了。故而起名字的重任也就落到了龚并举的老丈人于革命身上。于革命是个文化人，读了不少书，去外地当兵的时候干过一阵出板报的工作，又当了几十年的村干部，起个名字不在话下。但是鉴于老大的名字已经固定，老二一定要与之照应，可选的字也就凤毛麟角了。最后还是取了个

“武”字，文武双全、文韬武略。这样一来，既对仗又响亮还好记，一举三得。

至此，于凤算是功德圆满了，她给老龚家生了两个儿子，香火得以续传。在男人看来，这件事兴许是娶媳妇的重中之重。眼瞅着日子一天一天变成老黄历，家里的粮食囤渐渐空闲，龚并举也越来越好吃懒做，整天就知道抱着两个儿子四处炫耀，说一个叫文一个叫武，既对仗又响亮还好记。于凤嫌他没上进心，不知道出去做生意养家糊口，只仗着几亩田地过日子。龚并举才不会理会她那一套说辞。他有两个儿子，怕什么。

就这样，一耗就是十多年光景。

后来两个孩子的学费成了亟待解决的问题，生活的负担一下子重若千斤，而龚并举也不再为有两个儿子而感到骄傲了。于凤早就劝过他，叫他出去找点事做，龚并举总也不听。龚文小学五年级那年，龚并举约了几个牌友打麻将，于凤把龚文和龚武叫到身边，说：“我待会儿要和你爸打架，你们帮谁？”龚文自然是向着于凤的，而龚武则犹豫不决，一时不知道该怎么回答。后来他说了句“我谁也不帮”。

那天，为了表明自己的立场，于凤挨了不少揍，右手中指差点被龚并举掰断，头发掉了一小撮，脸上多了几个手印子，嘴角也被撕裂了。一开始，龚文说帮着于凤，等父母真的大打出手，他就只剩下哭的份儿了。

夜晚出奇的静，仿佛能听到月亮的脚步声，它越走越近，终于扒上了窗沿儿。秋日的凉风灌进来，吹得几个人瑟瑟发抖。龚文和龚武的泪水干涸了，但他们依然在低声抽泣。于凤瘫坐在地上，左手揉着右手中指，和龚并举对骂。龚并举打累了，坐在门槛上抽烟，消瘦的脸庞在月光下变得棱角分明。他的手背上多了几道鲜红的口子，渗出来的血珠被黑夜染成黑色。后来于凤不骂了，她起身拍了拍衣服上的尘土，把头发梳理整齐，便躺在炕上睡着了。龚文和龚武也默默地回了自己的屋子。

第二天一大早，于凤骑着自行车，追着月亮，悄悄回了于家村。太阳刚刚露出额头，东山上只有一抹亮光，龚并举的鼾声穿透墙壁，将两个熟睡的孩子吵醒。龚文瞥了眼龚武，昨天晚上发生的事情仍然历历在目。他穿上鞋子，走到龚并举的屋旁，掀开帘子，看于凤不在，又跑到院子里，还是不在，再到房后的柴火垛旁，依然不见她的踪影。龚文急了，他在街上喊了两声“娘”，没人回应，回到家仔细观察，发现自行车不见了。他赶紧跑到龚并举身旁，将他晃醒。

龚并举给两兄弟做了早饭，玉米粥糊了，三个人谁也不愿意喝，只能草草啃两口馒头作罢。上学的路上，龚文走得飞快，龚武在后面默默地跟着，不敢靠得太近，又害怕落得太远。这个世界上，恐怕再也没有比这两人之间相隔的距离更加微妙的了。

于革命静静地坐在炕的一头，任于凤怎么伤心都不理会。于凤的母亲越劝，于凤哭得越厉害，最后也只好坐在一旁干着急。后来，于革命放下烟袋，在炕沿儿上磕两下，烟斗里落出细碎的烟灰，他正了正披在肩上的外套，对于凤说：“别哭了，光哭有什么用。想想以后该怎么办吧。”于凤坚持要和龚并举离婚，于革命不同意，他说：“你一个妇女，都有两个孩子了，离了婚谁还敢要。”

五

于家村出了个富豪，名叫高春雨。高春雨不只在村子里出名，在十里八乡也是声名显赫的人物。要成为人物并不容易，不能只靠人们的舌头，还要靠他们的眼睛。眼睛靠不住的时候，就要凭直觉。总之，高春雨是个百分之百纯金打造的富豪，这个消息是毫不掺假的。人们总能看到他开着桑塔纳2000出入村子，他家的房子也重新翻盖了一遍，据说不久还要搬去城里住。想想高春雨才三十出头的年纪，就已经出人头地，这怎么能不叫人羡慕呢？

那阵子，出去闯荡的年轻人多了起来，就像潮水般涌出村子，向四面八方碾去。依然留守农村的壮小伙们总被父辈念叨："你倒是像人家春雨似的，也开个2000回来；别说2000，就是开回个200来我也高兴啊；你倒好，每天骑个电驴子在村里瞎晃悠。"

高春雨在于凤嫁人的第三年——也就是龚武出生那年——娶了邻村的一个姑娘。婚后没几天，炕头还没捂热，他就又出了远门，留下媳妇一个人在家照顾自己的父母。

高春雨的媳妇智商偏低，虽然没有具体测过，但是看她平时说话办事也能察觉出来。高春雨走前叮嘱她，不管说什么话、做什么事，都得多长个心眼儿。问题是，她本身就跟不上正常人的思维，你和她说了也是白说，如果能听懂你的话，她何必还装得不那么聪明呢？

后来高春雨成了有钱人，手里总握着大哥大，到处找信号强的地方，扯着嗓子谈生意。家里盖了新房子，债务也在头两年还清了，再后来，他便买了辆桑塔纳2000。

于凤是花，见不到太阳就会打蔫儿。她在家待了几日，起先不敢出门，生怕别人问起来不知道怎么回答，后来实在憋不住，就串门子去了。于凤提前给自己编好了理由，如果有人问起来，就说父母身体不好，家里也没个小的，应该多回来照看。这种圆场打出来，谁也不会猜忌。于是她趾高气扬地去了二叔家。于凤的二叔于革新二十多岁时就去大兴安岭拉木头，木头直接从山顶滚下山来，装车的人只要在山下等着就可以了。那年，他带着十几个人上山，活都快干完了，他却要撒尿，一旁的人还拿他开玩笑说："懒驴上磨屎尿多。"尿到一半时，高处的人一不留神把挡板弄散架了，满车的木头冲下山去，其他人纷纷藏在树后面躲过一劫，于革新却被飞过来的木头砸折了右腿。送到医院后，经过十几个小时的抢救，命总算捡了回来，骨头也接上了，但是往后的日子就只能靠拄拐行走了。

于革新家和高春雨家是对门，于凤看到高春雨的桑塔纳2000停在院子里，猜想高春雨肯定是从外面做生意回来了。于凤扭头进到于革新家。二婶听到脚步声，回头一看，脸上立刻笑开了花。于革新透过玻璃窗户看见于凤，刚要出去迎，于凤急忙赶两步，把他摁回炕上，说："别动，二叔你坐。"

于凤的话匣子一下子打开了，她很久没有这么痛快地聊天了。在家里，想说的话不敢说；回到娘家，想说的话不能说。到了二叔家可就不一样了。

于革新育有一子，初中辍学，去外地打工了。儿子长年不在家，所以于革新最疼于凤，于凤也知道感恩，有事没事都往二叔家跑。她这么频繁地去于革新家其实还有一个原因：家里面总有形形色色的人进出。村干部聚集到这里讨论事务；找小猫小狗，宣传科普知识，喊孩子回家吃饭的也都来此；还有来骂街的，比如谁家院子里被扔了死老鼠，谁家地里种的麦子被谁家的羊糟蹋了，谁家和谁家有仇，谁家把谁家的果树砍了脑袋，都要来喊一嗓子。于凤不愿意待在家里，她怕听得多了，自己也会产生偏见。这是人的本能。于革新不一样，他对人们口中的那些家长里短不感兴趣，有空了就看看电视、读读报纸。

于革新从不议论别人，但他唯独议论过一个人，就是高春雨。

虽说两家对门，走动频繁，彼此也知根知底，但他依然忍不住要议论。于革新压低声音，像个老乌龟似的往外伸着头凑到于凤面前，说：“除了你爸，我这辈子就佩服过一个人，就是高春雨。好像什么都不用干，钱就到手了。”于凤当然不同意他的观点，她说：“人家忙的时候你也没看见啊。”

“人跟人是没法比。”于革新最后总结出一句话来。

“可不，比好的就落下自卑，比坏的又没什么意义。还是踏实过自己的日子，比什么都强。”于凤迎合道。

从于革新那里出来后，于凤站在门口，向高春雨家的院子里看去，砖砌的围墙，砖砌的地面，就连茅厕都是砖砌的。于凤竖起耳朵，想听听富人家什么动静，却只有电视机嘈杂的声音传出来。还不是和普通人家一样。于凤兴致全无，往娘家走去。

没走多远，后面有人喊她的名字。于凤回过头，定睛一看，原来是高春雨。她站稳脚步，冲他笑了笑，说：“还认识姐姐啊。”

高春雨身着笔挺的西装，走起路来裤脚一甩一甩的，扇出两股清风。他三步并作两步，走到于凤面前，对她恭敬又戏谑地说：“我怎么能忘记姐姐你呢，咱们可是一起从草窠儿里长出来的。”

站在对面的于凤，跟十几年前比没什么变化，只是体型微微发福，脸上长了些妊娠斑，头发也烫了卷。于凤的美就像月份牌，是永远看不完的。高春雨仔细观察着于凤身体的每一个细节，试图从那些细节中得到一些线索，从而猜测出于凤这些年的生活状况。于凤倒显得羞怯起来，她的羞怯不只是因为高春雨刚才说的话，还因为他的凝视。

如果高春雨和于凤聊些淡而无味的话，那么两个人也就相安无事了。只可惜，他们谁也没有放过记忆，他们的话就像两种产生化学反应的试剂一样，将各自脑海中有过交集的事情统统捯饬出来，像晒棉被一样晾到明面上。

几分钟后，于凤发觉高春雨看自己的眼光已经飘忽不定了，便开玩笑说："富人就是阔气，连电视机都开那么大声。"

高春雨解释道："我爸耳朵背，声音小了听不见。"

这时，于凤的二婶突然从家里出来。于凤见状，说："我还有事，先走了。"

又过了两天，龚并举见于凤还不回来，两个孩子嚷嚷着不想再吃他做的饭菜了，他这才放下男人的架子，接于凤回了家。

六

经过几番折腾，龚并举终于坐上了驶往天津的火车。临走的前一晚，他再三叮嘱于凤："天一黑就把门锁了，谁来也不给开。"于凤连连答应，心想：你可走了。

自己丈夫的话还是要听的。天一擦黑，于凤就吩咐龚文或者龚武去把门反锁了。门洞里没有灯，两个孩子都不愿意去，便用"猜丁壳"的方式来定胜负，谁输了，就得冒着被夜鬼抓走的危险去把门锁了。龚武总是输，因为他只有一个套路，每次都出拳头。龚文在满足于胜利的同时，也趁机报复了龚武。但那只是孩子之间的矛盾，在龚并举出去赚钱之后，龚武得到了相应的尊重和待遇，于凤也不再追究他的过失。孩子的错，谁会记得——况且龚武只能算是选错了立场，如果他再大些，或许会明白于凤的迫不得已和一个女人遭到男人痛打时的悲惨与绝望。

龚并举不在的这段时间，家里风平浪静，两兄弟也有了充裕的时间来玩耍。夏季，学校会安排学生午休，但极少有孩子会安安分分地照做。大家三五成群地跑到河边，把衣服脱掉，往身后随便一撇，就跳到河里去戏水。他们的跳姿各异，有的翻跟头；有的做鬼脸；有的摆出弥勒佛打坐相；有的摆出仙女散花状。跳够了，拍得后背疼了，他们就趴在桥下，偷看姑娘的裙底，互相争辩谁的腿细、谁的屁股圆。夏天是雨季，雨水充盈，加上天气极佳，便成了最适宜孩子们玩耍的时候。女人们却最痛恨这个季节，阳光的暴晒会使她们的肤色变深，田里的农活也是一桩接着一桩。

农村的女人不娇气，知道节俭，一锅菜可以分成好几顿吃，偶尔得到些折箩菜，就像宝贝一样稀罕。于凤也不例外，虽然小时候没吃过苦，但她深知苦的滋味不好受，所以对日常财务的管理和分配有她自己独特的一套。有一天晚饭时间，龚文和龚武狼吞虎咽地吃着于凤做的油焖茄子，旁边放着一小碗切成丝的腌萝卜，除去于凤没人碰过。龚文察觉后，指着油焖茄子，对于凤生气地说："娘，你怎么不吃啊？"于凤随即拿起碗边的白瓷勺，舀了一口汤放进嘴里。龚文仍然不满足，说："你吃茄子，别喝汤。"于凤被他的固执感动了，事后躲在自己的屋子里悄悄地流下了眼泪。

就这样，日子一天一天被撕掉了。

过年回家的时候，龚并举给孩子们带回了许多柿子饼、坚果和麻花，他从提包里掏出一大块花布，叫于凤去集市上找个手艺好的裁缝，给做件衣裳。于凤迫不及待地将花布从龚并举的手里夺过来，仔细研究着布料上的花纹。于凤兴奋得不得了，她想象着这块布料慢慢变成衣服，然后披在自己的身上，那种心情像刚刚从大人手里领到压岁钱一样。

晚上，于凤做了几样美味的菜肴给龚并举接风，两个孩子也沾了光，手里攥着麻花，眼睛盯着可口的饭菜，一时间不知道从何下手。龚并举也甩开了腮帮子，准备饱餐一顿，他让龚武去小吃部打了一斤散酒，给于凤倒二两，自己剩八两。按常理来讲，外出的人应该捎了许多新奇的故事回家，可是四个人竟然幸福得一句话也没顾得上说。

饭后，龚文和龚武一人抓着一把开心果回了自己的屋子。龚并举和于凤便坐在炕上闲聊起来。龚并举说，到了天津以后，他先找到在那里打工的同乡，让那人帮忙寻找住处。住的地方安顿下，其他也就好说了。

龚并举干的是卖调味料的生意，同时还兼着两个水果摊位。三个摊位都不大，但是日常的东西也算齐全。每次遇到老太太来买东西的时候，龚并举总在秤上做手脚，卖出去的东西往往缺斤短两。有一次，他被一位老太太抓了现行，市场管理员罚了他五十块钱。讲到这里，龚并举脸上露出了尴尬的笑容。于凤会心地说："做生意可得厚道，你现在占小便宜，不知道什么时候就得吃大亏。"

于凤是个聪明人，她知道龚并举听不得软话，如果和他好好说，他肯定会懂。而龚并举也自认为做得不对，但又不好意思在于凤面前承认自己的错误，所以只有苦笑着点点头。

见龚文和龚武都熟睡了，龚并举插上门闩，一把将于凤搂到怀里，像啃红薯一样在她的脸上咬来咬去。于凤被龚并举的大手摸得后背直痒，连连叫停，可龚并举哪儿还停得下来呢？他像个快要渴死的人，而于凤是井，是雨，是一条河。龚并举唯一想做的就是一头扎进于凤的身体里，充分享受那"久旱逢甘霖"般的刺激。于凤化作黑夜，彻底吞噬着这个如饥似渴的男人，她的身体里有太多未经探究的地方了，就像夜空中闪烁的星星，看着看着就花了。龚并举应该感到庆幸，庆幸自己的怀里不是别人而是于凤；庆幸自己少不经事的时候能有这么一个女人在一旁给予指引；庆幸自己归来后于凤依然面如桃花地守候着。

龚并举醉了，他被于凤的醇香熏得烂醉如泥、一塌糊涂，他的喊叫声差点将两个睡梦中的孩子吵醒。他感觉自己在慢慢融化，身体像团火焰一样燃烧殆尽，那灼热的温度将他从头到脚榨出汁来，他满足地瘫倒在于凤身上。于凤说他像个强盗。龚并举笑了，玻璃上的窗花听到这话也笑了。片刻间，世界彻底归于平静，夜色犹如羞怯的少女一样，格外柔美。

春节是孩子们奏响银铃的节日，是大人们总结过往的茶话会，是一岁。渴望长大的人放肆地和别人炫耀自己的年纪，似乎在宣布某种侵略，又像是在示威和警告，向那些曾经辉煌过的人索取领地。可孩子们不知道，对于大人们来说，这种噱头早已司空见惯，这是他们长年累月积攒下来的能力，是他们喜事不欢、哀事不悲的生活态度。

于凤把炉子生旺，烧了几壶热水，让两个孩子排好队，等龚并举给搓泥巴。龚并举手劲大，把龚武搓哭了，泥巴像铅笔芯一样，一条条掉到水里。他的身上挂满了红印子，从大铁盆里走出来的时候，还在抹着眼泪。这情景可把龚文吓坏了。龚并举吩咐龚文把衣服脱掉，龚文就“哇哇”哭起来。龚并举一把将他拽过来，说：“我还没搓呢，你哭个球！”

最终，龚文还是没能逃出龚并举戴着搓澡巾的手掌心。真正站到水里之后，他却又出奇的安静了。哭不哭都疼，干吗让别人笑话呢。他的拳头攥得紧紧的，牙齿咬得嘎吱嘎吱响，整个身体好像晒干的咸鱼一样，直溜溜地戳在水盆里。

龚并举心想：龚文怎么没哭？没哭是不是代表自己的手劲不够大，手劲不够大直接导致的后果是搓不干净。为了把龚武搓干净，他又加了把劲。对于他来说，搓干净的标准就是：龚文必须得哭。

龚文站在铁盆里，心想：为什么泥巴都没了还要搓，而且越搓劲头越大。他咬牙忍着，脸上的青筋暴起。最后连水都凉了，他哆哆嗦嗦地喊："不洗了不洗了。"光着屁股跑回自己屋里。

三十晚上最不能少的就是饺子，这是北方特有的习俗。因为饺子形如元宝，象征着财源广进。同时，饺子里包几个代表幸运的硬币，谁吃到了说明谁有福气，一整年都会平平安安。其实运气这东西谁也说不准，但是孩子们都想讨个好彩头，谁也不愿意把它让给别人，所以会多吃。这应该是大人们最初的用意，因此放硬币的时候经常会多放几枚。

于凤最擅长包饺子了。她的手有灵气，每一块肉馅儿、每一个面皮经过她的手捏合在一起，就如同施了魔法的精灵一样，教人喜欢得不得了。龚并举家有只馋猫，总爱偷吃生饺子，于凤看见了总要打它的小爪子，龚文则替馋猫辩解道："它都等不及饺子下锅了，要是生的好消化，我现在也要吃了。"于凤夸他嘴甜，龚文随即做个可爱的鬼脸，说："本来就是，好吃才偷吃嘛。"

龚文最爱那只馋猫，每晚都会抱着它进入梦乡。猫是于革命给的，平时于革命待着无聊，就淘换点新奇的玩意儿来送给两个外孙。于凤曾经劝他："不要总这样来回折腾，路上的车辆不长眼。再说，电话都装上了，打个电话多省事。"

于革命是个执拗的人，他才不会听于凤那一套。更何况，他就于凤一个闺女，外孙和孙子没什么区别。两个孩子也都希望他来，在他们眼里，他简直就是个神奇的魔术师，老能变出让人兴奋的宝贝来。晚上，龚文和龚武分别给他打电话拜年，说是初三四就去于家村看他，叫他准备好大大的红包。于革命听了，高兴得合不拢嘴。

七

于凤刚刚跨过四十岁的门槛，手脚已经不再麻利，做什么事也需要思量片刻，她的屁股变得浑圆，像两片炒勺粘在大腿上。她的眼睛逐渐花了，穿针引线的活计只能让龚文代办。衰老是一个看不见的过程，犹如墙缝里突然冒出的野草，是恍然间意识到的现象。

龚文已经长成个虎背熊腰的壮小伙儿，初中刚毕业，就在县城的一家管件公司做起了业务员。上班并不辛苦，就是压力大。公司给员工安排了宿舍，可是每天下班后，他却依然坚持骑摩托车回家。三十几分钟的路程，要拐无数个弯、过无数座桥，中途经过的车辆也不计其数。整天这样往复，于凤难免有些担心，她劝说龚文，能住宿舍就住宿舍吧。可龚文执意要回来。于凤知道，龚文是个孝顺的孩子，也没再阻拦，只叫他路上一定注意安全。

这年十月末，龚武当上了志愿兵，离家去了山东。走的时候，他身着迷彩服，肩上背着打好的被褥，右手提一个迷彩的行李包，包里有他日常所需的物品。最为醒目的当属他左胸前别着的那朵鲜艳的大红花，那朵花开得格外绚烂夺目，灼灼耀眼的红色仿佛刻在了他的心上。龚并举站在龚武身旁，他的手从没离开过他的肩膀。等龚武上了火车，龚并举久久不忍离去，于凤在一旁泣不成声，眼眶里的泪花一瓣一瓣地飘落到地上。龚文搀扶着龚并举和于凤，冲车厢里的龚武喊："弟弟，保重啊！"

一如既往，龚文仍然坚持下班后回家。好像龚武的离开使他更加坚信了自己的做法是正确的。白天越来越短，夜晚逐渐占领了人们出行的时间。

赶夜路是件危险的事，汽车像怪物一样，瞪着明晃晃的大眼睛向你冲过来，你还没有意识到什么，它已经将你踹到空中了。还有那些水足饭饱的孩子们，一个个横冲直撞，一点都不避让。幸亏龚文是个稳重的人，不至于犯那种低级错误。

经过村头的大桥时需要格外小心，因为这座大桥并不大，只有三米左右的宽度。桥两边用砖头砌成的围墙矮且松散，踹一脚就会裂出一个缺口。有时候，龚文骑到岸边就停下来，抽支烟再走。潋滟的水波在月光下透着一股神奇的力量，被风一吹，前后摆动的身躯像极了老人额头上的皱纹。河边的草木乌压压延展开去，颜色比黑夜还要浓。桥下是一片死寂，青蛙早已刨了四五尺的洞穴冬眠去了，只有月亮还在水中孤独地跳着舞蹈。

龚文害怕于凤在家待得寂寞，便去音像店买了一个录音机回来，叫她平时做针线活时听。于凤埋怨龚文乱花钱，而且现在的歌也听不入耳。龚文又专程跑了多家音像店，历尽千辛万苦，淘了一堆考究的磁带。于凤那代人没接触过电子产品，龚文教了不知多少回，她才算摸清一点门道。

大寒未到，龚并举就从天津回来了。当他出人意料地站在家门口时，于凤吃惊地问：“为什么这么早就回来了？是不是生意不好做？”

龚并举没有搭茬儿，进了屋，放下行李，便吞吐道：“以后不出去了，现在什么都不好干。”见他的脸被冻得发紫，于凤便把炉子生旺，给他沏上一杯热茶。

到了龚文回家的时候，于凤站在胡同口焦急地等待着。夜色已沉沉地落地，远山彻底沦陷了，只有近处人家的门灯还在苦苦喷洒着微弱的光辉，想是能够照亮一点眼前的路。高挑的路灯显出困顿的姿态，散落的些许灯光被雾气打湿并卷走。不知谁家的狗冲着夜空长吼两声，为这孤独的夜晚平添了几分恐怖。于凤踮着脚，双手紧扣，瞭望着村头，她的心提到了喉咙口。忽然，一阵亮光打破沉寂，发动机“突突”的声响翻滚而来，于凤这才将挂在脸上的焦虑摘下来放进口袋，静待龚文缓缓地从远处驶近。

于凤叫龚文下车，告诉他龚并举回来了。龚文迟疑了片刻，问道：“我爸怎么回来这么早？”于凤没说出来什么缘由，只吩咐龚文，见了龚并举不要过问太多。龚文心领神会地点点头，推着摩托车进了家门。

后来，龚文还是住进了公司给安排的宿舍。一是因为冬天道路湿滑，不利于骑行；二是因为龚并举回了家，于凤有了陪她说话的人，她内心的空虚感自然也就减轻了许多；三是因为龚文遇到了自己喜欢的人，这个人和他同在一家公司上班，住进宿舍，龚文就更加有接近她的机会了。

龚文并不像其他人那样明目张胆地追求她，也没有打算为她豪掷千金。在他看来，钱能守住的感情都不会长久，因为你要无底线地去填补女人的欲望，而且他笃定这个女孩并非一味追求物质享受的人。事实证明，他的判断是对的。女孩儿一一回绝了那些肆意谄媚她的人，最后选择和龚文在一起。其他人怎么会善罢甘休，他们为自己愤愤不平，绞尽脑汁也想不明白龚文究竟好在哪里，有时候还会故意找他麻烦。这一切都结束于另一个女孩的到来，他们又一次蜂拥而上，为得到公司罕有的美色而大有“舍命陪君子”之势。

未出正月，于革命走了。一大早醒来，于革命的媳妇见于革命还不起床，就用手捅了捅他的肩膀，人没动，身体已经凉了半截，再探一探鼻息，不进气也不出气了。

于革命的媳妇差点瘫坐在地上，她扶着炕沿，凝视着于革命安详的脸，说：“就这么走啦？”她失声痛哭起来，泪水艰难地越过她满脸的皱纹。在昏暗的灯光下，她像个幽灵一样爬到炕上，给于革命穿衣服。她的动作很慢，好像很多话还没有说尽，总有些舍不得。帮于革命穿完衣服，她将被褥叠起，把炉火生旺，然后拿起电话来打给于凤、于革新，还有村里管事的人。像往常一样，于革命家挤满了人，但这次大家是来安排他的葬礼。平时就属于革命最会活跃气氛，村里的老老少少，没有一个不佩服他的口才的。可惜今天唯独他自己不言声了。

于革命躺在炕上，接受着人们最虔诚的瞻仰。一群妇女正在外屋缝制着孝衣孝帽，她们七嘴八舌地分享着于革命生前的故事，话到最后，总会添上一句：老于是个好人啊。见到于革命的媳妇和于凤，人们也会补上一句：老于走的时候没受罪，别太伤心了。

这怎么能叫人不伤心呢？简直已经伤得肝肠寸断了。尤其是于凤，她号啕着对众人哭诉，自己没有尽到儿女应尽的责任，怪自己没有经常带两个孩子来看于革命，就连于革命闭眼前的最后一刻，她也不在身边陪伴着。大家听了她的话，不由自主地流下了泪水。于革新拄着拐杖安抚于凤，他说："你爸有你这么懂事的闺女，这辈子值了，也算没白疼。"于凤一听，心里更加不是滋味了。

于凤像朵枯萎的花，枝头打了蔫儿，沁人心脾的香气也被大地没收了，就连花瓣也是三三两两地挂在花萼上，风一吹，必然会全部掉下来。

似乎全村人都参与了于革命的丧事，疏远一点的插一手就回了家，亲近一点的一直陪着张罗事务。管事的人看了不禁赞叹于革命的人缘好。现任村长于建设是于革命一手栽培的，他对管事的说："有的人的面子是靠挣的，而有的人的面子是靠撑的。老于啊，真真儿是给自己挣足了脸面。"

出殡的前天晚上，外面寒风刺骨，幸好没有下雪，不然更糟糕。村子里几个壮汉抬着棺材往大街上走，因为棺材太沉，中间换过好几拨人。管事的人嚷着，提醒他们脚底下踩稳了，千万别绊了脚。棺材在前面一步一步地往前挪，于凤和几个小辈儿在后面哭天喊地跟着。到了凌晨，守夜的人越来越少，于凤吩咐龚文去睡觉，龚文执拗，非要在外面陪着她。于凤便拿了一件军大衣给他披上，自己背靠着棺材，昏昏沉沉地睡了过去。

大地尚未苏醒，黄土依然结实。一开始，人们拿铁锨挖墓穴，半天也没下去几尺。管事的人嫌进度慢，叫村长联系了一辆挖掘机，这才勉勉强强挖出一个四四方方的坑。下葬的时候，人们将纸糊的车马点燃，鞭炮声此起彼伏，戏子们的吹弹声不绝于耳。于凤带着几个辈分小的孩子绕墓穴走一圈，并将怀里的碎馒头撒进泥土。管事的吩咐不许将眼泪掉到墓穴里，于凤照办。其实她哪里还有什么眼泪可流呢。一切结束后，家属离开了，只剩下几个手执铁锨的人，和一堆燃烧正旺的引路幡。

八

于革命去世的前一天，天空并没有表露出任何不好的迹象，或是向人们发出紧急的讯号，提醒人们看管好家里的老人。世上发生的一切都如同沿着下水管道流下来的水柱，自然而顺畅。顺着这条轨迹行走，人们马上就可以看到春天了。正是怀着这样的憧憬，龚文和女朋友高雪进行了一次盛大的洗礼，他们为了迎接春天，决定向对方献出自己宝贵的身体。

对于第一次的幻想，龚文做过无数次的梦，梦里总有不同的人告诉他，第一次该是怎样的场景。但是那些人是不完整的，她们给的幻想也只能算边角料。在现实里探寻幻想就像是在行窃，不得大声、不得见人；又像是在探险，必须谨慎、必须执着。在你还没有完全发现洞穴的时候，你只能不断地探寻。仿佛在做实验，一切的努力都只为了最后的狂喜。龚文从来没有奢望自己能够在二十岁的时候就碰到自己喜欢的女孩子，更不用说拥有她。如此噬魂彻骨的安排是他始料未及的，就像痴人说梦，说着说着稀里糊涂地就梦想成真了。

龚文和高雪慢步行走在嘈杂的人流中，时至黄昏，华灯初上，流光溢彩，刚刚崛起的县城像个白天衣着朴素、努力工作，夜晚打扮时髦的姑娘。夜幕降临，她便卖弄起曼妙的身姿。以前，这里的人们是没有夜生活的，一到晚上九点钟，大都各自回家了，店铺相继关了门，只剩下几个知名的网吧仍然有人络绎不绝地进进出出。如今信息传播得如同瀑布般凶猛，繁华都市的模版慢慢被复制到落后的城市里，人的思想和生活方式也发生了翻天覆地的变化。一切文明都是从模仿开始的。就像村里的姑娘学着穿高跟鞋，有的人阴差阳错走出了城里人优雅的姿态，有的人怎么学都只是东施效颦，再用心也会摔跤。

两个人已经走了大半天，始终拿不定主意。龚文心神不宁地蹑着脚步。在如此关键的时刻，他一定要做出选择，这是上天赋予男人的职责。高雪的手开始瑟瑟发抖，走起路来也不自然了，步伐似乎比平时要多一个频率，肩膀微微向前靠拢。她单薄的身躯一定支撑不了多久了。寒风骤起，像赶马的鞭子，逼着龚文不得不早下决定。

最终，龚文找了一家县城边上的旅馆住了下来。老板要求龚文出示身份证的时候，他手忙脚乱地在斜挎包里翻找半天，结果想起自己事先把它放在裤兜里了。他把身份证递给老板，问：“屋子里有没有暖气？”

“集体供暖。保证你冻不着。”老板气定神闲地回答。

龚文并没有期待什么答案，他也不需要那些答案。有些话说出来只是为了让自己获得底气的。登记完毕，龚文拉着一直低头凝视地板的高雪去寻找相应的门牌号。找到之后，两人迅速开门进去。高雪长舒一口气，好像从一场灾难中侥幸躲过一劫。龚文安慰道：“没事，反正没人认得咱们。”

门外是地狱，门内是天堂。仅仅是一墙之隔，当他们走进这扇门的时候，区别竟然如此之大。他们相拥在一起，龚文健硕的臂膀如同两根钢筋，牢牢地拴住高雪的身体。高雪将头埋进他的怀里，她鼻头的青红色正在渐渐消退，脸颊上长出两朵绯红的樱花。龚文的呼吸变得急促，他的双手慌乱地游走在高雪的胸前。等体温慢慢恢复过来，他把手伸进高雪的衣服里，准确地找到了目标。高雪羞怯地抱紧龚文，使他的手动弹不得。不一会儿，龚文将灯关掉，他在黑暗中探寻到高雪的位置，把她抱到床上，像剥玉米一样把她的衣服脱得精光。

高雪像花一样满开，她的身体散发着无尽的芳香，四肢像花瓣一样向外延伸。龚文变成了一只蜜蜂，心满意足地粘在花心上。他的每一寸肌肤都在跳动，身体的每一个毛孔都往外渗透着能量，他的灵魂飘到外太空，和仙人对话，他的躯壳在剧烈膨胀，濒临爆炸。最后，他扬起了脖颈，那一瞬间，就像是火山喷发一样激昂，像山洪涌泄一样势不可挡。

月亮被挡在了窗外，时间也被挡在了窗外，房间里只留下一片死寂和两具沉默的“尸体”。龚文和高雪的四肢拧在一起，像条麻绳。他们在黑暗中度过了一个温暖的夜晚。龚文困倦了，他像个孩子一样钻进高雪的怀里，他的头发附在她柔软的乳房上。龚文本来打算就这样睡去的，可是忽然想起了什么。他把脑袋抽出来，身体斜靠着床头，他从柜子上摸索到烟盒，点一根烟。他手里的打火机一直亮着，微弱的光芒散落到高雪凌乱的长发上。

龚文把打火机熄灭，烟头的光辉如同航空障碍灯，忽明忽暗。高雪拦腰抱住他，对他说："鱼应该没有面部表情吧，不然鱼缸里的金鱼停止呼吸之后，为什么看不到一丝悲伤和痛苦呢？是不是人在死的时候也应该是这样的呢？"

龚文一只手搂着高雪的肩膀，一只手忙不迭地把烟卷递到嘴里。他曾经回答过好多问题，什么人问的都有，也深知自己给出了合理的答案，唯独今天，他毫无头绪、不知所措。他认为高雪的问题涉及生死、涉及人和鱼的区别，还涉及遐想之外的衍生物，这些超出了他当下所要思考的范围。

龚文不知该如何开口，刚刚经历了鱼水之欢，一个女人虔心诚意地把身体给了自己，为什么要自寻苦恼呢？可是话又说回来，既然有心，为什么不能将事情讲清楚呢？龚文假装若无其事地问道："为什么你下面没有出血呢？"说完他又假装不在意地把高雪抱得更近了。

高雪愣了一下，回答："我和我之前的男朋友……"

龚文紧着追问道："什么时候？在哪里？是谁？"

突如其来的三个问题叠加在一起，就深深地伤害到了这个漂亮姑娘的心灵。高雪哭了。龚文不了解女人，他不晓得女人是不愿意和现在的男人提及过去的，因为她们害怕那会伤害到现在的感情，即使不是出于如此无私的动机，她们依然觉得，以前的感情给自己带来的伤痛远大于从中得到的欢乐。谁会把伤痛掏出来展示给别人看呢？

后来高雪掩住哭声，委屈地说："小时候，我被我爸……"话到一半又哽住了。

龚文大概明白了高雪的意思，他意味深长地叹了口气，手臂紧紧地勒住了她的身体。

九

生活刚刚开始，欺骗刚刚开始。

生命就是如此，它总在你最得意的时候给你一记响亮的耳光。周日一大早，龚文送高雪回了宿舍。他正要骑摩托车回家，手机突然响了，是于凤打来的。于凤呜咽着对龚文说："你姥爷走了，去世了，赶紧回家。"

路上，龚文一直在回忆于革命的音容笑貌，回忆他的亲和，为了讨好他的外孙而做的鬼脸和当外孙被逗笑时他眉飞色舞的神态。然而这些都将不复存在。虽然龚文长大后，于革命再也没做过那些滑稽的事情，但是出于对往事的留念，于革命的存在就显得格外的重要。

龚文喘出来的气息将头盔的塑钢玻璃罩蒙上一层雾水，他的眼泪滚烫，手脚却发凉。呼啸的寒风与他擦肩而过，公路两旁的杨树整齐地向后滑去。他感觉不到时间的流逝，也感觉不到速度的快慢。他的脑海里只有"前方"的概念，前方就是他的家，到家接上于凤，他就可以再次上路，而下一个前方就是于革命家，他迫不及待地想见于革命最后一面。这是龚文第一次对一个人的死亡产生怀疑，他想亲自确认这个死亡的消息。而这个消息的来源就在前方。

不多久，龚文回到家中。于凤早早地站在胡同口等候，她前言不接后语地乱说一通。龚文从她的话中得出的信息是：姥爷死得一点征兆没有。

于革命身体硬朗得很，一辈子得过最严重的病就是感冒，平日里知冷知热，干活知轻知重，怎么说没就没了呢？龚文依然不相信于革命的死亡属实，但是悲伤的情绪早已在他的内心滋生许久了。

龚文最终还是亲眼见证了于革命的离开，当棺材被缓慢地放入墓穴的时候，他的脑海里一片空白，供应泪水的闸门被关掉了，一滴也不往外流。回家的路上，于凤大声地问龚文是不是搞对象了，龚文点点头，头盔也跟着前后摇晃。于凤问他女孩叫什么、哪的人。龚文佯装听不清，闷头开自己的摩托车。于凤面露笑容，她的手紧紧地搂着龚文的腰，踏实而且温暖。这是她的儿子，她给予他生命，哺育他成长，教他做人的道理。现在她的儿子长大了，到了组建家庭的时候，于凤自然心满意足。这是她的心愿，也是她这二十几年来还和龚并举在一起生活的动力。

于凤终究没能从龚文的嘴里问出女孩儿的名字，她以为龚文和人家的感情还未稳固，时机不成熟，所以他不说。但是于凤把这个消息告诉了龚武。于凤对龚武说："你也不小了，赶紧踅摸踅摸，姑娘哪儿有自己找上门的。"龚武回答："部队里都是带把的，要想踅摸出个女的来比登天还难。"于凤安慰他说："等你回家的时候，我托人给你介绍一个。我儿子是当兵的，谁不稀罕。"

龚文回了公司，因为请假的缘故，他的工资被扣了二百块钱。他想找经理理论，结果被高雪拦了回来。高雪是个聪明伶俐的女孩儿，她说："得罪了上级就等于自毁前程，所以还是息事宁人的好。"龚文接受不了这种说法，在他的世界里，只有黑和白，没有黑白混杂；人只分好和坏，没有好坏中间人。但是他现在对高雪言听计从，虽然不是心悦诚服，但也心甘情愿。龚文把自己的同情心上升到爱情的高度。而有时爱情会让人盲目，甚至失去自我。龚文彻底迷恋上了这个弱不禁风的女人。在他得到高雪的身体的同时，也因此陷入了一个巨大的坑。在两个人发生关系之后，他的肩上便多了一份"填平这个坑"的责任。

于革命的五七到了。这天恰巧是周一，龚文本打算再请一天假的，于凤告诉他，如果实在不好请就不要请了。龚文听了于凤的话，果然没有回来。于凤便只身一人去了于家村。

于凤刚到，就开始领着一拨一拨的亲属去上坟，家里留了几个老人张罗酒席。不一会儿，几张空桌子上摆满了酒菜，最后一拨上坟的人也回来了。于革新便让亲属们入座，叫了几个关系好的有威望的人来陪酒，一桌安排一个人，高春雨也在其列。

高春雨是从县城赶回来的，年前他家就搬去城里住了。只要是和他关系好的人进了县城，肯定去他那儿。高春雨也好客，谁来了都热情款待，好烟好酒备着，菜是直接跟大饭店定的，做好了送上桌即可。这一阵儿，高春雨总算接了点地气，不再天南海北地奔走，人们也能摸着他的人影了。但凡从他家出来的人，仍然会向外人称赞一番。这种赞美不是因为抽了他的烟、吃了他的饭，或是喝了他的酒，不得已为之，而是由衷的羡慕和佩服，是人们自发的行为。他们迫不及待地想让别人知道，自己和这么了不起的人物有来往。所以高春雨成了村子里大小酒宴上炙手可热的陪酒客，他陪过的桌上也必定是些与本家关系密切的人。名声就像风一样无缝不钻、无孔不入，有一个人知道，就会有无数个人知道。高春雨的事迹不知被传了多少次，而且随着新的故事发生，人们也会一一补齐，继续传下去。

高春雨的到来给于革新增添了很大的底气。屋里屋外总共摆了四张桌子，一桌是女席，其他三桌是男席。女席由于凤亲自作陪，三桌男席分别由于革新、高春雨和村长于建设三人作陪。其中聊得最热闹的当属高春雨那桌，大家七嘴八舌地开着玩笑，话到尽兴处还要互相敬一杯。作为陪酒客，只有你降低身份敬别人酒，没有接受别人敬酒的道理。今天却是例外，大家争相举杯，和高春雨拉近距离。“拉近距离”是酒桌上的客套话，就是说，如果不是机缘巧合，人们是不可能坐到一起的。所以于革命的死成了大家和高春雨拉近距离的契机。

于凤是于革命唯一的孩子，到了给各桌亲朋敬酒的环节，大家体谅于凤是个女人，并没有要求她喝白酒。反倒是她自己，端着白酒挨桌敬了下来，于革新在一边儿连连赞叹："这才像我们老于家的人。"

推杯换盏，时间已过晌午。其他桌上的人早已以风卷残云之势结束了战斗，高春雨这桌却仍旧觥筹交错、意犹未尽。于凤见势，找了新的酒杯又挨个儿敬了一圈。话到最后，大家也不好意思逗留了。

送亲朋出门时，高春雨跟大家许诺，说改天一定去他家再聚。于凤已经半醉，眼前尽是花啊虫啊的乱飞乱撞，面前的人形早已晃来晃去，模糊了轮廓。于凤是个大方得体的人，虽然酒醉，却坚持目送亲属离去，不止要送，还要互相握掌叮嘱几句。从她的话里听不出半个不合时宜的词语，就连她挥手的姿势也正正经经像个清醒的人。待宾客尽散，于凤又坚持送于革新回家。于革新推辞，有他的"老相好"送他就行了。说这话时，他眼含热泪地看了看手里的拐棍和那条不争气的右腿。于凤不答应，说就多走两步的事，只当是醒酒了。于革新欣慰地点了点头，跟着出了屋门。

于凤双手架着于革新的胳膊，一步一顿地跟在旁边，她发现，无论自己使多大力气，于革新拄拐的手总是颤巍巍的。她想：难道这就是衰老吗？于凤不由地感慨起来。

在一个年过七旬、满怀智慧的老人面前，人们是极少能说出话来的。假如听得少、见得少了，你肯定不会理解他们的言外之意。然而老一辈的人又何尝见得多、听得多呢？只不过，他们慢慢习惯了去繁从简、去伪存真。就像同样站在死亡面前，年轻人会抱怨，为什么偏偏是我，年长的人却会坦诚地想，应该是自己的期限到了。这与“还没活够”或是“寿终正寝”无关，因为在死亡面前，怀疑是徒劳的。

悄悄地，于凤的心态变了，变得泰然自若，变得欣然接受了亲人的离去和容颜的蜕变。人生最无可奈何之事，就是时间会带走曾经的繁华。陪于革新回家的路上，于凤的头脑慢慢清醒过来，当于革新问及龚文和龚武的状况时，她将两兄弟的近况一一汇报给他听。那股兴奋劲儿，像个二十来岁叽叽喳喳的姑娘。

高春雨从于革命家回来后，本打算睡一觉就回县城的，可是于凤的笑声却突然闯进他的耳朵里，惹得他内心一阵骚动。加上没生炉火，屋内冰寒刺骨，他全然没有了睡意。他独自坐在冰冷的炕沿上，双腿盘在一起，手指间夹了半截香烟。由于长年累月的熏烤，他食指和中指的指甲已经焦黄。高春雨大概是在烟卷刚刚流通到村子里的时候就开始抽烟了，当时家里穷困潦倒，抽不起烟卷儿，他就和几个伙伴凑到一起研究旱烟。集市上的烟丝便宜，大家你出五毛我出五毛的，攒到一起就能买一大包。有时候，实在从家里要不来钱了，就拿烟丝和树叶兑，树叶晒得干脆并且打卷儿，手指一捏就能散成粉末儿。这种混合烟抽起来味道虽说古怪，但也能解一时之急。

高春雨的情绪一下子被激起来了，原来回忆不只是苦的，过往如掠影般在脑海中浮现，从昨天到儿时。突然，画面定格在了二十岁那年的夏天。那时，他是个悠闲的放牛娃，在田间野地里度过白昼，在当空皓月下迎接睡眠。他心上住着两个可爱的姑娘，一个是月亮，一个是于凤。于凤在他二十岁的时候嫁了人，从此离他的心也越加疏远。只剩月亮，没有嫁人，时不时地还会来看看他。但月亮也是个爱撒娇的姑娘，高兴了满是欢喜，绝不遮遮掩掩；不高兴了拿云纱遮面，要么掩窗闭户，干脆躲起来。可它从未对高春雨撂下半句狠话，也未曾让他太过失望。关于于凤的印象则是短暂得可怜，如同电光火石、昙花一现，高春雨所能缅怀的，只剩下几个少有的夏日午后。太少了，简直少到了几乎不存在的地步。他不满足，甚至有些愤恨。上天实在不公，他那么有钱，那么受人追捧，怎么就得不到一个女人呢？

在高春雨扼腕叹息之际，于凤刚好从于革新家走了出来。

十

大地复苏，春的迹象越来越明显了，房顶上的积雪正在一寸一寸地融化，水滴顺着屋檐悄悄落下来，一不留神就会砸到行人的肩膀。田间的泥土变得松软，脚踩上去会留下一个浅浅的坑。开始了，终于又开始了，新的生命悄然而至。过不了多久，燕子也将从南方旅行归来，重新夺回它们失去的巢穴。

于凤从于革新家出来，门洞的屋檐上滴下一颗水珠，不偏不倚地落到她的头顶上，抬头一看，又一颗水珠砸到脸上，她开怀地笑了起来。阳光洒在她的身上，温暖极了。太阳最为宽容和仁慈，无论见了什么人，它都会报以微笑。何况于凤这么优秀的女人，没有人比她更有权利得到这种赏赐了。于凤仰着头，感受着阳光轻柔的抚慰，她脸上的红晕正在消退，身体的灼热感也已被春风捎走。

于凤正要从二叔家离开，高春雨恰巧踱步出来，两人的眼神交汇在一起，于凤冲高春雨笑了笑，问他："怎么还没走？"高春雨回答："我现在看天上的太阳是俩影儿，看你也是俩影儿，暂时还回不去，得缓缓。"

于凤劝高春雨回家躺会儿，抬脚欲走。高春雨抢上前去，央求于凤进屋坐会儿，于凤再三推辞，却终究没能拗过高春雨，便随他进了屋。高春雨安排于凤坐下，便要去烧热水，于凤急忙阻拦，说：“不麻烦了，说两句话就走。”高春雨偏不答应：“一定要给姐姐沏壶好茶喝。”

于凤坐回座位，环视四周，高春雨家里的陈设虽显不搭，但也称得上高贵，毕竟人富裕了出手也大方。于凤看不懂什么是好、什么是不好，她只觉得新鲜。家具的颜色极其鲜艳，还有上面雕饰的花纹也秀气极了，尤其抽屉的拉手最为讨巧，像一个个金色的铃铛长在木头上。在外屋烧水的高春雨瞥了眼于凤，他被她的温雅完全吸引住了，他的眼神飘忽不定，时而钉在于凤身上，时而拧回水壶身上。煤气灶的火苗闪着幽暗的蓝光，半开的热水通过铝制的水壶向空气中散发着能量，高春雨将手贴近水壶表面，余热通过他的手掌传进身体。

于凤突然想起高春雨有个女儿，便随口问他：“你闺女多大了？”

高春雨回答：“马上要过二十岁生日了。”

于凤心想：十九，比龚文小两岁。又问：“你闺女叫什么名字？有对象了没？”

“高雪。”高春雨从于凤的话语中似乎听出弦外之意，便傻呵呵地开玩笑道，“怎么，你还想跟我当亲家不成？”说笑之际，高春雨的手被水壶烫了一下。他迅速抽回手掌，放到耳垂上，烧灼感慢慢被吸收了。经过这一烫，他大脑中全部用于和酒精作战的化学物质转移了阵地，仿佛酒精对大脑的侵害已然不攻自破。

于凤扭头半生气半微笑地说：“怎么？我家儿子配不上你家闺女呀？嫌弃你姐姐我？”

“怎么会呢？我看不起谁也不能看不起你呀！”话音未落，高春雨就快步走到于凤的面前，他牢牢攥住于凤的手，眼睛里冒着同样幽暗的光，那光的下面仿佛蒙着一层膜，那是高春雨的泪水。他的脸色由煞白转为暗红，这颜色当中或许有醉酒的成分，但绝大多数是因为羞怯。高春雨的头皮发热起来，身体颤抖着。他的心脏跳得从来没有这么快过，好像要从喉咙里窜出来了。毕竟他已经表明了自己的立场，而且于凤的手就在他的手中，这足以说明一切。高春雨这一举动像是在为自己宣誓，为过去的二十几年鸣冤。当于凤消失在那片漫天疯长的杂草中，他的日子也就不能再叫做日子了。活着，却没有奔头，那是一种煎熬，而这种受尽折磨的活法已经让他丧失心智。现在，他说出的话，像是解除苦难的咒语，使自己痛快，并得到解脱。

于凤傻眼了，她费了半天劲才从高春雨的手中把自己的手解救出来。她冲高春雨的脸扇过去，“啪”的一声闷响，于凤从沙发上站起来，边骂边往外冲。她对高春雨说：“妈的，你疯啦！”高春雨挨过巴掌后不敢吱声，待于凤说完话将要闯出屋门的时候，他一个箭步赶上去，将她从背后拖回来。于凤自然不甘心，双手向后乱抓一气，边抓边喊。于凤的手指像绣花针一样在高春雨的脸上来回穿梭，她声嘶力竭地向外传送着危险信号，但终究失败了。失败的原因有很多个，其一是冬天各家各户的窗户里里外外都糊上了塑料布，这样保暖，但也阻碍了声音的传播；其二是自从于革命死后，于凤的喉咙就变得沙哑，声音也难以辨识；其三是高春雨勒住了她的胸口，使得她无法正常呼吸，故不能发出与平时同等分贝的音量；其四是高春雨拿手堵住了于凤的嘴，虽然有漏风的地方，但是那些细细碎碎的喊叫声都被厚实的塑料布隔在了屋内。

高春雨将于凤重重地压到炕上，他一只手捂住于凤的嘴巴一只手去脱她的裤子，脱完她的裤子后又开始脱他自己的裤子。于凤的嘶喊带出了满眼的泪水，她的头发凌乱不堪，脸上皱纹暴起，她的手指甲里全是鲜血。她丝毫没有放弃，只是身体已然动弹不得。

高春雨的手伸进于凤的衣服里，碰触到她满是赘肉的腰腹和微微下垂的乳房，他大约是有些失望，但这并不能打消他得到于凤的念头。他不能停止，为了缅怀亏欠他的过去，为了缅怀那只跑丢的凉鞋；他无法停止，这代表了他多年的爱慕，也代表了他年少时纯真的情愫。高春雨在于凤的身上寻找他丢失在那片草地上的懵懂，他像是第一次干那件事，动作稍显笨拙和慌乱，也或许他是在表明真心，他用自己的粗糙告诉于凤，他的忠贞尚在。高春雨像个豆虫一样，吃力地蠕动着，他不敢看于凤的脸，因为他还不能接受于凤老去的事实，他的回忆全部停留在了二十岁——那个梦想发芽的年纪。他在那里看到了爱情，看到了因为爱情而羞涩的自己，还看到了玉貌花容的于凤和她丰腴的乳房。

于凤精疲力竭地躺在炕上，她双手使劲提了提裤子，冰冷的空气顺着她裸露在外面的肚皮匍匐进内衣。她的泪水已经凝固在脸颊两侧，头发松散地铺在耳垂以下。她的脖颈受了伤，是在挣扎的过程中被高春雨的手掐的。于凤累了，连走路的力气都没有了，她往下拽了拽呢子大衣的衣角，正好盖到裤子上，不留一丝缝隙。高春雨已经起身抽起了香烟，他想把于凤扶起来，但又没有勇气这么做。他有些失望，说不出原因，但总觉得不尽如人意。他不晓得接下来该怎么办，于是站在原地，背着身，抽他的烟卷。

太阳以极快的速度躲到村西头的房尖上，万物一片银灰，屋子里的光线慢慢暗淡下来，白昼不久将会转入黑夜。高春雨心急如焚，他生怕自己的老婆会打电话来催自己回家，但是于凤仍然一动不动地躺在那里。他看见于凤的肚子在一起一伏地动弹，这下放心了。高春雨生怕于凤会出什么事，否则他自己就摊上事了，他慢悠悠地转过身去，细声细语地说：“于凤姐，你没事吧？”于凤不答，高春雨只好孤零零地站着，他有些不耐烦了，想哄于凤出去，想给她点钱，赶紧把她打发走，想冲她怒吼。为什么呢？因为于凤太过安静了，她安静得有点让人不知所措。又过了一会儿，于凤坐直身子，开始整理自己的头发和衣衫，她的脸深埋着，在昏暗而冰冷的屋子里，根本无法看清什么。于凤站直了身子，眼神涣散地瞅了瞅高春雨，然后一言不发地向外走。

“对不起”这三个字对于一个你伤害过的人究竟有没有用？或许说这句话的人只是在自我疗伤，为了缩减自己的歉意，为了抵消自己的罪孽，而从高春雨嘴里说出的“对不起”，连他自己都不知道，究竟是为了什么而说？于凤听到后，彻底抓狂了，她冲上去，朝高春雨的脸和胸口拍打起来。她向他啐了口唾沫，问：“你是人吗？”高春雨不吱声，于凤又追问：“你是人吗？”

于凤终于走了。高春雨木讷地站在屋子里，煤气灶上的热水早已烧开，壶盖的透气孔呼呼地冒着蒸汽，一股尖细的如同口哨般的声音腾云驾雾，回荡在他的耳边。高春雨将烧开的热水倒进水槽里。于凤终究没能喝上他所谓的好茶。

于凤走了，她本打算在于家村多逗留几日，陪陪母亲。只可惜，万事难预料。于凤将衣领竖起，掩盖住脖子上的伤口，她把头发基本梳理成原先的样子，脸颊上的泪水擦不干净，倒也无碍。她的母亲再三地叮咛，要她好好过日子，就算为了两个孩子也得好好的。

于凤心头一阵酸楚，本来是母亲没了老伴儿，临别前她却在安慰于凤。于凤和母亲拥抱在一起，夕阳撇下最后一抹暗淡的余晖，远处的山林影影绰绰，大街上的行人销声匿迹，泥土的芳香再次被冰冷的空气镇压下去，只留下一地冻结的冰碴子，和一颗被碾碎的女人心。

十一

人们从天气预报中知道了未来几天的天气情况。炕上摆了一张四方桌子，桌腿极短，桌面刷了两层油漆，一层橘黄色一层透明色。龚并举正盘腿坐在桌子旁，津津有味地喝着散装白酒。桌子下面趴着一只雪白的波斯猫。它蜷缩的身子像极了线球。龚并举每夹一口菜，它就抬头望一眼。门忽然开了，猫从炕上跳了起来。

于凤把自行车放到院子里，进了屋。她歪斜着身子，坐在炕沿上，一言不发。于凤先前跟龚并举商量，要在娘家小住几天，龚并举同意了，他说这是应该的。谁知于凤一晚都没来得及住。龚并举自然不明白究竟发生了什么，于是问道："怎么这么晚回来了，不打算多住几天了吗？"于凤默不作声，她不知道该如何告诉龚并举自己被高春雨强奸的事，她怕说了会遭到龚并举的责骂和唾弃，所以心里没底。龚并举见于凤一脸伤心的样子，以为她还沉湎于于革命离世的哀痛中，好言安慰道："毕竟人死不能复生，你爸这一辈子啊，人好，做了不少好事，大家也都尊敬他，你作为儿女呢，孝心也算是尽到了。现在最重要的是把你妈照顾好了，所以你更不能太伤心了，以后日子还长着呢。等过两天把老太太接过来……"话没说完，龚并举就被于凤打断了。

于凤决定把事情的来龙去脉统统告诉龚并举，她感觉胸口像是压了块石头，连喘气都困难。她的四肢抖得厉害，肩膀几乎要与身体脱节了。于凤想把事件的原委慢条斯理地说给龚并举听，无奈语言组织能力丧失，她捡着重要的词拼凑到一起，尽量使自己的意思能够完整地表达出来。龚并举的脸色煞白，好似久病初愈身体机能还没恢复正常似的。他看于凤的眼神中带有一丝愤恨，又带有一丝轻蔑，同时还掺杂着一种说不出的诡秘。龚并举双拳紧攥，手背支撑着全身的力量，他身体微微向后倾斜，于凤的话没说完他的姿势就一直这样保持着。等于凤把整个过程说完后，龚并举正了正身子，郑重其事地说："行了，什么也不说了。你受的苦我一定要他加倍偿还。"于凤听了，既忐忑又担忧。

龚文当即被龚并举叫回了家，想必龚并举提前和他打好了招呼，所以他一回来就直接进了自己的房间。龚文放下安全帽，双手合抱，嘴巴向里哈着热气。他问龚并举发生什么事了。龚并举关上屋门，拽了拽龚文衣袖，示意他坐下。龚并举将于凤对自己说的话简明扼要地转述给龚文，龚文听到一半就控制不住了，心里搓起一团火，他起身要向于凤问清地址，替她出气。龚并举把他拦了下来，他强调："这事说什么也不能你去。再说他现在住在县城，明天我亲自把那个狗×的叫回来，跟他好好理论理论。"

龚文急了，说道："跟他有什么好理论的。爸，你告诉我他叫什么名字，我叫人收拾他。"龚并举拒不透露高春雨的姓名，也不让龚文去问于凤。龚文忙说："那我明天和你一起去。"龚并举思量半天，回答："也好。"

第二天，龚文照常去上班。经过外屋的时候，于凤正在做早饭，她没有同龚文打招呼，甚至连头都没抬。龚文走之前冲龚并举做了个手势，叫他下午一定等自己下班。龚并举点点头，继续打扫院子里的落叶。

一整天冗长到好似永远也过不去。龚文一直处于迷离状态，他的思绪被傍晚即将发生的一场激烈的厮杀所困住，他在思考那场仗该怎么打。不是对方出什么招他该怎么接，而是如何使对方最快倒下；假如手里有一根木棍，打到哪里是最疼的，但又不会致命；他一定要拼命抽对方的脸，脚上铆足了劲，踹对方的下体。龚文要让对方记住，哪怕他不知悔改，但是只要一想起自己身上的伤疤，他也会胆怯。记住后果对犯错的人至关重要。

午饭时间，龚文坐在食堂的长凳上发呆。高雪问他怎么不吃，他冲高雪敷衍地笑了笑。高雪看得出龚文有心事，她用手抚摸着龚文的脸，眼神坚定地看着他，说："有什么事想和我说吗？"

"没有，当然没有。"

高雪猜测地问："是不是因为你姥爷的事难过？"

龚文摇摇头。高雪继续问："是不是不想和我在一起了？"

龚文用手指轻轻勾了下高雪的鼻子，冲她挑挑眉头，回答："别瞎想！"

龚并举并没有乖乖地等着龚文回家才去找高春雨。他觉得，这件事不能让龚文参与进来，那是在害他。下午三点钟左右，他骑上自行车，独自去了于家村。他知道高春雨住在哪里，先前也存过他的电话号码。他只怕高春雨今天不来。龚并举一路上寻思着整件事情的经过，他在精心挑选一些于自己有利的话，这样就更有说服力。一则让高春雨明白自己的错误是不可弥补的，二则让高春雨明白自己的错误是可以通过一些渠道弥补的。冬日的残阳在酷寒中胆战心惊、黯然失辉，纵横宽阔的河流像大地的一道伤疤，结了硬硬的一层痂，连绵起伏的山峦如同骆驼的背脊，坚实而沧桑。人们能目及的地方很远，但真正看到的却只有眼前。龚并举只顾赶自己的路，旁边的一切都与他无关，仿佛看了上千遍的画一样，现在已觉得兴味索然、无心留恋。

过了一些时间，于凤到院子里上厕所，发现自行车不见了。她便给龚文打电话。龚文跟领导打过招呼，急忙往家赶。路上，他一直在责备自己，他明白龚并举这么做完全是为了他好，是出于作为一个父亲的周全考虑，所以他更要尽快赶回去。

龚文来到胡同口，把摩托车支到路旁，匆忙跑回家中。于凤正在屋里坐立不安地等他回来。龚文急切地问于凤：“那个人叫什么？家住在哪里？”于凤只想着龚并举的安危，根本顾不得别的，匆忙说道：“他叫高春雨，住在你二姥爷家对面。于家村就他一家姓高。”龚文怔住了，慢吞吞地说：“于家村就他一个姓高的吗？”于凤赶紧回答：“是啊，你还愣着干吗？”

慢慢的，高春雨在龚文脑海里有了印象，龚文知道高雪是于家村的人，但他并不清楚于家村只有一户姓高的。他简直不敢相信自己的耳朵，这听起来像是上天开的一个玩笑。他向于凤再次求证：“这个叫高春雨的人，他是不是还有个女儿叫高雪。”他不敢相信，这个伤害了自己母亲的高春雨，怎么可能是那个伤害过自己女人的人。他多希望于凤能够不假思索地给出否定的答案啊，只可惜她没有。于凤坚定而且决绝地告诉龚文：“就是他。”

龚文从厨房偷偷找来水果刀，揣在怀里。于凤心急如焚，她焦躁不安地催促龚文赶紧上路。龚文骑上摩托车，回头看看于凤，仔仔细细、一针一线地把她的容貌缝进自己眼里。于凤凑到他跟前，语重心长地说：“把你爸带回来。”

十二

龚文来到高春雨家门前时，黄昏早已上映，柔软的夜幕如同一条黑色的裙子，从天空中飘落下来。他像猫一般进到院子里，屋内的灯亮着，玻璃窗上隔着一层厚厚的塑料布，谁也不知道里面究竟发生了些什么。龚文走上台阶，到近处偷听，仍然一无所获。

正当龚文犹豫不决，怀疑自己走错人家时，高春雨刚好从屋内兴冲冲地走出来。龚文被吓了一跳，他定睛一瞅，终于确定这个男人就是高春雨。龚文掏出水果刀，一个箭步冲上前去。高春雨被突然窜出来的人影吓出一身冷汗，他惊叫道："谁啊？"龚文用刀抵着他的脖子，问："我爸呢？"

高春雨听龚文这么问，终于松了口气，他定了定神，说："你爸早就走了。怎么你不知道吗？"

"我就知道我爸来，不知道我爸走。"龚文仔细观察了下高春雨的外表，丝毫没有打斗的痕迹。他怀疑高春雨是在和自己要花招，攥着水果刀的手也丝毫不敢懈怠，"你要是不说出我爸的下落，我就宰了你。"龚文边说边往前挪了挪脚步，他的左手牢牢地揪住高春雨的衣领，右手向上一挑，水果刀不偏不倚地顶住了高春雨的下巴。

"你宰了我也没用，你爸已经走了。"高春雨不甘示弱，语调中丝毫没有表露出恐惧的感觉。像在和某人闲聊一样。

"不可能，我爸不可能就这么便宜了你。"龚文较起劲来，他冲里屋喊了两声，见没人答应，于是直勾勾地盯着高春雨，期待着他能够给出合理的答复。

"孩子，任何事都有解决的办法。"高春雨正直了身子，脑袋缓缓地低下来，与龚文保持平视，"你今天来是为了什么？你爸今天来又是为了什么？"高春雨说道，"是，我是做了伤害于凤的事，可是你俩就是杀了我也没用啊。我跟你爸也是这么说的，如果我能够尽自己最大限度来弥补我的过错，是不是比你们打我一顿要更划算、更有意义呢。"

"放你妈的屁，你以为我会听你这一套？"

"可是你爸已经听了。"

"我爸到底在哪儿？"龚文再次询问。

“你爸走了，我没骗你。不信的话，你现在就可以打电话确认一下。”

“我不想打，也不用打。就算我爸走了，还有我呢。”龚文气愤地说。

“你爸刚一进来的时候也像你一样，手里拿着家伙，非要干我一顿。但是我跟他说了我刚才跟你说过的话，他就能接受。”高春雨趾高气扬地耸了耸肩膀，接着说，“如果你现在捅死我，你想过后果没有？你觉得你爸妈以后就能好过吗？”

“你少跟我提什么后果，你想过后果吗？你要是个考虑后果的人，我妈就不至于成现在这样了。”

“所以我才想补偿你们家啊！”高春雨爽快而诚恳地说。

“我们家用不着你补偿。”话音未落，龚文的拳头已经落在了高春雨的眼眶上。

高春雨的右眼被重重地捶了一拳，顿时眼圈发青，眼白上充满了血丝。他刚要还手，胳膊反倒被划了一道口子。

龚文再次将水果刀对准高春雨的脖子，逼迫他：“快说，我爸呢？”

高春雨恼了，终于把龚并举来的目的讲了出来，他向龚文解释：“你爸根本不是奔着揍我一顿来的，你明白吗？他已经拿着我的钱走了。你还来干吗？”高春雨揉了揉右眼，继续说道，“你爸昨天给我打电话的时候就说了，让我回来解决这件事。我百分之百承认，这件事是我做得不对，所以我跟你爸说，我会给他个满意的答复。他来的时候是空手来的，你以为这是什么意思？结果他走的时候就拿了我三万块钱。如果你不信的话，回家问你爸去。我不是说你不该来，可是我和你爸都已经把事情解决完了。你再这样，还有什么意义呢？”

龚文愣住了。假如像高春雨说的，龚并举确实拿着他的钱走了，那么龚文不知道这笔账还要怎么算。龚文不该让高春雨说这么多话，因为他的话有极大可能是编造出来好使他自己脱身的；假如不像他说的，那么他就是在侮辱老龚家，那么龚并举肯定还在某处。要么活着，要么死了。

龚文不敢掉以轻心，但是他也不愿意给龚并举打电话求证真伪，所以他手里的刀就不知道为何架着了。空气似乎将夜晚冷冻住了，掩住了一切声响。两人僵持着，高春雨不动，龚文也不动。高春雨动的时候，龚文就拿刀跟着往前顶一下。龚文不甘心，他咽不下这口气，所以不能放高春雨走。

高春雨终于忍不住了，他说："天太晚了，我得忙了。"龚文挡住出去的路不让走，非要高春雨把龚并举交出来。高春雨叫龚文给他爸龚并举打电话，龚文不打。高春雨"噗嗤"一声笑了，他无可奈何地掏出手机，说要当着龚文的面让龚并举承认拿了他的钱，让他听听他爸是不是已经回家了。龚文不想听，也不能听，他夺过高春雨的手机，扔进了水缸里。

高春雨彻底恼火了，他将外套脱掉，撸起袖子，胳膊伸进水缸里，开始捞手机。一会儿的工夫，手机捞上来了，但已经开不了机。高春雨用手指着龚文的脸，骂骂咧咧地说："我看在于凤……我看在你爸的份上，不跟你计较，你赶紧给我滚。"

龚文退缩了，他毕竟是个少不经事的孩子，虽然长得虎背熊腰，但从小没和人打过架。再者说，他已经把高春雨的手机扔进水缸里了，高春雨一定会心疼一阵。这样目的也算达到了。高春雨骂骂咧咧地叫龚文滚的时候，龚文心想，始终要走的，没有比这更合适的机会了。但是高春雨说起脏话来喋喋不休，他的嘴像挺机关枪似的"突突"个没完没了。龚文转身，步子还没迈出去，就听高春雨骂道："你还拿着刀子来了，借你俩胆儿，我闺女都比你胆大。我就不信你敢捅我。"

冰凉的刀子直直地插进了高春雨的胸口，他再也说不出话来了。他甚至连叫喊的力气都没有了，只感觉身体轻飘飘的，还有一把不属于自己的刀子在胸口跳动着。渐渐的，高春雨身上的刀柄静止了，他脸上痛苦的表情也从脸上缓缓退去。从这一刻起，他不再属于这个世界了，他带着自己犯下的罪过飘上屋顶，仔细俯瞰着从身体里涌出来的那滩暗红的鲜血。

龚文呆呆地观察着高春雨的气息一点一点变得微弱，直到他的身体彻底僵硬，半句狠话也说不出来。不知何处传来一声响指，龚文立刻从沉寂中苏醒过来，他仓皇地跑出高春雨家，把撑在一旁的摩托车放下，右脚在启动杆上狠狠地踹了两脚，终于发动了。

龚文刚要离开，于建设正好迎面向他走来。这天下午，于建设看见高春雨开车回来，想他必定是组了饭局，所以早早地吃过晚饭，来凑凑热闹。谁知在他家门口遇到了龚文。于建设在于革命的葬礼上见过龚文，也晓得他常常骑一辆摩托车送于凤回娘家，所以上前和他打招呼。龚文和他对视一眼，假装什么也没听到，带上头盔，扬长而去。

十三

月亮喷溅出耀眼的光芒，星星被云彩擦得锃亮。远处不见一户人家，蜿蜒曲折的乡间小路被黑夜吞没，凸凹不平的路面上积了一层薄薄的雪。如果不仔细看，还以为路是平坦的，可以放心大胆地走下去。然而这时最应该警惕。

龚文一路奔波回到家中，于凤听到声音首先冲到院子里。龚文问她：“我爸回来了吗？”于凤回答：“早就回来了。”

借着微弱的灯光，于凤仔细检查着龚文的身体，看他有没有受伤。龚文则躲开于凤的注视，急匆匆进了屋。他看到龚并举正若无其事地吃着晚饭，桌上还摆了一瓶白酒，心里的怒火就不打一处来。于凤把屋门关好，也进到屋里。龚并举正要招呼他俩坐下，龚文抢过话头，说：“高春雨死了。”于凤惊叫一声，拽着龚文的胳膊，问：“你杀的？”龚文面无表情地盯着龚并举说：“对，我杀的。”龚并举目瞪口呆地盯着龚文冷峻的脸，手中的筷子掉到饭桌上。

于凤扶着龚文的肩膀号啕痛哭起来。龚文却显得异常从容，他站在饭桌前，表情坚定地问龚并举：“你是不是拿了高春雨的钱？”这话已然不需要答案了，而龚文这么说，或许只是为了羞辱龚并举，让他明白自己做了一件多么难以启齿而且有失尊严的事。显然，龚文的目的达到了，龚并举无话可说，默默地低下头去。站在一旁的于凤抓狂似的捶打着龚文的胳膊，骂他是个不懂事的孩子。

没过多久，警车接踵而至。警笛声由远及近，逐渐清晰。龚并举正和龚文商量后面的事该怎么处理，于凤的警觉性最高，她隐约听到警笛声在村口响起，便吩咐龚文，赶紧藏起来。龚文执意要自首，龚并举呵斥道：“别犯傻，能活多久活多久。”龚并举跑到院子里，把尘封已久的地窖打开，地窖上面盖着一块木板，木板被土掩着。龚文慌忙溜进地窖，龚并举随即将地窖口恢复原状，为了掩人耳目，他还挪来一口闲置的水缸，放在地窖上面。

当警察冲进龚并举家时，他和于凤正围在饭桌前故作镇定地吃着晚饭。一同跟来的还有于建设。报警之后，于建设本不打算再掺和此事，可是作为目击证人，他必须得来。刚进到院子里，他便认出了龚文的摩托车，他和身后的两名警察说：“这就是龚文作案的交通工具。”

警察向龚并举夫妇询问龚文的下落，二人异口同声地回答：“不知道去哪儿了。”于凤机敏地添了句：“下班回家后一直在家待着，刚刚出去不一会儿。”最前头的警察指了指于建设，说：“这里有目击证人，他看到你儿子龚文一个小时前出现在高春雨的家里，龚文走了以后，高春雨就被人捅死了。”

于建设听到警察的话，不由自主地向后退了一小步。龚并举拔高了脖子，对于建设说：“于建设，你确定自己看见的是我们家龚文吗？当时天都黑了，你眼神也不好。这种事可不敢妄加猜测！”于建设心想：我眼神再不好，都脸贴脸了，还能认错吗？

警察挨个屋子搜查了一遍，没有发现龚文的踪影，转而去了当村的村长家，并向他交代了事情的经过，叫他帮忙留意龚并举家的一举一动。临走前，警察和龚并举强调：“投案自首和畏罪潜逃两种行为的性质不同，情节轻重不同，判罚的结果也不同。”待警察走后，龚并举将大门反锁，吩咐龚文晚上收拾好东西，明天天不亮就逃走。

凌晨两点钟，龚文还在收拾行李。于凤站在一旁插不上手，龚并举就说：“你去睡会儿，过两个小时，起来给儿子做点吃的。”于凤极不情愿地躺在炕上，辗转反侧、难以入眠。她满脑子想的都是龚文被枪毙的场景，思来想去，实在躺不住了，就又下床继续在龚文旁边站着。

不一会儿，龚文收拾了一大包衣物。龚并举眉头紧锁，说：“这不行，东西多了不但会影响赶路，还容易招来不必要的麻烦。”龚文又开始从包袱里往外挑没必要带的东西，一来二去，折腾到三点。龚并举提醒龚文：“要把证件和银行卡随身带着，如果有人发现了你，什么也不要管，扔下行李就跑。”

凌晨五点钟，龚文被噩梦惊醒。他掏出手机，给高雪打电话，里面传出“您拨叫的用户已关机”的提示语。他把手机放到一旁，闭眼思索着。他想：高雪现在应该也得到了高春雨的死讯，如果警察透露得再详细点，她还会知道是我杀了她爸。那么她现在应该恨我还是应该感激我呢？如果我没有捅死她爸，但是我妈的事已经发生了，那么我和她还能在一起吗？假如不能在一起，那么现在说的爱或者恨，还有什么分别呢？

龚文认为，这一切都是高春雨的错。如果高春雨没有侮辱高雪，那么他是不会将高春雨一刀捅死的，顶多不和高雪来往，但也不至于招来怨恨；如果高春雨没有强奸于凤，也许他会原谅高春雨对高雪的所作所为，或者为了高雪而冰释前嫌，他终究能和高雪走到一起。

想到这里，龚文仍然对高雪抱有一丝希望，他对高雪的爱是常人无法理解的。他从枕边摸到手机，给高雪发了一条短信，内容是：有些真相虽然说出来不便，但是在你面前，我无比坦诚。你知道的远不如我为你做得多。你理解也好，不理解也罢，这些事与我爱你毫无关系。所以我想继续和你在一起，如果你愿意接受这样的结果，请到我家来。一个小时之后，我会带你去远方。后山见。

厨房的灯亮了，灯光敲开黎明的窗户，轻声告诉它龚文即将离开的消息。于凤在灶火旁忙着添柴，她的双手被熏得黝黑，脸上画满了倦容。不一会儿，水烧开了。龚并举走进厨房，看见于凤正往滚烫的热水里下面条，他吃惊地喊起来：“快把火熄了。”

于凤一脸茫然地站在原地，龚并举便拿起舀子，连续往灶膛里泼着冷水。龚并举骂她：“你没长脑子吗，谁家烟囱这么早就冒烟？”于凤这才明白过来，把开水淘进一个小小的饭锅里，再把饭锅放到炉子上重新烧。

天空像是被浸泡过，黑色逐渐稀释成灰蓝色，然后是淡淡的青白色。开始有雨点落下来，中间夹杂着晶片似的雪花。地面上逐渐清晰地露出一层薄如蝉翼的冰霜。面条煮到半熟，警笛声骤起，龚文背上行李就去推摩托车，于凤在后面追着说："连口饭都不吃啦。"

龚并举跑去胡同口帮忙把风。警车越来越近了，龚文的心扑通扑通地乱撞，他的脚不听使唤了，无论怎么折腾那摩托车就是打不着。龚并举着急了，他再次跑回家中，听见摩托车发出一顿一顿的沉闷的声音，急忙说道："别骑摩托了，天太冷，油箱冻住了。把行李扔了，赶紧跑，往后山跑。"龚并举边说边从摩托车的后座上往下摘行李，于凤也七手八脚地乱忙一通。龚文走到家门口，停住脚步，他凝视着龚并举和于凤，叫了一声"爸妈"。于凤忍住泪水，悲痛欲绝地答应了声"好儿子"。龚并举长叹一口气，催促道："赶紧走吧。如果能活下来，就好好过日子。"

十四

天空被棉絮般的云朵占领着，仰望片刻，只担心那浓厚而凌乱的云彩会重重地摔下来。山下民居冒出的炊烟如孱弱的溪流，向天海汇聚，最终融为一体。不知名的远山孤傲地矗立在云彩旁边，而龚文就是在那远山脚下被警察抓走的。

当响彻天空的警笛声穿堂过巷，一路飘扬至那座山下时，雨还在淅淅沥沥地下着。龚文自然是跑不过警车的，在他即将钻进面前浓郁的丛林时，几名警察跳下车，箭步般冲上前去，腾空跃起将他扑倒在地。此刻林间腾起了白雾，龚文回头看了看那片树林，似是要说什么，却最终缄默不语。警笛声气势浩大地奔腾卷去，林间雾气愈加凶猛。

当警察询问龚文杀高春雨的动机时，他一味强调：高春雨该死，他该死……那么高春雨究竟应不应该死呢？警察给出的答案是：他该不该死由法律说了算，你没有权利剥夺他人的生命。龚文认为他是有这个权利的，他打算杀掉高春雨后投案自首，但他不开口说明动机就肯定有他的难言之隐，何况事后他并没有投案自首，这就使得警察更加迷惑不解了。

提审的过程中，龚文的供词总是含糊不清，警察也搞不明白他究竟为什么杀高春雨，因此耽误了许多时间。最终，龚文还是以杀人罪被判了刑，因为情节较为严重，所以他被判处死刑缓期两年执行。

接到判决书的时候已经是初夏，龚并举和于凤坐上公交车，赶去县城见龚文的辩护律师。当听到“死刑”两个字的时候，于凤差点晕厥过去。幸亏有龚并举在她身后扶着，不然非得倒栽葱似的摔到地上。

律师给于凤倒了杯热水，并安慰她说：“你也别太灰心了，这不是还写着缓期二年执行吗，要是他表现得好，没准就能从死刑减到有期徒刑。”龚并举连连说道：“对对对，龚文一定能表现好，你就放心吧。”于凤抹掉脸上的泪水，问：“缓期两年执行是什么意思？是说我家龚文可以回家了吗？”龚并举赶忙替律师解释：“哪能啊，就是让咱家龚文在监狱里呆两年，给他将功补过的机会，如果两年内表现好、不犯错误，就能减刑。”

几天后，龚文被关进了市第三监狱。他的头发被剃光了，外套和贴身物品全部由监狱代为保管。龚文换上了和大家一样的衣服，出行也和其他人步调一致。进去后不久，龚文被分配了工作，大概是些手工艺或者复印的活。这倒也好，劳动能使人保持头脑清醒。

龚并举时不时会带着于凤去市里探监。每次分别的时候，于凤总是哭得跟个泪人似的。龚并举便劝她，不能这样，会影响龚文的情绪。

夏天如期而至。一场大雨过后，惹人厌的茅草拔得老高，青绿的麦田像一张硕大的地毯。遇到好的天气，于凤就到田里看那些绿油油的麦穗，她对麦穗说得最多的一句话是："你一定要好好表现。"调皮的麦穗听了，随微风点点头。于凤便轻抚着麦穗的脸庞，嘴里默念着："这就好，这就好……"

日子周而复始，于凤慢慢习惯了用撕月份牌来打发时间，来使自己振奋。一天当中，她最为激动的时刻就是，早上刚睡醒，厕所都顾不得上地跑到月份牌前，看看日子，然后"呲"的一声将这一天撕掉。

龚并举又去了天津，他再次找到之前一起搭伙的同乡，谁知那人早已不做原先的行当。龚并举沮丧着脸，不知该何去何从。他来到远郊的开发区，这里到处都是工地，龚并举跑了好几处，终于有人愿意留下他。工头曾经问他，为什么都这么大岁数了还出来干这种累活。龚并举不假思索地回答，为了还债！在工地上干的都是力气活，对于他来说，时间久了难免吃不消，硬撑的结果就是落下一身病。在刚刚五十岁的时候，龚并举的背就驼了，他原本高大的身躯现在也已经大打折扣、缩了水分。那些扰人的病痛就在他即将入眠的夜晚，一次又一次地折磨着他单薄的身体。

冬至那一天，于凤的母亲去世了，于革新陪于凤一同料理了她的后事。入殓当天，本来和于革新打好招呼要来帮忙的几个人，最后只到了一半。于建设来了，他想从人群中插一手，于凤白愣他一眼，他就灰溜溜地走了。

于凤的母亲去世之后，于凤的牵挂又少了一头，她不用再往于家村跑了，那里没有值得她留恋的人了。现在，于凤最害怕记太多东西、记太多人，她的心里只装着时间，每一天的时间都不能算错。

到了冬天，于凤再也不愿意出门，她嘴上总磨叨着“天晚了，外面太危险”。所以夜幕一降临，于凤立刻把门锁了，不管谁敲谁喊都装作没听见。龚并举形容她：你是跟着癞蛤蟆一起冬眠呢。说这话时，龚并举笑了，于凤也被逗笑了。直到最后，连他们自己都不知道为何会笑成那样。也许没有理由，也许根本不需要理由。他们只是想排解内心压抑了许久的苦痛，是为了互相鼓励，给予彼此生活下去的勇气。那是他们刻意发出的声音。

于凤终于老了，她的老是一场曲终人散的落寞，是一片无人问津的凋谢，是一次“想惜花时花已老”的追悔；是无声却激昂，是朴素却华丽，是单调却斑斓……于凤的身体仿佛冬日里完整无缺的花朵，枝叶已不再供给营养，它自己也不再期待有人驻足欣赏，所以无心凋零，只等着哪阵风能把花瓣吹掉、吹光，也就算缘尽于此了。

龚并举不在家的这几个月里，于凤从来没有去监狱看过龚文。龚并举屡次打电话让她去看看儿子，于凤却以“城市太大，容易走丢了”为由，拒绝前往。她说，她在家里等着就好，见了也带不回来。

龚并举对此无可奈何，他知道于凤每次见完龚文以后，心里就会难受上一阵子，也就不勉强她了。越见越想念，这样对谁都不好。

岁末，龚武退伍了。龚并举去车站接上他，两人一同回了家。站在胡同口，于凤捧着龚武的脸说：“儿子，你总算回来啦！”

后 记

最近这段时间，我终于和自己达成了一个共识，即：话说得越多的人，反而越容易心虚。因为生活中难免会有一些我们不知道或者不确定的事情。我曾经接触过信口开河的人，也和沉默寡言的人打过交道，然而这些人都不是我喜欢的类型。

我时常自言自语。有人会说，这是神经病的前兆。可我不这么认为。我觉得，这是一个思辨的过程。如果一个人很难和自己对话，那么他（她）对自己的本性就知之甚少。也就是大家常说的，没有自知之明。

那什么是自知之明呢？假如你意识到自己是个性情暴虐的人，这算有自知之明吧。假如你知道自己是性情暴虐的人，可你偏偏又杀了人，这算不算有自知之明呢？在我看来，自知之明应该理解为，充分认识到自己潜在的一些优劣性，然后学会自我控制和自我收敛。

自知，不单纯要知道自己的缺点，还要知道自己的优点。前提是，你所认识的自己，一定不可以经过自我美化。例如，当一个漂亮的姑娘迎面向我走来时，我会误以为自己是个美男子。这是一种自我感觉良好的表现，不是自知之明。如果为了迎合他人的看法和自我满足，我们便刻意地使自己表现得高尚和纯洁，这就成了虚伪。超出了自知的范畴。

任何事物都有两面性，在我们中国的哲学里，这种两面性被称为阴、阳。两者只有相互协调，事物的发展才能够稳定。如若不然，必定会产生矛盾。现如今，我们越来越无法分辨自己生活环境的优劣，对善恶的概念也在逐渐淡漠，更不愿意去追索事物的本真了。这叫混沌。而且越来越多的人正在堕入这样的价值观里。

我写小说的主要原因便在于此。

同时，我写小说还因为，自己生性胆小，许多事不敢做，许多话不敢说，但内心却有强烈的表达欲望。而在所有的文学体裁当中，小说似乎与我们的生活最为贴近。在小说的语言里，我无需把话讲得那么透彻和直白。能理解多少，是读者自己的事。这也并非是说，我的文章多有内涵，我的思想多么深刻。相反，我本身其实很讨厌“深刻”和“内涵”两个词。当我们觉得某些事物具有这样的特质时，那只能说明我们还不懂。更何况，你不能说，粗糙的东西就一定缺乏内涵。

有时候，在我看完某部电影后，我会到豆瓣上找一些精彩的影评来读。结果发现，看影评比看电影还过瘾。我甚至觉得，某些人对于作品的解读，已经远远超出了作品本身所要传达的思想。这类人很牛X，能把话说得天花乱坠，同时也很自以为是。劝大家不要与之深交，不然你会被带进一个富丽堂皇的沟里。

我写小说更因为，自己逐渐意识到了丑陋的存在。我所说的“丑陋”，不仅仅是指相貌上的难看。如果是那样，就太浅显了。然而相貌却也能说明一部分问题，例如曾国藩在《冰鉴》中提到的“胸腹手足，实接五行”。

我所说的“丑陋”，是在于心。一个人的言行举止总是由心而起，然后将指令发给大脑，再由眼、耳、鼻、舌、身、意去执行。心是人的根本。假如一个人在根上坏掉了，好像楼房的地基塌陷了一样，整个人就只能越长越歪。这也就是孔子所说的：“人而不仁，如礼何？人而不仁，如乐何？”

和自己对话的过程，其实也是一次心灵的重塑。可我发现，生活中总有这样一类人——被人们称之为“狗改不了吃屎”的人。想来这种人最可恨，然而我又对他们抱有莫大的期许。我是多么希望他们不要再吃那些臭烘烘的东西，来尝尝人间的五谷杂粮。哪怕改吃狗粮也好。

说人话，做人事。这是我给自己的忠告。非常私人化，别无他意。

胡言乱语，权当笑话，或者泡影空花，讲给自己听。

王　飞

2016年12月13日于北京